北 部 湾 名 人 系 列 之 一

國柱馮子材

GUOZHU
FENGZICAI

谢凤芹/著
XIEFENGQIN

中国出版集团
现代出版社

图书在版编目（CIP）数据

国柱冯子材 / 谢凤芹著. -- 北京 : 现代出版社,
2016.9

ISBN 978-7-5143-5421-8

Ⅰ. ①国… Ⅱ. ①谢… Ⅲ. ①传记文学－中国－当代
Ⅳ. ①I25

中国版本图书馆CIP数据核字(2016)第234132号

国柱冯子材

作　　者	谢凤芹
责任编辑	李　鹏
出版发行	现代出版社
地　　址	北京市安定门外安华里504号
邮政编码	100011
电　　话	010-64267325　010-64245264（兼传真）
网　　址	www.1980xd.com
电子邮箱	xiandai@vip.sina.com
印　　刷	北京一鑫印务有限责任公司
开　　本	787×1092　1/16
印　　张	15
版　　次	2016年9月第1版　2022年7月第2次印刷
书　　号	ISBN 978-7-5143-5421-8
定　　价	49.80元

国之柱石

——序《国柱冯子材》

用“柱石本朝，蓍龟当代”来评价19世纪末20世纪初的冯子材，名副其实，实至名归。

冯子材就是国家之柱石。

在广西边境遭受外敌入侵，湘、淮、黔、滇诸省支援大军纷纷被侵略者打败，祖国南大门岌岌可危之时，他以67岁的高龄，以殊死的勇气，带着四个儿子率领临时招募的9000萃军，奔赴战争第一线。用智慧、勇气打败了不可一世的法国侵略者，取得了震惊中外的镇南关—谅山大捷。

在驻防粤西十多年中，法寇不敢越过我国国门一步，这都有赖于冯子材的威慑作用；第一次中日战争爆发，冯子材又以78岁的耄期再起王师，率领三个儿子和钦州十营健儿奔赴南京驻防抗日，还请缨招募4万兵勇打到朝鲜，扫清日本侵略者。

在中国的历史上，除了姜子牙，没有哪个军事指挥官年近八十还亲上前线打仗。

冯子材从33岁投军，到86岁离世，为国家尽忠职守50多年，为桂、粤、滇边境安全作出了重大贡献。

冯子材是中国文化土壤培养出来的最优秀人才：以社稷安危为己任，爱国、精通军务、熟谙战争攻防、果断、勇敢、富有献身精神，深得士兵、下属的爱戴和上司的信任。其最突出的智慧，便是能审时度势。

他由于刚直不阿，弹劾广西各类腐败分子，因而遭受打压，排挤。在评估自己生命受到威胁时，他以退为进，开缺回家，保存实力和性命。在军事战场上用智慧打败敌人，在官场斗争中用智慧保全性命——这样的大智慧，就算饱读诗书的大儒也难望其项背。

本书就是这样一位民族英雄的传记。

它不是历史，但在写作过程中，却严格按照人物真实，事件真实，时间真实三点要求来谋篇布局。

作者力求进入冯子材生活的时代，力求进入他的内心，写出那个时代血肉丰满的冯子材。

书中引述了一些言论，如奏折，当时的对话等等，这部分内容，主要摘自都启模撰写的《冯宫保事绩纪实》和《清史稿》等。

《冯宫保事绩纪实》由冯子材的高级秘书都启模撰写，成稿于光绪二十一年，冯子材当时还健在，可信度高，这是以它为参照系的原因。《清史稿》是中华民国初年由北洋政府设馆编修的记载清朝历史的正史——“清史”的未定稿。所记之事，上起1616年清太祖努尔哈赤在赫图阿拉建国称汗，下至1912年清朝灭亡，共二百九十六年的历史。冯子材的很多奏折，冯子材本人传记都在《清史稿》中有明确记载。

在众多的传本、论本、记述、考证中，作者采用了适合自己撰写的方式——传记，通过用时间作经，用事件作纬，把传主的一生串联起来，让读者能系统地、比较直观地认识冯子材，并在阅读中了解冯子材一生的经历和丰功伟绩。

冯子材的历史价值和现实价值，史学家和文学家的挖掘远远不够，他忠于祖国，驰骋在安邦守国的不同战场50多年，无论是在镇南关战场上与法寇兵戎相见，抑或是在中法划界、海南岛平乱、督办钦廉防务，乃至甲午战争、庚子事变等各种军事行动中，处处以国家社稷为重，祖国河山，寸土不让。哪里有危难，哪里就有他的身影，一家满门忠良，抗法父子五人齐上战场，最先冲入法寇敌阵；抗日，一家四口又披战袍，誓和日寇血战到底。为了保卫家乡，他宁愿不到外省任高官，奔赴在粤西各个关隘布防，严防死守，不让各路侵略者有可乘之机。

他在云南、广西、广东广袤的大地上安民攘边，被时人盛赞为“边关卧虎”、“国门砥柱”，堪称中国近代史上杰出的民族英雄。

冯子材是钦州的骄傲，是祖国的骄傲。

时光荏苒，时至今日，世界上依然风云动荡，在复杂的国际政治、军事、外交环境中，国家依然需要冯子材式的英雄。

但愿有更多的冯子材保家卫国。

是为序。

目录

CONTENTS

第一章　苦命生乱世，英雄出少年

广西南流江，它发源于桂东南大容山南坡的莲花顶，受了大海的召唤，一路向南狂奔，经过九曲十八弯之后，注入北部湾的宽广怀抱，融入了浩瀚的太平洋。

它丰富的水系使沿江两岸缥缈而灵动，丰饶而多彩。

南流江奔流不息，滔滔江水后浪推前浪，淘尽了百世的沧海桑田，见证了千年的兴衰更替。

清嘉庆二十三年六月二十七日日暮时分，南流江上一叶扁舟在江心晃荡，船舱入口处被一张草席严严实实遮住，冯文贵蹲在船头吸着水烟筒，眼睛死死地盯着船舱，眼神充满绝望。

突然一声“呱呱呱”的哭声划破了长空。

冯文贵一愣，抬起两只赤足大脚快步冲进船舱，草席在他身后高高飞起。

妻子头发湿漉漉粘在额头上，疲倦而又惬意地望着他，露出了甜甜的笑意。

冯文贵心头一块大石瞬间放下，俯下身

冯子材真人像，此照片为镇南关大捷第二天所照，原件收藏在冯子材孙冯承则家中。

子关切地问妻子黄氏："是男是女？"

黄氏疲惫地指指躺在身边手脚乱蹬，张着嘴巴哭个不停的孩子，欣慰地说："孩子他爸，是个儿子。"

冯文贵听了妻子的话，撩起包着孩子屁股的黑色旧布，看见那一小截肉肉，激动的泪水在眼眶里团团积蓄。

他深情地看着黄氏，动情地说："辛苦了，我马上杀只鸡煲汤让你补身子。"

说完，左手抱起孩子，右手抓了一把香，冲出船舱，把孩子平放在船板上，点燃了三炷香，面对南方拜了三拜，含泪高喊："感谢列祖列宗保佑，冯家又添丁了。"

江水潺潺而流，似乎在为冯家添丁之事放声歌唱。

冯文贵没有想到妻子在船上生产。

当妻子破水，把他赶开，他蹲在船头焦急地等待的时候，头脑中闪出的尽是一尸两命的恐怖场面。

现在母子平安，他断定自己的祈祷老天听到了。

半个月前，盐商老张到钦州沙尾村找到冯文贵，有些为难地说："质庵兄[1]，我有一批盐近日要运到郁林，麻烦你无论如何帮我走一趟。"

"老张，我们做生意也不是一天两天了，要是平时，我求之不得。这次不行，内人这几天就要生产了。"冯文贵无奈地回答。

老张求他说："现在到处兵荒马乱，土匪横行，小偷浑水摸鱼，不是熟人，这货根本不敢交予他人运，你就帮帮我吧，运费我们好商量。"

冯文贵双手抱拳："老张，对不起，不是钱的问题，真的走不开。"

老张看到冯文贵态度坚决，知道很难说动他，只好无奈地离开。

经过河边，老张看见有个女人蹲在岸边洗衣服，走近了，看清是冯文贵的妻子黄氏。

这些年，老张的货物都请冯文贵帮运，和黄氏时有接触，知道这个女人好说话，突然转念：求求她或许还有转圜的机会。

想过后，老张快步上前行礼，并说了这事，最后可怜巴巴地说："嫂子，求求你做做质庵兄的工作，我家的本钱都押在这次的海盐生意上了，如有不测，就得破产了，帮帮忙吧！"

（1）冯子材父亲字质庵。

黄氏听了，艰难地站起来，双手放在腰后，腆着个大肚子，安慰他说：“你放心吧，这盐我们帮你运。”

老张听了，高高兴兴转头回去找冯文贵。

黄氏嫁给冯文贵10年，头8年已经接连生了3个儿子，到这一胎，已经是第四胎，对生产，她已经算是老手了。

按照前3胎的经验，她能准确地算出孩子的出生日期，应该还有一个月小家伙才出生，来回一次郁林，快则10天，最迟有半个月也足够了。

黄氏愿意接下这个生意，也不全是为了老张考虑。

冯家高祖冯遂云于乾隆四十五年从南海来到钦州做盐生意，可惜家境一年不如一年。她嫁入冯家时，文贵18岁，不久公公冯广运便撒手而去，冯文贵嫩肩挑起了祖业的重担。

由于社会混乱，加上经营不善，冯家早已经露出了衰败的景象，尤其是接连生了前面3个孩子，老大和老三因病花了不少银子，两个孩子没有保住，家里却被折腾得家空粮净。

眼看孩子就要出生了，连买些肉补奶水的钱还没有着落，她愿冒险承担下这个生意。

黄氏嫁进冯家，没有享受过一天清福，10年来，一直陪着冯文贵在船上行走。

一路想着回到家，看见冯文贵在糊蓠屋[(1)]外焦急地来回走动。

看见她，上前两步接下了她手上的衣服，手不停地晾着衣服，焦急地问：“你怎么能答应老张的生意，你这个身子能让我放心上船？”

“担心什么？又不是第一次生孩子，也不是第一天上船。”

“这次上船能和平时比？”

“还有一个多月才足月，我在船上不干活，只帮你照看船，就算在船上生孩子，也没事，老二老三都是我自己接的生，你有什么不放心的？”

“妈也不会同意的。”

“我跟妈说，我们明天出发，争取半个月内回到家。”

冯文贵看见妻子如此淡定，只好妥协。他能说什么呢，马上就要多添一张口了，他知道家里急需钱。

黄氏如何说动母亲同意这次出船，冯文贵也不想知道。他只求老天保佑，

(1)糊蓠屋，由茅草和黄泥混合搭建的房子，是沿海沿江贫民的栖身之所。

一路顺风顺水，完成任务，拿到运费，为坐月子的妻子买鸡、买猪肉、买糯米做甜酒，保证出生的孩子健康成长。

上船前，他瞒着妻子到自己家旁边的男庵庙叩了头，祈了福，希望此行一路平安。

他们开船当天，钦江（南流江进入北部湾前的一段）波澜不惊，天上白云朵朵，一路风顺帆快，只用了 5 天时间便安全到达郁林。

交割完货物，便开船往钦州方向赶，在清嘉庆二十三年六月二十七日下午，黄氏没有半点征兆开始出现阵痛，到了太阳西斜时，羊水便破了。

一下子，冯文贵傻眼了，只有跑到船头跪下求上天保佑。

黄氏依然镇静，她吩咐冯文贵："你去烧盆滚水，把船上的杀鱼刀煮一下拿给我，再把我带上船的火灰拿进来，席子挂在舱口，听到孩子哭声再进来。"

按照钦州风俗，女人生孩子男人得避开，撞着了，就会倒霉一辈子。火灰是用来承接生产时流下的血。

冯文贵按照妻子的吩咐默默地一件件做着，心里七上八下。

黄氏在草席挡住的船舱内窸窸窣窣地忙着。

冯文贵几次想挑开席子进去看看，每次走到船舱边，都被耳尖的黄氏听到，把他赶跑。

冯文贵只好蹲在船头听天由命。

一声啼哭，让冯文贵的心放下一半。再看妻子平安，他才咧开嘴笑出来。

现在胖嘟嘟的儿子就躺在船板上，细小的眼睛露出一条缝，充满好奇地观看晚霞中的天空。

他抱起儿子，忍不住亲了一口，自言自语地说："好孩子，冯家以后就靠你了！"

孩子嘴巴咧开，笑了一下。冯文贵的心头涌起一股如水温情。

他对老天充满了感激，心里说："孩子三朝，一定要杀三牲到男庵庙还福。"

为了让产后的黄氏休息好，冯文贵把船锚抛下，在江中停留了一天。第二天，黄氏起床给小孩洗了胎脂，换了干净的衣服，两夫妻这才起锚启航。

在江上走走停停，5 天后的凌晨，他们的船终于停在钦州平南古渡口。

平南古渡口是古代钦州海上丝绸之路的重要港口，位于钦州古代最繁忙的博易场江东驿旁边。古代，交趾沿海的居民常以鱼、蚌之类的海产品到钦州博易场出售，换钱购买大米、布匹等物。他们穿梭于平南古渡口，一艘艘的红单船、乌篷船结队划过。

平时，平南古渡口车水马龙，来来往往的人或背着包袱，或拉着牛车，或挑着担子，或焦急等待，或麻利装卸。

今晚，渡口却是寂静无声，像迎接一场历史大剧的开场。

冯文贵抱着儿子，黄氏疲惫地跟在身后，一家人向着沙尾村的家走来。

突然天上好像被谁捅了个大窟窿，一场大暴雨说来就来，把这家人打了个措手不及。雷公公也跟着来凑热闹，不时地发出阵阵怒吼。

小孩被这雨声雷声吓着了，“呱呱呱”哭个不停。

冯文贵脱了自己的衣服盖着怀抱中的孩子，对黄氏说：“赶快脱了衣服盖着头壳，月婆不能淋大雨！”

黄氏说：“就差几步路到家了，跑快一点儿就行了。”

冯文贵的母亲黎氏听到小孩的哭声，打开门走了出来。

在阵阵暴雨中，她依稀看见一只大黑虎一步步向自己走来。

她吓得腿一软，仰面朝天跌在门口。

冯文贵借着闪电看见母亲无故摔在地上，连忙紧走几步上前扶起她，把怀中的儿子递给她，开心地说：“阿妈，你添孙子了，子清有老弟了！”

吓破胆的黎氏一听添了孙子，接过冯文贵手中的孩子，眼神恐惧地到处巡睃找那大黑虎。大黑虎却没了踪影。她惊恐地拉着黄氏，急急进了屋。

灯光下，黎氏看见孩子脸色凝重，眉高逾寸，地角丰圆，一副贵人相，很是开心。

想到刚才看到的黑虎，又想到这一年正好是虎年，这是巧合，还是隐藏着什么不可预测的福与祸？她怕惊吓着儿子和媳妇，不敢告诉他们自己看见黑虎之事只是对儿子媳妇说：“这孩子排行第四，以后就叫他黑四吧，孩子要贱生贱养才能平安长大。”

冯文贵夫妇听了母亲的话，都说好。

自此，这个孩子便有了自己的乳名：黑四。

星移斗转，小黑四慢慢长大。

4 岁那年，冯文贵想着要送黑四到先生处开蒙认几个字，不求当官显达，只为做生意不让人欺负。

于是，他又是翻字典又是对族谱，根据班辈，给他起了个冯子材的大名。

冯文贵为小儿子起这个大名，是想他成为家族的顶梁之材。老二子清虽为长兄，但一直体弱多病，人又胆小怕事，冯家能指望的就只有这个孩子。

冯子材的开蒙先生姓李，是土生土长的钦州人，在钦州城东门的土地庙里摆了几张破桌椅，招了七八个从 4 岁到 13 岁的孩子，办了个小私塾。

冯文贵第一天送儿子上学，背了一斗的谷交给李先生，搓着双手小心地说："李先生，我家子材就全拜托您了，请先生给子材起个号吧。"

李先生收下谷子，拿出一本发黄的百家姓翻了又翻，对冯文贵说："就叫萃亭吧，像杂草一样顽强生长，像亭子一样做个有用之物。子材，你喜欢不喜欢？"

冯文贵连忙说："先生说好就是好了，小孩子能懂什么。"

从此，冯子材有了号，萃亭。

冯子材人长得黑，加上母亲黄氏回家当晚淋了一场大雨后落下了病根，长年卧床，没法照顾他，人便有些邋遢，孩子们都不喜欢他，常找各种由头欺负冯子材。

每每此时，李先生便抚摸着冯子材的头呵斥："此子将来远大，汝辈下流，可善视之，庶几籍庇以免饥寒耳。"

被呵斥的小孩儿背后说："李先生车大炮，黑四要是前程远大，那我们个个都成宰相了。"

李先生听了也不和他们计较，安慰冯子材说："孟子说'天将降大任于是人也，必先苦其心志，劳其筋骨，饿其体肤，空乏其身，行拂乱其所为，所以动心忍性，曾益其所不能'。你和他们不是一个档次，以后专心读书就是。"

冯子材虽然听不懂先生的话，但先生屡屡出手帮助自己，幼小的心灵便对李先生充满了朦胧的感激。

六月的一天，冯子材放学回家，看见父亲蹲在门口哭成了大花脸。

他正在惊讶，祖母上前抱着他说："黑四，可怜的孩子，以后怎么办呢？"

当时他还不知道发生了什么事，直到钻进糊蓠屋，看见母亲静静地躺在地下的禾草上，他怎么喊也不答应，哥哥子清已经哭得晕了过去，他才知道，他的母亲没了。

原来，早上，母亲黄氏拖着患病的身体上山挖竹笋，回来时不慎跌下了山涧，死在山上。

母亲走了，家里生活更加窘迫，他再也不能到学校读书[(1)]。

办完妻子后事，冯文贵带着冯子材来向李先生辞别。

（1）《冯宫保事绩纪实》，记述冯子材只接受过数月的正式教育。

李先生很伤心，但他又有什么办法呢，这七八个学生，一个学期每人交一斗的谷只能够自己吃饭，想帮子材是绝不可能。

他抚摸着冯子材的头，不舍地说："子材，你要记住自己的名字，要做有用之材，成不了文曲星，以后就当个武将军吧！"

冯子材根本无心分辨"文曲星"和"武将军"是吃的还是用的，母亲走了，他的天已经塌了。

他本来就不想再进学校，现在父亲提出让他回家，他便听了父亲的话。

从此，这个 4 岁的孩子走进了社会。

冯文贵每次行船都把冯子材带在身边，他不放心把这宝贝儿子放在家里让母亲照看。一来二去，冯子材便成了小帮手，这帮手也不是干什么体力活，就是冯文贵有生意的时候，出出入入与人交易，船上得有个人守着，要不，船上的财物随时可能被洗劫一空。

冯子材毕竟是个小孩儿，虽然失母让他萎靡了一阵子，但上了船，看着蓝蓝的天，清清的水，渐渐便忘记了伤痛。

他在土地庙读书的时候，常常看见功夫佬在隔壁练武，他记住了一些功夫路子，没事的时候，凭着记忆，他便在船上踢踢打打。

冯文贵看在眼里，偶尔也帮他温习，久而久之，他的拳脚有了些模样。

有一次，冯文贵又为老张运盐，下午盐已经装好，定于第二天早上出发。

冯文贵要采购行船几天用的物品，吩咐冯子材说："子材，你在船上小心看守，我要到街上买些物品。"

冯子材响亮地回答："阿爸，你放心去吧，我一步都不离开船。"

冯文贵疼爱地抚摸了一下冯子材的头，挑着一担竹篮离船了。

冯子材时年 6 岁，常年跟着父亲风里来雨里去，已经增长了见识。

父亲走后，他一直待在船上，开始踢他的三脚猫功夫，踢打了一阵，口有些渴了，他舀了一瓢河水喝下，又向着江里撒了一泡尿，还不见父亲回来。

突然有人说着话踏上了踏板，看样子准备爬上船："我看那人去集市交易，起码也要几个时辰，我们动作快点，能搬多少是多少。"

说着说着，这些人眼看就爬上了船。

冯子材心里想，船上能搬走的只有盐，这些贼人是冲着盐来的，我一个小孩，打，打不过他们，喊，也没有人听到，要是惹这些人恼羞成怒，杀了自己，白白丢了一条命，我不如先躲起来再做打算。

这样想过后，他急急在桅杆上挂上了一条红鱼干，接着躲到桅杆处，拉了风帆将自己包住，露出两只眼睛监视着这些贼人。

上船的有三个人，他们上了船，就直奔船舱，把船舱里的睡房搜了一遍，没有找到什么值钱的东西，骂骂咧咧退到船板上，开始揭开盖住盐的草席，一袋袋往船下搬盐。

冯子材眼睛随着他们的移动，看见码头上有人拉了一辆板车在接头，盐被一袋袋搬到板车上。

几个贼人大摇大摆地搬盐，此时码头上人来人往，但大家都以为这些人是质庵公请来的搬运工，没有人理会。

冯子材急了，他知道，这些盐都是张叔叔的，被贼人偷了，他家就得赔钱。

他急得满头大汗，盼望父亲能看到桅杆上的红鱼干，快快回来收拾这些坏人。

时间一点点过去，贼人每人已经搬了好几袋盐装到板车上，父亲还不见踪影。

他想着想着，灵机一动，待到三个贼人都下到码头，他拼了全身力气把踏板抽上船。

那几个贼人转回身，发现上船的踏板不见了，有个人担心地说："莫非质庵回船了，我们快走，不要被他捉了。"

说着几个人前拉后推，急急地离开了码头。

冯子材看见这些人走远，也悄悄下了船，紧紧地跟在他们的后面。

三个贼人上了河堤，往南唐街（今人民南路百货大楼至鱼寮西街东头）方向走去。

冯子材一路跟着。

有贼人回头看见冯子材，举拳威吓他说："小孩儿，再跟着，就杀了你。"

冯子材想：大街上，人来人往，他们不敢杀我。

这些人快走，他也快走，这些人慢走，他也放慢脚步。

三个贼人被跟踪得有些心里发毛，不知如何是好。

突然冯子材冲到三个贼人面前，大声呼喊："阿爸，快抓贼人！贼人偷了我家的盐！"

这一喊，惊动了挑着一担物品急急赶路的冯文贵。

原来，冯文贵远远就看见了桅杆上飘动的红鱼干。这是他和冯子材约下的暗号，发生意外，就在桅杆上挂一条红鱼干。他担心冯子材的安危，正急着往回赶。

正好路上有几个是冯文贵的熟人，听到冯子材呼喊，大家一拥而上，围住了这几个贼人。

贼人眼看事情败露，也不敢恋战，猛力推开冯子材，扔下了板车上的盐，仓皇逃跑。冯子材跌到地上，蹭破了手掌。

冯文贵看见板车上的盐，看见跌得手上全是血的冯子材，什么都明白了。

心痛地说："黑四，你胆子太大了，这些贼人如起了杀心，你就没命了。"

冯子材抹着手上的血，不当回事地说："阿爸，我算准他们在大街上不敢杀我，才跟着他们的，也是看见你才叫喊的。在船上，我眼睁睁看着他们一袋袋扛盐，怕他们杀我，都不敢吭声。"

冯文贵听儿子说得有理，自豪地说："想不到你小小年纪，肠子有这么多弯曲。"

这件事传开后，李先生逢人便说："看看冯子材智取偷盐贼的计谋，比韩信还厉害，这小子英雄出少年，以后必成大器。"

冯子材跟着父亲在船上的几年，虽然辛苦，也是最幸福的几年，他在船上学得了一身三脚猫功夫，还练就了一身好水性，常常在水里捉鱼摸虾。生活虽然清贫，但也乐在其中。

这样的日子在 7 岁那一年突然中断。

出事前冯子材就隐隐有了预兆。

4 月的一天，冯文贵要送一批货到白州，但这次出船，他不让冯子材跟船，临行时还神色凝重地对冯子材说："黑四，你哥身体瘦弱，成不了什么事，你阿嬷又上了年纪，家里就全靠你了。"

冯子材似乎看见父亲的眼里有了泪水，可当时他也没多想。

谁知这一别，竟成了永诀。冯文贵再也没有回来。

7 岁的冯子材和 12 岁的哥哥子清，成了无父无母的孤儿。

每天晚霞映红半边天的时候，冯子材和哥哥两人站立在平南古渡码头上，多想看见父亲开着红单船远远归来。一次次的失望，让这两个少年连哭的心情都没有了。更让他们难过的是，有人议论说父亲投奔了天地会，做了反清的义士。

祖母黎氏听到这些议论，生怕给全家招来杀身之祸。有一天，对两个孙子说："别人问起你阿爸，你们就一口咬定已经死了，以后谁也不准到渡口等他，谁去了，就不是我的孙子！"

黎氏接着说："要是官府听说你阿爸投奔天地会，我们通通得死，你们如果不想死，就不要再去等你阿爸！"

听了祖母的话，两人明白了事态的严重，再也不敢靠近平南古渡。

时间一天天过去，冯子材有时实在想阿爸了，就偷偷跑到男庵庙，跪在地上大哭一场。子清哥不善言辞，李先生早已不知去向，他连个说话的人都没有。

父亲没了，红单船没了，家里已是一贫如洗。

幸好祖母黎氏还藏有一些陪嫁物件，为了养大两个孙子，开始一件件变卖。每次出手前，黎氏都要犹疑一番。

黎氏娘家有个亲弟，家境殷实，也隔三岔五地接济一些钱财给自己的姐姐。

黎氏的亲弟看冯子材从小机敏，为人处世老成持重，自己又没有孙子，便有心收冯子材做继孙。

有一次，冯子材到黎家看望舅爷一家，舅爷以为时机成熟，便让太舅母对冯子材说这事。

太舅母从小疼爱这个小外孙，她拉着冯子材坐在家里厅上的酸枝木太师椅上，疼爱地说："黑四，你母亲走得早，父亲又生不见人，死不见尸，阿嬷现在身子骨也大不如前，我和你舅爷非常喜欢你，看见你家日子艰难，想过继你作为黎家长孙，你意下如何？"

冯子材听了，连忙站起来说："多谢舅爷太舅母对子材的疼爱，我家现在虽然困难，但只要人在，什么困难都可克服，过继的事我不能答应太舅母。"

太舅母听了，先是一愣，她以为自己的好意冯子材会感激不尽，谁知冯子材连想都没想就拒绝了。

她自尊心受到极大的伤害。脸上一阵红，一阵白。

她便直挺挺地站起来，指着冯子材骂："黑四，你有什么好硬颈的？朝无隔夜饭，晚无隔夜粮，日子怎么过，难道等着饿死？如果过继给黎家，住大屋，花大钱，一生吃穿不尽。你以为有志气就能过上好日子？真以为我黎家找不到人过继？"

冯子材想着舅爷一家想过继自己也是出于好意，本来不想撕破脸。

但太舅母盛怒之下，话说得太过分，实在忍不住了。义正词严地回敬："我知道舅爷家有很多钱，恃着有钱，想着我肯定同意进黎家。但我认为，人的志气比钱重要，太舅母难道断定我以后就不能有出息啦？你家现在的这点钱在我眼里不算什么。再说，我过继给了黎家，冯家靠谁来光复祖业，我想舅爷也不想冯家一直衰下去。”

舅爷听了冯子材的一番话，对他刮目相看，打圆场说：“黑四，你有志气是好事，你不同意，这事就过去了，以后家里有什么困难，随时来找你舅爷。”

冯子材这次来黎家，本来是受阿嬷所托，想来借点钱，现在钱没有借到，反生了一肚子的气。

闷闷不乐往沙尾村走来，回家也不知如何向阿嬷解释，只好又折回钦江边溜达。

走着走着，看见很多鲈鱼逆水而上，他灵机一动，快速蹲下来，捡了一块石头，瞄准一条鲈鱼，果断出手，鱼群一下子便没了踪影。

他有些失望，正要转身离开，突然发现有条鱼漂在水面上，他高兴得跳起来，自己打中鱼了。

他剥光了身上的衣服，跳下钦江捞起了鱼，拿在手上掂量掂量，最少也有三斤重。

一击得手，第二次鱼群浮起时，他又故技重演，半天下来，他收获了足足九条鱼，这些鱼大的有三四斤，小的也有两三两。

他穿好衣服，拿鱼到大路街卖了，买了米和猪肉，高高兴兴地回家。

黎氏看见冯子材手上的米和肉，以为冯子材这次借钱顺利，对冯子材说：“得人点滴之恩，要报之以涌泉，你舅爷多年来一直关照我家，以后我们时来运转，要记得报恩。”

冯子材不想告诉祖母关于过继的风波，只一个劲地点头：“我知道了，以后有能力，一定报答舅爷一家。”

这样的日子在苦熬中又过了 3 年。

这年的冬天特别冷，黎氏因感冒卧在床上不能起来，冯子材外出为祖母抓药，看见有几个人抬着一副门板，门板上盖着一张破被，急急往自家的糊蓠屋走来。

他连忙折回头，上前打听。

有人认出他来，对他说：“黑四，你阿爸质庵公在白州过世了，我们看着可怜，把他运了回来，你速速回去告诉你祖母，准备办理后事。”

冯子材一听，就哭晕过去。

他天天想阿爸回来，现在阿爸回来了，却是阴阳两隔。

后事草草办了，连个墓碑都立不起来。

这一年，冯子材 10 岁。

幸好还有年迈的祖母独力支撑，这个家在风雨飘摇中又熬过了 5 年。

时光在流逝，冯子材在苦难中跌倒又爬起来，已经长成了 15 岁的一个壮小伙子。

道光十二年正月，黎氏不堪生活重负，也撒手西去。

临闭眼前，她拉着冯子材的手说："黑四，有件事我要告诉你，你在船上出生，你阿爸抱你回家那天，我看见一只大黑虎走进我家。后来我找先生算过命，你是黑虎精转世，以后遇到困难，一定要挺住，吃得苦中苦，方为人上人。"

从此，冯子材哥俩真正成了无依无靠的孤儿。

祖母走后半年，冯子材和哥哥赖以遮风挡雨的糊蓠屋又被一场大洪水冲毁了。

钦州每年到了夏天雨季，这大水着实吓人，一天到晚大雨倾盆而下。

糊蓠屋原来只是一些泥巴加上茅草搭建而成，经不得雨水浸泡，以前每到过年前都要进行维修，但父母双双没了后，祖孙三人连吃饭都成问题，哪里有钱维护？这样，雨水一淋，糊蓠屋便崩塌了。

冯子材感激老天爷开恩，糊蓠屋是祖母走后才崩塌的，要是祖母在，肯定哭成泪人。

糊蓠屋虽然不结实，可是冯家从南海到钦州时建的第一个落脚点，留下了祖孙几代人的足迹，现在成了白茫茫一片废墟。冯子材站在废墟前，暗暗发誓：以后有了钱，我一定要在这里重建房子。

这时，舅爷看见两个外甥可怜，又重提收养的事。冯子材动员哥哥子清过继给舅爷。

子清想到自己没有什么谋生手段，不过继给舅爷，就会增加冯子材的负担。于是，含泪和冯子材告别，住进了舅爷的大房（今钦州社会福利院 133 号门牌和 144 号门牌房子），过上了衣食无忧的日子。

冯子材则到城东门的土地庙（今竹栏街）栖身。

城东门的土地庙，已经有八百多年的历史，历经多次修修补补，早已经四面透风。

第二章　打柴遇贵客，拜师练武功

钦州的冬天时间很短，从农历十二月开始到次年三月就结束了，但钦州的冬天经常刮着六七级的大北风，这些北风在海浪的助推下，风力特别大，这里的冬天异常寒冷。

为了度过寒冬，这天，冯子材又到山上砍柴。

他砍了一片杂木，捆扎好背在背上，就往山下走。

走着走着，感觉身后有人跟着，可是一转身，又没见人影。

他只好又继续赶路。

凭他灵敏的听觉，知道背后肯定有人。

他装着弯腰绑鞋带，突然转身，发现有个满脸红光的壮大中年男人在离他五六步远的地方盯着他看。

那一年，他才 15 岁，在这个荒无人烟的地方，他不想惹麻烦。

他想："走过这个山坳就上大路了，实在不行，就三十六计跑为上。跑功，他肯定比不上我。"

他又开始走路，那人再也没有躲藏，而是紧紧跟着他，并不时用脚又踢又钩他，想把他绊倒。

冯子材一直强忍着不发作，可那人得寸进尺，劲道越来越大。

冯子材思忖：这人一路跟着自己，如果是敌人，早应该下手了。如果说是朋友，我又不认识他，得问个明白。

想过后，他扔下柴，双手抱拳直视对方问道："敢问壮士，一直纠缠我是为了何事？”

来人听了他的话，愣了一下。拍着他的肩膀说：“子材，你这脚下功夫不错，我考察你适合不适合做我徒弟。”

冯子材听了，深感意外。

久违的一声子材，让他激动得全身都哆嗦起来。从 4 岁入学时李先生叫过他的大名，以后这名字就封存在记忆里。

这一声，他等了 11 年。

激动过后，他反应过来，问道：“我不认识你，你怎么知道我的名字？”

“我要收徒弟，当然要知根知底，要不，教会徒弟打死师父，那不是授人以笑柄？我已经观察你一段时间了，你家的情况我都清楚。”

冯子材有些发愣，一时不知说什么好。

那壮汉看见他这个样子，哈哈大笑着说：“你警惕性蛮高的，装着缚鞋带观察情况，这是没有功夫人的笨办法。一个功夫深厚的人，眼观六路，耳听八方。危险没发生前，已经准确选定处置办法，像你现在的反应，敌人要取你性命，早就死八次了。”

冯子材心里明白了，口中喊着：“师父请受徒儿一拜！”

说完跪在那个壮男面前，纳头便拜。

壮男扶起他，开心地说：“你现在还不能喊我师父，待跟我学过后，如果我满意才正式收你为徒。我知道你一直练功夫，但你的功夫，只能强身，不能御敌。从今天起，你要把以前练的全部忘记，从头跟我学起。”

冯子材连连点头说：“好好好，我全听师父的。”

“好，你现在跟我先学弓步和马步，练功之人，这是最基本的动作。”

壮男说完，双脚拉开，一个马步稳稳地蹲下。

他对冯子材说：“你有多少力就用多少，试下我的脚下力道。”

冯子材摇手说：“徒儿不敢冒犯师父。”

“做徒弟第一条，就是要听师父的话，你试无妨。”

冯子材听了，不敢用脚，便虚身上前，双手抱着壮男的左腿拼尽全力往下扳。但不论怎么用力，又是推又是搡，壮男的脚好像根生大地，依然纹丝不动。

冯子材累得直喘粗气。

但他不服输的性格不肯败下阵来。他往后退一步，猛然发力，用头去撞壮男的身体。

突然间，他感觉一股力道绵绵地向自己推来，他还没有反应过来，自己就跌出 5 米开外。

他爬了好一阵才爬起来，红着脸说："师父，你真厉害！"

壮男收起马步，严肃地说："我只是用了一分的力，要是敌人，你早没命了。来，再看我的弓步。"

那人摆下弓步并对他说了弓步的站法和移步方法。

冯子材在壮男的示范下，一一练习。

壮男看见他基本了解要领，解开腰间大头裤，从内取出一张花花绿绿的图纸，递给冯子材说："这是一张练刀的功夫图，我现在给你做一次，你要用心记住，今晚回去好好练，明天早上 7 点我在此等你，考考你有没有天赋。"

冯子材看那图纸，一共有 56 个图，他想，看来打完这套刀法，有 56 步。

师父看见他盯着图看，对他说："这个回家再看，你先看我如何用刀。"

说完，从冯子材扔在地下的柴捆里抽出一根枝条，双手举起，呼呼生风地舞动起来，一边挥舞着树枝一边讲解。

冯子材跟着壮男练习，虽然开始有些不得要领，左支右绌，但还能勉强跟上壮男的动作，两人来来回回地演练。

壮男偶尔大喝一声，在寂静的山中，冯子材感觉山都在微微抖动。他第一次领教了真正武功的威力。

在他眼里，师父简直就是一座高山，高到不可攀登。

临分手时，壮男对冯子材说："现在朝廷腐败，防民如防贼，看见有人练功，就如临大敌。这山里隐蔽，为了不惹麻烦，明天一早，你到这里来，我们再练，我现在有事，要离开了。"

冯子材本想请师父到家吃餐饭，但想想自己现在栖身在破庙中，怎么也不好意思开口说出这话，于是只好和壮男告别，匆匆下山。

把柴背回家，正好哥哥子清到土地庙看他，子清说："四弟，舅爷说天太冷了，叫你搬到家里住。他家房子多，你还是听他的话，和我们一起住吧，也好有个照应。"

"哥，男人大丈夫，最怕的是没有志气，现在我身强力壮，什么苦都可以克服，你不用担心我，好好过你的日子。"

子清想到自己的老弟这样倔强，自己又没法说服他，只好说："那我今晚和你在庙里一起睡。"

"哥，我今晚要干一件大事，集中练好刀法，如果可以过关，我就有师父了。你回去吧，别影响我。"

子清说："四弟，你跟谁练刀法？兵荒马乱的世道，我们可不要惹出麻烦。”

“这人功夫了得，是谁我也说不清，反正不是坏人。我练功去了。”

说完，他从墙脚的水缸里舀了瓢水，咕咕喝下。顺手吃了两只早上煮的红薯，拿了一根扁担，便到破庙后墙练功。

子清担心弟弟，不时出来瞄两眼，本想说点什么，但看见弟弟全身心在舞那根扁担，也不便开口。来来回回走了几次后，也就由他去了。

冯子材直练到三更天，才睡下。

一觉醒来，发现日头已经升到竹竿高。心里叫一声：“不好，迟到了！”

早饭也来不及吃，拿了根扁担，就急急忙忙往山上跑。

远远地就看见那壮男已经在呼呼生风地舞起了大刀。

冯子材忐忑地走向他，轻轻叫了声：“师父早。”

话还没说完，就被壮男一脚踢翻在地。那人生气地说：“你回去吧，连个时间都守不准的人，学了也是白学。”

冯子材一听，连忙跪在地上说：“我知错了，下次一定提前来。”

壮男说：“一次不守信，一生不守信。我最恨不守信的人。你起来吧，你这徒弟我是万万不敢收了。”

冯子材苦苦哀求，壮男不为所动，一个劲地赶他走。

他心里想，虽然还没有正式拜师，但师父毕竟教了我刀法，一日为师，终生为父。师父现在还在练功，我不能自己离开。

冯子材便自己找了块平地，离壮男远远的，自己也练了起来。

练着练着，发现壮男站在背后观看，不时地点一下头。

他连忙停了下来，羞愧地说：“师父，我知道错了，你就原谅我一次吧！”

壮男脸色温和地说：“你昨晚练了一晚？”

冯子材老老实实回答：“只练到三更天。”

壮男说：“你昨天晚上练了半晚，一定很累，睡下就不知醒了。但这不是迟到的理由，你千万要记住，人在世上安身立命，守信是最基本的品质，承诺的事，一定要兑现。要不，就会失信，人失信了，和死了没有什么两样。因为以后你说的话，做的事，再也不会有人信你！”

冯子材一个劲地点头。

壮男说：“刚才看见你自己在练，基本动作已经掌握了。以后在练习中你要一边练一边琢磨，如何出手才能更快，更狠，看我。”

壮男说完，手起刀落，直向冯子材逼来。

冯子材看见他的刀向着自己左肩劈来，下意识地用扁担向左边挡。可是，壮男的刀在抵达左肩前，刀锋一偏，已经落在他的右肩上。

冯子材吓出了一身冷汗。

不用壮男说，他也知道，如果真对打起来，现在自己的右肩已经被斩下。

壮男拿起刀，对他说："什么叫眼观六路，这就是眼观六路。我这刀表面上是劈你左肩，其实是障眼法，目标是劈你的右肩。平时用右手的人，如果右肩伤了，相当于全功尽失，你只死盯着左路，没有防备右路，所以吃了我一刀。"

冯子材羞愧得低下了头。

壮男又把有关进攻与防守的不同一一指点他。两人练到太阳升上头顶的时候，壮男说："你回去吧，再练，家里的米缸要空了。"

冯子材想不到壮男连自己家里的米将要吃空都知道，看来这人神通广大。

接着一个月，冯子材天天按时来练功。

这天，两人从早上练到正午，全身早已经湿漉漉了。

壮男对冯子材说："我们歇一会儿吧，我有话对你说。"

冯子材听壮男有话对自己说，有些害怕壮男不肯收自己做徒弟，连忙跪下说："师父你打我骂我都行，我跟定你了，你收也得收，不收也得收。"

壮男说："子材，记着，男儿膝下有黄金，就算是师父也不要轻易跪，膝头软的人，身子也软，关键时刻就不会挺起腰板。"

冯子材听了壮男的话，连忙站起来说："师父你同意收我做徒弟啦？"

壮男说："这么好的徒弟到哪里去找？你这徒弟我收了。"

他接着说："你进步很快，刀法已经基本掌握，有了防身的功夫，但不到万不得已，不要轻易出手。本来入我师门有很多的讲究，现在国难当头，我就一切从简，什么入门仪式也不搞了。但有几条规矩你得记住。第一条，要诚实谦逊。练功之人，要按照师父教的老老实实练，不能一心二用，学其他旁门左道，虽知一山更比一山高，遇见练功之人，不能逞强好斗，要谦卑做人。第二条，要决心一贯，不能朝秦暮楚，半途而废，这是练武之人的大忌。第三条要虔诚严肃，拜了师父，师徒结成骨肉亲情，领法派，受宗传，成为本门学业与技艺的一代传人，有了门派，有了师承，不做野猫野狗。"

壮男说到这儿，从裤头上取下一条结腰带的木条，递给冯子材说："这个是师父给你的信物，有了这个信物，就是师父不在了，同门师叔师祖也会像我一样关心你。"

冯子材双手接过师父的信物，紧紧捂在胸口，面对师父，直直跪在地上，拜了拜说："师父，子材无父无母多年，以后师父就是子材的再生父母，这次拜过师父后，子材谨记师父教训，以后决不轻易下跪。"

壮男说："刚才我讲的几条你都记住啦？"

"记住了。"

"这几吊钱你拿着，回家打把大刀，以后就在江湖上用刀替天行道，救护苍生吧。师父走了。"

冯子材问："师父，你能不能告诉我名字，以后我也好找你。"

"练武之人，天下无家天下家，你不用知道我的名字，知道我的名字对你也不是好事。有了防身的功夫，不到万不得已，不要轻易出手。"

师父说完，身子一跃，人已经到了三丈地外。

冯子材只好趴在地下向远去的师父叩头。

他带着哭腔喊："师父，起码你要告诉我姓什么，要不，我怎么找你。"

师父听了冯子材的话，停下来说："我们如果有缘就一定能相会。"

师父说完，大步流星地走了。转过一个山窝，人就看不见了。

第三章　保镖谋生计，九死觅一生

钦州沙尾村大多是贫困的行脚商和以打鱼为生的渔民，家里有个人死了，天就塌了。如果没有大家的帮助，有的人家里死了人，连丧事都办不了。

由于清朝处于风雨飘摇时期，反清的野火四处燃烧，清廷为维护将倾的大厦，四处“剿杀”反清人士，一时间，鱼目混珠，群贼并起，社会上人人自危。

冯子材对社会的乱象深感忧虑，发起成立十友社[1]，组织青壮年练武保家。与此同时，冯子材有感于自己家里亲人过世时的孤苦伶仃，十友社社员除了练武，还附带帮助有婚丧嫁娶之家办红白喜事。

办社之初，喜欢练武的人多，响应帮办红白喜事的人却没有几个。大家都担心起龙头杀狗尾，先办的得益，后办的吃亏。

后来看见冯子材办事公道，有困难的家庭得到及时帮助，大家信服了冯子材，社员也一致推举他担任社头。

他看见入社的人多了起来，为了便于管理，立下了社规。其中办丧事就有这样的规定：谁家有丧事每户对丧主助钱、粮数额若干，负责出人抬棺送葬等。凡不参加资助的社员，算自动放弃社员资格，以后他家有事，社友不再负责料理他家的丧事。这些规矩为贫困的家庭解决了后顾之忧，也为一些不想尽

(1) 林绳武撰《冯子材传》上记载有冯子材成立十友社。

力只想占好处的人立下了规矩。得到沙尾村人的交口称赞。

这个时期的冯子材，已经显示出了独特的组织能力和管理能力，为日后他统领千军万马进行了热身。

岁月在无声中流逝，日子在苦难中熬过。

冯子材从一日为三餐奔波的少年成长为一个有理想有抱负的青年。

当时，由于钦州与越南近在咫尺，国际贸易发达，商业活跃，钦州成了各路人物在此捞世界的黄金地盘。

当时在钦州流窜着一批所谓的艺人，他们盘踞在大路街，以卖艺之名强买强卖，欺行霸市，一言不合就对他人拳打脚踢，钦州人苦不堪言。

冯子材看在眼里，思考着如何将这批不良艺人赶出钦州。

有一天，他在沙尾村敲锣打鼓把十友社一班兄弟集中起来，大声宣布说："弟兄们，大家跟我一起杀到大路街，看见唱戏的就往狠命里打，打死了，大家就往外跑，我一个人留下抵命，不怕死的，都跟着。"

一班弟兄对假艺人欺压乡亲本来早就看不惯，现在有人挑头，打死人又有冯子材担着不用偿命，便纷纷操起家伙跟着冯子材向大路街前进。

从沙尾村走到大路街要渡船过平南古渡口，这样一支拿着刀棍的人马，早已经惊动了钦州街。

这班弟兄在等渡的时候，大路街的假艺人早已经闻知风声，一个个吓得落荒而逃。待冯子材他们赶到，除了假艺人仓促间丢下的戏服、道具，哪里还找得着一个人影？

有人说："黑四，这些人还没跑远，我们分头去追，肯定能找到他们。"

冯子材说："他们自己跑了，也免得我们下手，大家都回去吧！"

有人不解地问冯子材："大家都来了，为何轻易放过这些人？"

冯子材说："我们是守法的民众，怎么能随便杀人？吓跑了就行了，大家都回去吧！"

大家这才知道冯子材用的是敲山震虎计，兵不血刃就吓跑了敌人，可谓妙哉。

众人又见识了冯子材的智慧。从此更加信服他。

由于冯子材的武功了得，加上诚实守信，开始有人请他当保镖。

他一直在廉州府、钦州、白州、灵山、北海一带活动，每次出行，都带着十友社的一帮同门弟兄，相互照应，保镖生涯算是有惊无险。

这一时期，冯子材拼命攒钱，计划在沙尾村重建房子。

道光三十年六月[1]，廉州府财主黄承武托人捎话给他，叫他到廉州府有事商量。

这一年，冯子材三十三岁。

次日一早，冯子材带着黄锦泗、黄崇英叔侄匆匆赶往廉州府。

也是钦州本地人，是冯子材发起成立十友社的创始社员，两叔侄性格互补：黄锦泗为人厚道，一身正气，是那种路见不平拿锹铲的人。平时沉默寡言，做起事来有板有眼，最得冯子材信任；黄崇英长得虎背熊腰，处事果断，有谋略，也是冯子材十分倚重之人。

他把两叔侄当亲人，这叔侄也心甘情愿由他差遣。

路上，黄崇英对冯子材说："四叔，听说现在洪秀全在广西起事，要推翻朝廷，实行均贫富。我们这么卖命干活，还养不了自己，都是因为朝廷太坏，我们干脆组织十友社的兄弟投奔太平军去。"

冯子材说："现在还不是轻举妄动的时候，被发现，就全家挨杀头，我还好，赤条条一个人，你们都是有家口的。别给自己惹火烧身。"

黄崇英听了冯子材的话，只好说："我也不是说现在马上投奔过去，只是有这个打算，事关身家性命，自然要考虑清楚。"

一路无话的黄锦泗突然说："听说太平军现在就在武宣，也不知离钦州多远。"

冯子材停下脚步，看着黄锦泗问："怪了，你们怎么都突然关心起太平军来啦？"

黄锦泗支支吾吾地说："现在到处都在传要改朝换代，如果改朝换代让我们老百姓有饭吃，自然是好事。"

冯子材忧虑地说："改朝换代哪有这么容易？太平军与朝廷打起来，受害的还不是老百姓，我们安守本分，只求保全小命于乱世就万事大吉。"

黄崇英对冯子材说："四叔，都说时势造英雄，我看，现在就是出英雄的最好时机。如果起事之初就加入了，算是头等功臣，我的要求不大，能当上钦州知府大人就满足了。"

冯子材打嘲黄崇英说："知府太小了，你应该把眼光放远一点，最小也要做个提督。"

黄崇英听了，认真起来："谁知道呢，说不定有一天我真当上提督。"冯

(1) 有论著称是道光二十八年。

子材知道他只是开玩笑，也不接口。

三人走着走着，远远的已经看见廉州府的灯光。

黄锦泗突然停下脚步说："四哥，你猜黄老板叫我们去廉州府为何事？"

"能有什么事？肯定是请我们做保镖了。我们替黄老板保镖又不是第一次了。"

黄崇英说："要是请我们做保镖，直接传话就行了，我们可以多带一些兄弟，不用走两次路。我看这次未必是为保镖之事。"

冯子材说："都到廉州府了，见了黄老板，不就明白了，我们快走吧。"

三人于是加快了脚步，不时便走到官府旁的一幢高楼前，冯子材到门房递上帖子，退到门侧等候。

过了一刻，门童报："黄老板有请冯公子。"

冯子材一行在门童的引领下，缓缓前行，直达黄老板平时会客的小偏房。看见黄老板已经站在门口迎接。

这黄老板虽然万贯家财，但为人最为谦恭。冯子材等人虽然是镖师，但在那个时代，镖师也是一个贱业，属于社会上的下九流。黄老板能礼贤下士，恭敬地迎接三位镖师，让冯子材感觉很温暖。

黄老板六十出头，天庭饱满，印堂发亮，一脸的红光，一看就是个养生有术之人。

分宾主坐下，下人给三人上了茶。

黄老板端起茶巡敬了一道，有点忧虑地说："这次专门请冯公子到府上来，是有要事相求。"

三人做洗耳恭听状。

黄老板接着说："你们三个都是我的熟人，我就直说吧。最近我和白州牛老板邓大人做成了一笔三十头沙牯的交易，邓老板坚持一定要将这三十头沙牯安全到达白州才付钱。现在白州地界有人占山为王，专门干绑架抢劫的勾当，我在廉州府附近洽谈了三个镖局，他们都怕镖有闪失，不肯接手。我请你过来，是想了解你有没有把握确保这次的交易成功。"

冯子材回答："黄老板，你也知道，我们镖行有行规，失了所保之镖，由镖局按价赔偿，我们也不是第一次合作，请相信我们，会按时将沙牯送到邓老板手上。"

"我也知道你们守信，但这事千万不要大意，这次要赶着三十头大沙牯过村走屯，目标暴露，很容易被贼人盯上。听说，在白州起事之人叫刘八，为人凶残，手下有近万人，若要安全，只能走小路。"

冯子材之前也听说过刘八势大，着实多了几分担心，但他太需要这笔生意了——这趟镖走下来，建房子的钱差不多就够了。

于是子材连忙说："我们签了契约，即派人查清路途情况，尽量避开贼人的地盘。"

黄崇英听到签契约，连连咳嗽。

冯子材知道他有话要说，但他也不愿听，出道以来，他保过的镖也不知有多少宗了，如果有一点风险就想放弃，以后谁人还敢请他们？正是因为有风险，事家才花钱请保镖。他要在险中求胜，让钦州十友社威名远扬。

想过后，便装作不知黄崇英的示意，埋头签了契书，拿了定金。和黄老板约好三天之后起镖。

三人走出黄老板的大楼，黄崇英有些担心地说："四叔，听了黄老板的话，我的心怦怦地跳，这次感觉不太好，本来想叫你暂缓签这契书的，但你没有留意。"

冯子材说："我知道你的意思，但我不想错过这样的机会。你们也知道，我家沙尾村的房子自从被洪水冲崩后一直都没有建起来，现在钱攒得差不多了，保了这趟镖，钱基本就够了，所以不能退缩。为了做到万无一失，你们两人今晚速速起程赶回钦州把日坤、兆金等一干人马全叫上，人越多越好，起码也要找够二十人，争取后天赶回廉州府待命。我要亲自走一趟白州，详细踩点。你们如先到，就到下街长春旅所住下，我回来到那儿找你们。"

长春旅所是广府客商开的一家义社，专门为广东各路商人免费提供住宿。当年廉州府隶属广东管辖，钦州作为廉州府的辖地，钦州过往廉州府的行人享受这个免费待遇。

叔侄两人听了冯子材的话，不想给他添更多的纷扰，黄锦泗说："四哥，你自己一个人，万事多保重，我们后天见。"

说完，和冯子材告别，又匆匆上路。

第三天，黄锦泗如期从钦州带来了二十个十友社的兄弟，一到廉州府，这批人便悄无声息地住进了下街长春旅所。

下街南与惠爱桥相接。

惠爱桥始建于明成化年间，宣统元年重建。廉州八景之一的"西门古渡"就在桥旁。傍晚的时候，站在桥上往江上远眺，渔火点点，小船穿梭而过，淡淡的水汽氤氲于晚霞中，就像一幅轻描淡写的水彩画。明朝有个廉州知府叫朱勤，专门为惠爱桥写过一首诗：

门启城西瞰碧流，渡当门外几经秋。
水通海角潮声急，路指天涯地理修。
堤畔驻鞍人倚马，岸边系缆客停舟。
晚来吏散黄堂静，犹听渔歌起岸头。

这诗像工笔，描画了惠爱桥的动态景象。

下街的北面就是古城护城河，面对古城墙背倚西门江，全长220米。兄弟们住在这里最合适，因为这里靠近城墙，城里万一有事，撤退可得先机、进城又十分方便——更重要的是黄老板的镖就关在下街对面的围场里。

他们已经商量好了，早上5点起来赶路，一是可避太阳，二来可争取更多赶路的时间。

二十多个兄弟睡的是一间大通铺，没有床，一人一张草席铺在地下睡的那种。

这时正是夏天，睡地板也凉快。大家睡在一起，一旦有事，相互有个照应。

大家脱得只剩下裤头，都躺在了席子上。

突然听到不紧不慢的敲门声。

冯子材示意大家不要出声，给黄崇英丢了个眼色，两人一跃而起，一左一右守在门后。

其他兄弟也都手持武器随时准备应对。

冯子材看见大家已经有准备，便对门外说："我们已经睡了，有事明天再说。"

门外的人答："冯公子，我家黄老板给你配了两个帮手，明天和你们一起上路。"

冯子材听出这是黄老板门童的声音，这才把门打开。

门外除了穿长衫的门童，站着两个赤脚的农夫，他们年纪都在六十以上。

门童看见冯子材的人马个个光着膀子，不好意思地说："打搅了，不知你们已经睡了，这是我家的伙计，黄老板为了此行顺利，派他们来赶牛。"

冯子材本来不想让两人加入，又怕黄老板有看法，只好说："回去代我们谢谢黄老板，两位请进吧！"

门童走后，两人进了房间，做自我介绍，稍高一点的说："各位大侠，本人小姓李，大家都叫我李牛倌，养牛42年，老板叫我帮大家赶牛。"

接着是胖一点的那个做自我介绍："小姓戚，大家叫我牛戚就是。"

大家听了，都掩嘴而笑。

大家挤了挤，给两人腾出了睡觉的地方。

一夜无话。

次日早上4时，大家便起了床。

黄锦泗已经从外面担回两桶干饭和一大盘咸鱼，大家蹲在地上吃了饭，两个牛倌在二十多位保镖的护送下，打开栅栏，放出了三十头沙牯，一路人马沿着城墙出发。

冯日坤领着三人在前路打探，冯子材和冯兆金领着五人断后，黄锦泗叔侄领着其余兄弟和两个牛倌在中间压阵，一行人急急往东北而行。

走着走着，太阳慢慢升了起来，热浪扑面而来，牛渴得直喘粗气，先是一头沙牯站在路上不肯迈步，任牛倌如何威吓，鞭打都无动于衷。接着，全部沙牯好像得了命令一样都不肯走了。

断后的冯子材发现前面停止前进，连忙赶过来，看到这个阵势，知道如果不喝点水，这帮畜生是如何也不肯走了。

于是只好派人到处去找水，很快在前面不远处路边发现了一口水塘。

但牛群就是不肯迈步。

冯子材急中生智，派人到水塘取了一瓢水，拿着水瓢在前面走。

牛群看到水，便纷纷跟着水瓢走，一下子便把牛群引到了水塘边。牛群散开，美美地饱饮一餐，这才又迈开了脚步。

这天晚上，人马在旧州过夜。

冯子材派人帮助两个牛倌安顿了牛群，让这群畜生吃饱喝足，才轮到镖师们吃饭。饭毕，除了值勤的冯日坤、冯兆金，为了补足体力，大家早早入睡。

次日一早起来吃了饭，给沙牯喝足水，喂足料，大队人马又重新上路。

上路前，冯子材对大家说："刘八现在主要活动的地点在灵山县，但大本营在白州，旧州离白州越来越近，为了避免意外，我们在太阳下山前一定要到达白州，路上不能休息了，大家辛苦点。"

众人会意，一路往东走。

山林越来越密，山路两旁开满了各色鲜花。鸟儿一路歌唱，山泉水潺潺而流，和风轻拂，让人身上感觉清爽，汗水也在微风的抚慰下慢慢蒸发。牛群来了精神，东一口西一口地偷吃路边的野草。镖师们精神也抖擞起来。

冯子材鼓励大家说："再赶一程，天黑前到达白州交割完，我们的任务就完成了。"

大家听了，都欢呼起来。一路紧走，马上就要翻过六万山南麓，过了双凤、浪平，再走一段就是白州了。

冯子材提醒大家说："现在还不是放松的时候，翻过六万山走上平地，才算安全。"

冯子材话音未落，突然一阵锣鼓喧天，从两边树林中、山上突然涌出了无数拿着刀枪的大汉。这些大汉个个凶神恶煞，口中嚷道："要想活命，赶快留下买路钱！"

冯子材双手紧握倭刀，一个马步站稳，摆开了对决阵势。

山上跑下来的人越来越多，已经对他们形成了包围圈。树林里的人还在不断涌来。

黄崇英手上一左一右拿着两把大刀，向冯子材这边靠拢，和他背对背相互拱卫着，轻声说："四叔，遭到敌人埋伏了，若要抵抗，眼睁睁看着弟兄们人头落地，我们不如投降，先保全性命，再伺机而动。"

冯子材听了，反应过来，知道现在唯一的办法就是投降。于是放弃了抵抗。

愣神的一会儿工夫，一干人都被绑了，几个押一个，向着白州方向走去。那 30 头大沙牯也被赶走，牛群惊恐的"哞哞哞"叫声，在山坳里久久回荡。

人和牛被分开后，冯子材一行人被押着也不知走了多久，跌跌撞撞被人押进了一间宽敞的大厅前。大厅墙壁上挂了六盏汽灯，照得四周白晃晃的，四周团团站满了拿刀拿枪的一圈人，只听一声传呼："带犯人！"

接着冯子材一干人便被推搡进大厅。

大厅正面的太师椅上坐着一个男人，冯子材偷偷看了那人一眼，感觉很是面熟。

看见众人被押着跪下，那人像县官审案一样，惊堂木重重一敲，威风凛凛地说："你等何方人士，为何闯我营盘，老实招来！"

冯子材听了他的声音，尤感耳熟，但一时就是想不起在哪见过这人。只好高声回答："在下乃廉州府钦州沙尾村人冯子材，我们不知此地属于大人贵地，万望手下留情，放还我们的镖物，我等速速离开贵地。"

"想得美，要想离开我这大营，只有两条路，不是横着出去，就是与清兵战死。"说完，突然好像想起什么，沉思了一会儿，问道："你是冯子材，就是沙尾村的那个黑四？"

冯子材听了，如电光火石在脑中划过，他想起了十多年前认识的一个人。

冯子材在 15 岁住到土地庙时，有一天，有个声音洪亮的男人来到土地庙，带了很多好吃的东西来，说是慕冯子材的名而来，一定要和他结拜兄弟。由于冯子材对来人情况一无所知，便委婉拒绝了。当时那人也不为难他。在土地庙里放下酒肉，自斟自酌吃了肉喝了酒便离开了。

冯子材只记得当时那人说自己姓刘，也没有多问。

冯子材万万没想到，十多年不见，此人已经成了山贼王，也就是黄老板口中的刘八。

他前两天踩点，一路上都听到有人在议论这个刘八。

刘八原是白州州官游长岭的轿夫头子，是当地天地会的头目，当太平军打到广西武宣时，他便在广东石城一带起事，被清兵“围剿”击溃，他逃回白州大垌圩后打着反清的旗号招揽了近万人，正要北上武宣和太平军会合，但多次联系不上太平军，近万人天天要吃喝，花费巨大，为了应付开支，他只好干起土匪的勾当，打家劫舍，拦路抢劫，杀人越货，已经从抗清义士沦落为土匪头子，当地人民十分痛恨。

冯子材听了刘八的话，讽刺说：“想不到刘大人已经成了山大王，可喜可贺！”

刘八听不出冯子材话中有话，从台后走出来，扶起冯子材说：“清妖腐败透顶，民不聊生，今日重逢，也是老天安排。我看见你这帮弟兄武功了得，你不如领着他们加入我的阵营，做我二把手，一起反了清廷，恢复我汉家江山。”

冯子材回答：“小民只是草民一个，生逢乱世，只想好好活下去，实不敢承领刘大人的好意。”

刘八一听，勃然大怒，骂道：“国难当头，你只想自己苟且偷生，不入伙，就只有死路一条！”

冯子材气不过，骂道：“什么抗清义士，原来只是土匪一窝！”

刘八高声下令：“来人！给我重重地打！”

一时间，几个站在两旁的大汉蜂拥而上，对着冯子材一阵拳打脚踢。

黄锦泗素知冯子材倔强，就算打死也不会求饶，心里想，如果任由他们打下去，黑四必死无疑，无论如何得先保命。

于是高声喊道：“刘八老爷，我们久闻你的大名，你既然以对抗清廷为己任，就不应该滥杀无辜，你这样，和欺压百姓的清廷又有什么两样？”

刘八一愣，开口说：“行大义不拘细节，我这是筹集粮饷，不日即投靠太平军，我念着当年有一面之缘，好意劝你们入伙，冯子材却敬酒不吃吃罚酒，自己找死。”

黄锦泗说："你放了四哥，我同意人伙！"

一帮镖师纷纷跪下求饶。

刘八得意地说："同意入伙的站到左边，不想入伙的站到右边。"

这话一出，众镖师你看看我，我看看你，除了黄锦泗站到左边，谁都不动。

刘八说："不肯入伙的通通关进牢房，明天再说。"

黄崇英连忙站到左边说："我同意入伙。"

接着又有几个人站到左边。

后来，只有冯子材、冯日坤、冯兆金等五人不肯入伙，他们又被拳打脚踢一番，最后被五花大绑地扔进了牢房。

一连几天，刘八的人天天来滋事，要冯子材五人每人交赎金100两白银才肯放人。

冯子材被绑架的消息传回沙尾村，冯子清急得六神无主，到处借钱。

平时和冯子材交好的一班兄弟全部在刘八手里，根本就是告借无门。由于冯子材曾经拒绝了太舅母收为义孙的提议，冯子清也不敢向舅爷请求帮助，整天除了满眼泪水，一点办法都想不出。

冯子材和几个兄弟在牢房里白天被刘八手下痛打，晚上被蚊子叮咬，受尽了折磨。有一天，他对冯日坤、冯兆金他们发誓说："如果这次被折磨死了，也就没话可说，万一有一天能出去，不铲除这帮丑类就誓不为人。"

冯子材在刘八的牢房里关了二十多天，早已万念俱灰。想到黄老板失镖后的急火攻心，想到哥哥子清的惊吓，冯子材就不能原谅自己，后悔自己逞一时之勇埋下了这个大祸。心里发誓说："以后如能生着出去，凡没有十分把握之事决不可强做。"

有一天晚上，冯子材昏昏睡去，梦中，黄老板抓着他的前胸质问："冯子材，你不是说保证我的大沙牯安全到达吗？现在怎么连自己也被关进了牢房，我看你以后怎么在江湖上混！"

冯子材吓出了一身冷汗。惊醒后看见黄锦泗焦急地摇着他说："四哥，赶快逃命去，今晚刘八又下山抢劫，周围只有几个哨兵，我偷偷摸进来的。"

冯子材问："其他人呢？"

黄锦泗说："一班兄弟都随着刘八下山了，如果我不赶快下去，可能刘八会怀疑，你们快走，我们后会有期。"

说完，黄锦泗给冯子材手上塞了一块银子，急着要走。冯子材拉着他问："你打算以后怎么办？真跟了刘八？"

黄锦泗说："这里不是留人的地方，我早就想着投奔太平军，刘八现在到处打听太平军的下落，我暂时栖身在此，希望通过他尽快找到机会。"

冯子材想不到平时闷不作声的黄锦泗如此坚决，想到从钦州到合浦路上他说的话，原来黄锦泗早就萌生了投奔太平军的念头。冯子材心里一颤，但时间紧逼，不是商量的时候。只好叮嘱几句，匆匆道别。

几个人一路上风声鹤唳，草木皆兵，跌跌撞撞奔跑着，也不知过了哪条村哪个店，跑着跑着，看见太白金星已经在东方升起。

冯子材说："天马上就要亮了，这里还是刘八的地盘，我们不能再在路上跑了，得找个地方躲起来。"

于是，五人摸进了一个只有几户人家的小村。看见村边有片黑蔗长势十分的茂盛。冯子材说："天无绝人之路，这块黑蔗地就是我们的藏身之地，进去。"

五人于是摸进了黑蔗地。

冯日坤说："四哥，我饿得头晕脚软，喉咙像生火一样，都渴死了，能不能犯一次规，吃根黑蔗？"

十友社第五条规定，偷盗东西，开除出社。

冯子材听了冯日坤的话，说："吃吧，你们都放开肚子吃，吃完我们留下锦泗给的那块银子。"

冯日坤听了，欣喜若狂，连连劈断了十多根黑蔗，剥了蔗叶，便一口接着一口嚼起来，喉咙上下滑动，一个劲地往下吐着蔗渣。

冯兆金看见冯日坤带了头，拿起一根黑蔗就着膝头掰断，风卷残云地嚼着，其他人也跟着嚼了起来。

冯子材知道他们太渴了，晚上还得赶路，如果不吃点，铁人也顶不住。

几个人一连嚼了好几根黑蔗，肚子都鼓起来了。接着往地下一躺，就睡死过去。

冯子材虽然全身酸痛，被刘八手下痛打的伤口火辣辣的，但他看见大家都睡下，自己不敢大意，只好盘腿坐下边打坐边警戒。

也不知过了多长时间，冯日坤醒了，看见天色已经暗了下来，冯兆金几个嘴上流着口水，还在呼呼大睡。

冯子材却不见踪影。

他一惊，连忙站起来。只听冯子材声音说："人生地不熟的，你们一点警惕性都没有，闭眼就睡，要是刘八的人追杀来，大家全没命了。"

冯日坤惭愧地说："被关了二十多天，天天不是被打就是挨饿，实在太累了，下次一定注意。”

冯子材说：“越是危险的时候，越不能太意。天马上就黑了，你站岗，我睡一会儿，半个时辰后叫醒我，趁着黑夜，我们离开这里。”

第四章　踏上从军路，四处去招兵

冯子材和几个兄弟九死一生逃回廉州，已经是第二天子夜时分。冯子材说：“你们先到下街去找点吃的，安顿下来，我得赶快到黄老板家向他道歉，和他商谈赔偿的事，让他放心。”

冯日坤说：“四哥，三十头沙牯的钱，你一辈子做牛做马都还不了，三十六计走为上，我们不如走人了事。”

“黄老板把身家性命交给我们保护，现在失手，我这一辈子就算还不完，还有下辈子，你们不要多说，一人做事一人当，我去了。”

说完，自己一个人向黄家走去。

门童开门，看见冯子材，像见了鬼一样吓得转头就跑。一边跑一边高喊：“老爷，黑四回来了。”

听到喊声，黄老板从内房冲了出来，急急问道：“快快请他进来。”

话音刚落，冯子材已经走到他的面前，痛苦地说：“黄老板，对不起，我没有保护好你的沙牯，现在我是来和你商量赔偿之事的，我会按你提出的条件，一定如数赔偿给你。”

黄老板本是个菩萨心肠，又常年和冯子材有生意来往，知道这次失手也不是冯子材不尽力。连忙说：“人能平安回来就好，赔偿的事，以后再说。先和我说说是怎么回事。”

冯子材便一五一十把如何被刘八所掳，刘八如何强行留下弟兄们当炮灰，他们几个又如何逃出来一一说了。

黄老板说："刘八这人心狠手毒，现在官府到处'围剿'他，这人死期到了。你一定很累了，洗个身，吃饱饭，在我家睡一觉，赔偿的事明天再说。"

说完，吩咐手下说："快快给冯公子煮饭。"

冯子材在逃跑的路上，想了无数个被黄老板责骂的场面，想不到黄老板不但没有责备他，还给他煮吃的，还要留他在家过夜。这个硬汉眼窝一热，泪水不争气地流了下来。要不是师父说过男儿膝下有黄金，他真想跪下感谢黄老板。

黄老板看见他哭得伤心，安慰他说："有青山在，就有砍不完的柴。人活着就好，不用伤心了。不要你赔呢，就会坏了你的名声。这样吧，你就按照时价，赔我二十头沙牯的钱吧。我自己也有责任，余下的十头，就算我自己的损失。"

冯子材听了，感动得再次泪流满面。他双手抱拳，深深地鞠了一躬，发誓说："黄老板，你的大恩我一辈子忘不了，他日如果咸鱼翻生，出人头地，我要加倍报答你。"

黄老板说："你什么时候有钱就什么时候还，不急。"

冯子材听了，发誓说："我回到钦州，就设法凑第一笔钱还给你。"

冯子材说完，也不吃黄老板的饭，脚下轻松地回到下街，找到冯日坤他们。

冯日坤他们都没睡，一直在等冯子材。看见冯子材平安回来，都围过来了解情况。

冯子材便对他们说了和黄老板谈话的结果，大家听了，都说黄老板是好人。

冯日坤说："四哥，我家有五两银子，原准备我娶媳妇用的，这婚我不结了，先给你救急吧。"

其他人听了冯日坤的话，也表示帮凑钱。

冯子材想到家里藏着准备建房的50两银子，加上弟兄们报的数，可以凑够60两还第一期，心情便好起来。但想到房子又没了，还是难过得眼睛都红了。

大家知道安慰也没用，纷纷装作睡下，任由冯子材哭个够。

一夜无话，第二天一早，一行人便急急往钦州方向赶。他们离开钦州已经快一个月，家里人也不知急成什么样子。身自由了，便都急着赶路，昼行夜宿走了两天，于第二天中午回到钦州。

冯子材回到土地庙，哥哥子清知他已经回到钦州，兴奋地从黎家赶了过来，看见冯子材遍体鳞伤，衣不蔽体，抱着冯子材伤心哭泣。

哭着哭着，突然想起一件事，拉着他到庙外，烧了一堆大火，说："四弟，你从这堆火跳过，以后大吉大利。"

冯子材按照哥哥的要求从熊熊大火中跳过。

子清松了一口气，接着说："这破衣服都脱下吧，通通扔到火里烧了。"

冯子材说："哥，这衣服虽然破了，但洗洗补补还能穿，扔了可惜。"

子清脱下自己身上穿的蓝色外衣，对冯子材说："你先穿这件吧，等下我再给你送条裤子过来。"

冯子材想着如果自己不领哥哥这个情，哥哥肯定伤心。只好把衣服披在身上，回到破庙找了条旧裤穿了。

子清说："我请你吃猪脚粉，走！"

冯子材这么多天都没有好好吃一餐饭，听了哥哥的话，便跟着哥哥走到钦州华安街有名的张二猪脚粉摊去吃猪脚粉。

钦州猪脚粉久负盛名，制作过程有一整套秘而不宣的程序，制作成的猪脚软而不烂，皮脆肉香，任吃不腻。钦州谚语：得吃猪脚粉，神仙也不当。

冯子清给弟弟选了两段肉厚分量大的猪脚，对冯子材说："四弟，你吃吧，哥哥现在有钱了，舅爷一家对我挺好的，我媳妇也孝顺二老，现在家里和和睦睦，如果你能来和我们一起住就好了。"

冯子材啃了两段猪脚，又吃了半斤米粉，肚子已经饱了。听着哥哥的话，回答说："哥哥，你和嫂子侄子们好好在舅爷家过日子，现在出了这件事，我要设法挣钱赔偿黄老板，不是享福的时候。总之，我向你发誓，我们家冲崩的糊蓠屋，我一定要建起来，而且要建得比原来的好，到时，你可以带着嫂子一起回来住。"

冯子清说："四弟，你长期占着土地庙也不是办法。听说，土地公现在都不敢在庙里住了。"

"谁说的？"

"有人问仙，土地公哭哭啼啼，说是土地庙被一只黑虎占了，他现在无处安身。你不是属虎吗，说的就是你。"

"有这样的事？"

"是街坊传出来的。"

"好吧，那我找到合适的地方就搬走。"

冯子清流着眼泪说："四弟，你年龄不小了，本来应该娶个女人过日子，但现在连个房子也没有。唉，都是我无能，舅爷虽然有钱，但那毕竟是人家的，现在还不是我当家，哥帮不了你，我对不起死去的父母和祖母。”

冯子材说：“哥，以后我时来运转，说不定女人自己找上门来。大丈夫何患无妻，我的事，哥哥不用操心。”

冯子清被说得破涕为笑，深情地说：“有你在，我们家就有希望，大难不死，说不定以后真有后福。冯家就靠你了！”

冯子材安慰哥哥说：“黄老板只要200两银子，我已经有了50两，先还第一批，以后我一个人打三份工，争取在最短的时间还完，有人在，就什么都有！”

冯子清说：“以后万事要小心，凡危险的事都不要做。”

冯子材答应哥哥说，我知道了。

哥走后，冯子材想着哥哥提起土地公无处安身的事，在庙里转来转去想办法。

后来，他上街买回了一块黑布，在土地公的像前隔开，双手合十拜了三拜，轻声说：“土地公，你就安心在庙里待着吧，以后你再也看不见我了。”

从此后，冯子材拼命干活，只要能挣钱，他便什么都抢着干。

而此时的清朝，整个官僚机构乃至整个社会在封闭自大的环境下贪奢淫靡和腐败之风遍及官场内外，貌似强盛的清王朝潜伏着社会变乱和衰落覆亡的巨大危机。1854年维多利亚主教在一篇文章描写了当时中国的状态：“照我们看来，上帝的力量显然显现在这次革命运动之中。中国在道德、社会和政治上的情况，几乎毫无希望地濒于险恶之境。全国的政治制度、社会制度和宗教制度都极需要加以摧毁、改造、重建和更新。但是，要寻找能够担起这种任务的有效力量却又使人感到了茫然和沮丧。政府腐败，学者萎靡不振，上流社会卑鄙而懦弱，下层阶级则忙于生存斗争，整个民族似乎都被缚住了手足。他们的道德力量陷于瘫痪，他们的智力才能陷于萎缩，他们的自由权利在专制淫威和荒淫无耻的势力之下被摧毁殆尽。政治上的腐朽暴虐，加以吸食鸦片的流毒，磨灭了中国人的民族精神，使他们变成了无能的种族。”

就是在这样的情况下，太平天国运动应时而生了，并且已经在广西坐大，清廷告急，广东州、府都在招兵买马。

钦州很多人纷纷投奔清兵绿营。

冯子材认为，好男不当兵，好铁不打钉，尽管到处流浪，日子越发艰难。由于兵荒马乱，人心惶惶，挣钱更加艰难。

他曾动过投奔太平军的念头，但在刘八大营被严刑拷打的经历，使他明白，在这乱世之中老百姓都得受苦受难。

他的最大愿望，就是依靠自己的力量在这个险恶的时代顽强地活下去。

这年秋天，他听说廉州府要招筑城墙的苦力，约了冯日坤、冯兆金几个赶去应聘。

几个人昼行夜宿，紧走不停，于九月二十七日晚赶到廉州府。

本来为了节约钱，大家都想住在下街的长春旅所，不用交住宿费。但冯子材求工心切，住在城门外怕没开城门别人已经抢了工作，便决定住到城内。

当时只有西门开着，几个人在守门兵勇的盘查下正要通过城门，突然有几个巡逻的勇目跨着高头大马远远而来，看见他们，有个头目模样的对守城门兵弁说："这几个人一看就是练武之人，非常时期，沈知府有令，凡可疑人等一律抓回衙门严审，带走。"

说完，手一挥，马上之人纷纷跳下，不由分说就将冯子材一干人绑了，一边往衙门拉，一边高兴地议论："又有赏钱了，今天可领一两白花花的银子。"

这个时候，正是掌灯时分。

穿城而过的西门江渔火点点，江上的号子声，晚上交易的吆喝声此伏彼起。

虽然城外张六的万名反清兵士安营扎寨达十里长，很快就要攻进城来，但也没有吓到要过日子的人们。

这世道，你方唱罢我登台，百姓们也搞不清谁对谁错。反清武装张六摆下万人围困廉州府，到处贴檄文，声讨清廷和官府的罪状，声称要反清复明，替天行道，要均贫富。而号称保护人民生命财产安全的廉州府，却在光天化日之下随意抓人，随意杀戮，本来是想杀鸡儆猴，谁知连猴子也给杀了。

据民国初年林绳武所撰《冯子材传》记载称："沈太守多疑且酷，被逮者十九遭枉杀。"文中所指的沈太守就是沈棣辉，当时刚从广东韶州任内调到廉州府。

这个沈棣辉原是浙江归安人士，早年在一个官府手下当写手，专门负责文书工作，由于有文采，被清廷外补广州永宁通判，以功晋升为韶州知州。其时，太平军在广东、广西已成燎原之势，群雄并起，大大小小的抗清组织多如牛毛。抗清组织在钦州那彭、灵山的林圩就达十万之众。

为了镇压钦州、灵山的抗清组织，沈棣辉从韶州知州调任廉州知府，新官上任，知道自己责任重大，如果廉州城失守，重则被灭族，最轻也要被革职，他不敢有丝毫的怠慢。调遣了大批人马加强了巡逻，凡是可疑人等，一律抓捕。很多被抓的人无辜被杀，连申冤都无处诉。他还制定了奖励办法，抓到或击毙反清人士一人奖白银一两。手下的兵勇为着这一两白银，大开杀戒，不知有多少城乡居民惨死在刀下。

如今冯子材和一班兄弟自投罗网，眼看就要成为刀下鬼。

他们被拉回衙门，被捆绑在衙门的柱子上，又饥又渴，叫天天不应，唤地地无声。

明天一早，兵勇报告沈知府一声，要是沈棣辉有兴趣就会升堂审一番，或许他们还有一丝生的希望；要是沈知府心情不好，乱签个字，五兄弟就会被押到法场被杀头，说不定人死了还要将头颅高挂在城门外吓阻民众。

其时，蔡书吏当班。

蔡书吏原是一家私塾的老师，穷困潦倒之时，斯文扫地，到沈棣辉手下谋了个书吏之职，只求不饿死于乱世。

一干兵勇呼啸着离开了衙门。

蔡书吏提着马灯巡逻。

沈知府有令，如果值班之人失职，造成严重事故，轻则痛打五十大板，重则人头落地。

在这个风雨飘摇的年代，没有一人能置身事外，“朝为太史令，晚成阶下囚”之事说发生就发生了。

走着走着，他突然看见有只大黑虎被捆在一根柱子上呼呼大睡，虎口张开，似随时咬人的姿势。

他一吓，跌坐在地上。待惊魂未定爬将起来，哪里有什么黑虎，分明是一个中年男子被捆在柱子上沉沉睡去。

他以为自己眼花看错了，惊悚悚地提着马灯，一步、两步、三步小心翼翼地靠近柱子，拼命揉眼睛。

这下看清了，柱子上绑的就是一个地地道道的男人。

他是读书之人，博览群书，知道大千世界无奇不有。想想这柱子上之人，说不定有些来历。要是不明就里就冤死了，那就暴殄天物了。

于是蹲下来轻声呼唤：“壮士醒醒，醒醒！”

冯子材被推醒，看见一个和善的男人满脸堆笑地推着自己，有些生气，口气生硬地说：“要斩要杀随便，推什么推？”

蔡书吏也不生气，关心地说：“你是何方人士，为何被抓？”

冯子材一听，更没有好脸色，生气地说：“我怎么知道我为什么被抓，你得去问抓我的人。”

冯日坤听了两人的对话，劝冯子材说：“四哥，这个老爷是在关心你，我们好好说话。”

冯子材一听，也知道自己有些过分，但这事发生在谁的身上，也不能心平气和。

冯子材意识到自己失态了，连忙把自己的身世和遭遇一一向蔡书吏说了。最后叹息说：“真是乱世人不如狗。到处被抓被杀，没有一处地方可以让老百姓安身保命。”

蔡书吏听了，安慰他说：“我会尽力救你们出来，你们少安毋躁，我这就去找人。”

蔡书吏左思右想，想到了一个人。这人就是举人彭元辅。

彭元辅是公馆客家人，善书工诗。客家人是中国众多民系中最有凝聚力的群体，有人说：哪里有阳光，哪里就有客家人；哪里有一片土，客家人就在哪里聚族而居，就会绵绵繁衍。这彭举人中举后，已经从公馆搬到廉州府定居，为了激励客家后代，专门办了一家书社，免费供钦廉客家子弟就读。

沈知府虽然为官严酷，但作为读书人出身，对彭元辅的为人十分敬重，到任后首访的乡绅就是彭元辅。

一来二去，两人已成莫逆之交。如果能说动彭元辅担保，沈知府便可刀下留人。

想过后，也不敢怠慢，连夜赶到彭元辅公馆。

此时已是亥时，但彭元辅的公馆还灯火通明。蔡书吏心里暗暗高兴，看来彭元辅还未就寝，连忙“嘭嘭”敲门。

大门打开，家丁探出头来：“客官从何而来，深更半晚为何敲我家大门？”

蔡书吏急急地说：“人命关天的大事，快快通报彭举人。”

家丁听了不敢怠慢，跑着到上书房报告彭元辅。

彭元辅此时正在上书房教几个客家子弟临摹王羲之的《兰亭序》，听了家丁报告，走出门来，一看来人，是个素不相识之人。

想着兵荒马乱之时，防人之心不可无，便想退回去。

蔡书吏也不管不顾了，连忙大喊：“彭举人，有几个客家人马上就要被杀头了，请你救救他们。”

彭元辅听了，立马站住：“客家人？他们为何被杀？”

蔡书吏争取到说话的机会，便滔滔不绝地说了冯子材的情况。

末了，又加一句：“此人非池中之物，将来肯定是国之栋梁，希望彭举人无论如何要救下他一命。”

后一句话引起了彭举人的兴趣，如果客家真有国之良才，也是客家人的光荣。

他问明蔡书吏的身份后，对蔡书吏说："我随你到衙门去看看你说的栋梁，看看是不是真像你说的，再作商议。"

蔡书吏一听，大喜过望，急急在前面引路。

彭元辅到了衙门，看见柱子上绑着的几个人，左看右看都是一帮凡夫俗子，尤其是看到蔡书吏所说的那个栋梁之材冯子材，身高还不到六尺，两眼深陷，眉弓高突，差不多连眼睛都盖住了，他很是失望。

蔡书吏指着冯子材说："这个就是冯子材，是地地道道的客家人。"

彭元辅说了一句客家话："猫野糍粑——难脱爪。兄弟你麻烦了。"

冯子材听着熟悉的乡音，有些激动："碰到了打靶鬼了。如你能帮涯（我）出去，终生感谢。"

彭元辅问："你有何证据能证明你无罪？"

冯子材回答："如果让涯见到沈知府，涯就能证明涯无罪。"

彭元辅听了，沉吟了半刻，答应说："好吧，我让你见沈知府，希望你能在沈知府面前证明自己无罪。"

第二天一早，彭元辅找到了沈知府，说了冯子材的事。有些担心地对沈知府说："沈大人，衙门的事我也不懂，但现在正是用人之际，你们到处抓人，不审就杀，这是典型的草菅人命，这样治理一个地方，肯定不行。"

因是莫逆之交，沈知府被说得脸上一阵青绿，也不好发作。只好分辩说："乱世用重典，这是极端时期的极端办法，不这样，根本就没法威吓捣乱分子。我这就提审你说的那个人，给你一个交代。"

说完，吩咐手下升堂。

冯子材被押到大堂之上跪在沈知府面前。

问了基本情况，到冯子材自辩时，他抬起头来，侃侃而谈："沈大人，现在外敌压境，应该争取一切力量共同对付敌人，而你放纵手下到处抓人，滥杀无辜，人心惶惶，如此下去，敌人未攻进城，城里的人早就逃跑完了，你如何守城？"

沈知府听了，命手下说："给冯子材松绑，搬把椅子让他坐下。"

接着，不动声色地问："要是你来守城，你有什么好办法？"

冯子材略一思考，回答说："狭路相逢勇者胜，攻击敌人靠的是勇气和智慧，而勇气根源在于同仇敌忾，视死如归。如今，敌人没有攻城，我们自乱阵脚，把很多良民推向敌人阵营。像我等几个，只想谋一份苦差活命，你们不问青红皂白，看见就抓，传出去，还有谁敢来投靠你们。”

冯子材说到了沈知府的痛处。

沈知府也知道严刑峻法只能让人离心离德，但事急马行田，不这样，这城就没法守。现在城里什么都缺，有兵无将，乱麻一团。

听了冯子材的话，感觉此人在大堂之上面无惧色，胆略过人，本人又练武多年，如果得此人，便可助自己一臂之力。

如此想过后，便对冯子材说：“国难当头，匹夫有责，你带着你几个兄弟，都入绿营为兵，为国效劳吧！”

冯子材知道，按清朝的律法，一旦入伍就是终身职业，子孙后代都得当兵。他可不想为这样腐败的朝廷卖命，当面拒绝又怕沈知府翻脸不认人。只好找个借口让沈知府知难而退，于是一本正经地说：“要我入绿营可以，但必须答应我一个条件。”

沈知府问：“什么条件？”

“给我当哨长。”

冯子材脱口而出。大家听了，都吃了一惊。

清朝原是八旗制治军，入关以后，八旗军无力驻防新近征服的领土，将收编汉人部队组成职业兵，为与八旗相区别，以绿旗为标志，以营为单位，故称绿营。

按照绿营规矩，要熬到当哨长的位置，起码得经过守兵、步兵、马兵、额外外委的历练。现在冯子材一下子跳了四级，开口就想当哨长，怪不得大家吃惊。

冯子材本来想着沈知府不会答应自己的条件，提出这么个不可实现的要求只是想让沈知府放自己脱身，但冯子材失算了。沈棣辉略一思考，便问冯子材：“我给你当哨长，你有什么办法击溃刘八和张六？”

冯子材见问，认真地说：“刘八之流虽然人多，但都是些饭桶，经不起打，给我200人，便可击溃他们。至于张六，如要打败他，得派人打进他的内部，到时里应外合，你领着人在城头击鼓呐喊助威，这些散兵游勇就不战而败。”

冯子材的话和沈知府这段时间日夜思考的不谋而合，于是站起来对冯子材说：“就按照你的计谋，我给你30天时间，20天招人，10天训练，你能招到多少人，就当多大的官，就看你的本事了。”

冯子材无心插柳柳成荫，想不到自己的一句戏言，竟被沈知府当真。说了大话，他也不想自己吃进肚里。

被放出来后，看到冯日坤、冯兆金几个守在门口等他。原来沈知府审到一半，知道抓错了人，早已悄悄叫了手下放了被绑的几个人。

冯子材看见他们，知道大家已经没事，也就说了升堂之事。说完后，叹气说："现在到哪去找 100 人？"

冯日坤说："四哥，这有何难？当绿营兵虽然不是什么好职业，起码有固定银两，饿不死。我们几个回到钦州帮你招人，你自己也在廉州府想办法。"

冯子材听了他的话，感觉在理，便交代了一些注意事项，诸如不要吸食鸦片的、不要有偷盗经历的、不要贪生怕死的等等。

几兄弟分头行动，20 天结束，冯日坤几个从钦州带来了 60 人，冯子材在廉州也招了 40 个人。其中有个公馆人关松志特别聪明，冯子材第一眼看见他，就感觉特别投缘。

经过冯子材 10 天集中训练，这支临时拼凑起来的队伍便步伐整齐地被带到沈知府面前。

沈知府也不食言，当即给冯子材授了哨长的令旗，同时把灵山人阮尚秀的 100 名兵勇合到冯子材的队伍中，把 200 人正式编入了正规的绿营兵。

此后，冯子材跟着沈知府征战沉着冷静，派人打入张六内部里应外合，击溃了张六。又多次击败进攻廉州府的刘八，报了仇，解除了廉州府的围城之困，立下大功。一时间，冯子材名声威震。

冯子材从此走上了从军路，他的人生翻开了新一页。中国的近代史，再也不能越过这个从钦州走出的传奇英雄。

第五章　三次被打败，思想生动摇

这个时期的广西，其实就是整个清朝的缩影。政府腐败，贪官污吏横行，土豪劣绅敲诈，大族欺压小姓，土客之争不断，加上人多田少，天灾人祸频仍，饥民充斥，饿殍载途，幸存者无路可走。在这样的情况下，洪秀全、冯云山的拜上帝会有了最好的发展条件。加入太平军的都是被人欺负而不能安居于乡土的农民或游民，另一类是因为天灾挨饿的饥民，因为瘟疫流行以为投靠上帝教可以邀福免祸的贫民。土匪会党们也有加入了太平军的。

清咸丰元年太平军在清军的围追堵截下，攻占了广西的永安州并在此屯兵。周围矿工、各种流民组织纷纷加入太平军，比较大的有胡以晃弟弟胡以章率领的两千鹏化山民，有贵县龙山的失业矿工，还有梁亚介、范连德等土匪首领，分别率部加入，梁亚介一股达两千人。

12 月，洪秀全适时完成封王建制，在永安州封东、西、南、北、翼五王，农民政权初步建立，声势日益壮大，并浩浩荡荡地向湖南进发。

其时，受太平军节节胜利的影响，广东高州的凌十八和怀乡的何名科两股反清势力不断壮大，攻城略地，清廷十分头痛。

高廉道宗元醇闻知冯子材有勇有谋，请求高州总兵福兴批准，调派冯子材前往高州剿匪。当时的廉州府属于广东管辖，作为高州总兵的福兴调动冯子材只是小菜一碟。福兴同意了宗元醇的请求，为了彻底消灭凌十八，福兴同时调派自己的得力干将张国梁协同作战。

张国梁原来也是反清人士，后来受了招安，由于战功突出，被升为把总。

是广东高州总兵福兴手下一员猛将，最得福兴信任。

两人在追杀凌十八的战斗中，相互欣赏，协力作战，把凌十八的队伍赶至广西武利圩南岸，斩杀了三十多人。冯子材的手也被凌十八的人刺伤，落下了病根。

这年八月初二日，冯子材因“围剿”凌十八有功，赏戴八品顶戴。

接着，他又被派往怀乡“围剿”何名科。

何名科在怀乡盘踞多年，修筑有坚固的堡垒，拥有3000训练有素的农民军。

冯子材指挥的清兵只有1000人，虽然是正规绿营兵，但人生地不熟，深入敌人地盘打仗是兵家大忌。

冯子材综合分析了双方的形势，感觉以少胜多胜算不大，又怕提出意见被福兴视为懦战。于是，只好摆开阵势攻打，冯子材不停地来回跑动，给兵勇鼓劲。而何名科的人员都是当地农夫，有作战经验，开战后一直相持不下，一直战到晚上都分不出胜负。冯子材只好收兵。

第二天一早，冯子材再次组织攻打，开始双方互有伤亡，冯子材知道相持下去，对己方不利，突然间，他跃上了一块土墩高声宣布：“弟兄们，都给我往前冲，只要往前冲，人人有奖，杀一人奖励白银一两。冲啊，杀啊！”

在冷兵器时代，双方对垒，往往是勇者胜。兵勇们听说有奖，像潮水一样冲向敌人，杀声在空中回荡。何名科的战线被冲破，农民军被绿营兵气势吓傻了，纷纷奔窜。冯子材看时机已到，一马当先，冲在前面追赶败退的农民军，一直追到广西边界的蒲塘，斩杀了何名科，这才班师回营。

这一仗由于以少胜多，扫清了何名科，冯子材获奖500两白银。回营后他兑现承诺，论功行赏，全部分给了部下。

这是冯子材进入绿营军以来，自己指挥打赢的一次胜仗。捷报传来，张国梁第一个祝贺冯子材。

凭张国梁的直觉，广东军队不日就要开赴广西“围剿”太平军，正是用人之际，如能得冯子材搭档，便能所向披靡。于是大胆地向自己的上司、时任广东高州总兵的福兴推荐，冯子材从此投入福兴的麾下。

果真如张国梁所料，清廷为了扑灭太平军，以百倍的疯狂集结力量，从云南、贵州、湖南、湖北、河南、广东不断输送军人到广西堵截太平军。

广东高州总兵福兴和广西提督向荣是追赶太平军的两支部队。

福兴十分倚重冯子材，有一天，他把冯子材叫到高州衙门，寒暄后说了自己的打算：“我不日即北上围剿太平军，时间非常紧，你在广东和各路人马都熟，现在朝廷要扩充军力，希望你尽快招募500人跟我开赴前线。”

冯子材听了，内心十分感激福兴对他的信任，但表面上却没有表现出来，只是坚定地说：“请大人放心，我会用最快的时间完成招募任务，这次出征，我愿为大人效犬马之力，任由大人差使。”

福兴是正宗的八旗兵出身，属于满洲正白旗，他是靠战功一步步升到总兵的位置，爱惜部下，有功必赏。冯子材处事果断，敢打硬仗的个性给他留下了深刻印象，他想给他更大的舞台锻炼，这才委派他招兵买马。他已经决定，如果冯子材这次招募顺利，他招来的500人，就交由冯子材统领。

因此，听了冯子材的话，很是高兴，和他交代了一些招募兵勇的注意事项，亲自送冯子材到门外。

冯子材离开衙门，心里想，都说打仗亲兄弟，上阵父子兵，信得过的人，还是钦廉子弟。

想过后，决定回钦廉招人。

冯子材从高州日夜不停地赶回钦州，在沙尾村插旗招兵。

这番回来，回想从前的种种磨难，冯子材内心难以平静。

他到匾柑尖岭祭拜了父亲，在招兵的同时，请哥哥帮忙，在沙尾村旧址重建房子，他专程前往廉州府，把欠黄老板最后的100两银子还了。他还带着丰厚的礼物去探望三个一生都不能忘记的恩人：彭元辅、沈棣辉、蔡书吏。

钦廉两地民众得知冯子材回来招兵，很多穷无所依的青壮年纷纷前来报名，招兵工作进展顺利，只用了五天时间，500人已经招满。

明天，就要离开钦州了，这一去，是福是祸不得而知，是生是死也只好听天由命。

他对钦州这块生他养他的故土很是依依不舍。

傍晚时分，他来到平南古渡口，想起当初和哥哥子清站在渡口等父亲回来的情景，泪水蓄满了眼眶。想到自己出生时第一次回钦州，走的也是平南古渡。当年赶跑假艺人也是从此踏上大路街。古渡口就像个饱经风霜的老人，默默地看着钦江水东流，也像一个尽责的书记员，记录下这里发生的一切。

从平南古渡口回来，他又走进土地庙，静静地坐在一个角落。黑暗中，好像当年4岁的一个少儿正在向他走来。走进土地庙接受李先生教育的往事，冯子材已经十分模糊，但对李先生的感激之情让他无法平静。又想到15岁无处寄身，得这小庙庇护度过的许多风雨岁月。他心里发誓：下次回来，我一定要重修土地庙。

当他带着500人出现在福兴面前时，福兴很是高兴，郑重地对他说：“这就是你的队伍，希望你带着他们，保家卫国，闯出自己一番天地。”

冯子材听了，激动得热泪盈眶，心里说：“知我者，总兵也。”

有了自己的队伍，他要按自己的思路来训练，他要带出一支攻无不克，战无不胜的队伍。

福兴看见他陷入沉思，亲切地说：“这支队伍的名字，我也为你想好了，就叫常胜勇吧！”

咸丰元年十二月，34 岁的冯子材被升为高州镇标右营左哨三司外委把总，赏戴蓝翎。

随即，冯子材跟随福兴辗转追赶太平军。

广西地处低纬度地区，南濒热带海洋，北为南岭山地，西延云贵高原，境内河流纵横，年降雨量 1000～2800 毫米之间。

他们出发的时候，正是雨量最充沛的六七月，冯子材跟随福兴走在满是泥泞的土路上，走不多远，布鞋就成了泥鞋，人困马乏。而天气说变就变，本来丽日高照，刹那间便电闪雷鸣，倾盆大雨哗啦啦说下就下，躲没处躲，藏没处藏，个个都成了落汤鸡。

部队又不时遭到太平军的偷袭，死伤惨重。

走着走着，看见路两旁尸横遍野，受伤的绿营兵躺在泥水里悲号，根本没有人管。有人在挖着浅浅的泥坑，随便地把死去的绿营兵往里一扔，草草铲上两锹土，就算埋了，连个记号都没有。

而先头部队不断传来某某部又被打败的消息，更让人心惊胆战。

冯子材很不理解，这洪秀全用了什么魔法，让这么多农民都跟着他拼命。他也是贫贱出身，知道一个贫苦之人，最大的渴望就是能过上好日子，但凡有一丝活下去的理由，就不会拼了命和官府斗。可以他的经历，他自己实在弄不清楚为什么这么多人都不怕死。绿营兵就算最差，也是正规部队，为什么却被刚刚揭竿而起的农民军打得溃不成军，死伤如此惨重。

想到太平军，他又想到说过要投奔太平军的黄锦泗，他的好兄弟。现在不知身在何处，不会真的投靠太平军了吧，若是真投了太平军，万一两人在战场上相见，是打还是不打？他想着这些，一脸的茫然。不觉自己也感觉可笑，世界这么大，就算黄锦泗真的投奔了太平军，怎么可能那么巧就兄弟刀枪相见。

咸丰四年，冯子材随福兴驻扎在天京外围，伺机进攻天京。

为了围困太平军，向荣从紫金山南麓，往朝阳门、正阳门外，至七桥瓮，摆出一字长蛇阵，连营数十座，紧抵天京城垣的孝陵卫以南一线组建江南大营，像一条铁索将太平军死死地勒紧，让太平军如鲠在喉。江南大营建立后，所辖兵勇总数达到32615人。

这个时期，冯子材先后跟随福兴、向荣辗转征战十年，从九品官升至二品的总兵，如果说没有显赫的战功，要升到这个高位不太可能。但是，在这十年里，他曾经三次被太平军击溃也是有史可查的事实。

咸丰八年，江南大营清兵被太平军猛烈攻击，死伤惨重。8月，浦口大营又被围困，情况危急，江南大营主帅和春为了增援浦口大营，从各支部队中抽出精锐兵员3000，交由冯子材统领，赶赴浦口大营待命。冯子材带着部队连夜行军，8月14日赶到浦口，还没有修筑好工事，就被太平军发起冲锋击败。后来和春又给冯子材派了由游击孔朝彪管带2000精锐部队渡江增援，原先被击溃的部队又集合起来，一共5000人交由冯子材统领。

冯子材看到增援部队赶来，精神大振，把击溃的兵士再次聚集，正要组织反攻，队伍还没有就位，太平军发动了更加猛烈的攻击，兵勇纷纷退却，武器丢了一地，冯子材只好带着亲兵逃回镇江。

五天后，冯子材再次领着4000人增援浦口，太平军把冯子材的部队分割成两股，然后包围攻击。和春再次派总兵安勇帅增援冯子材，增援部队赶到，还没有摆好阵势，太平军像蜜蜂像蚂蚁一样聚集，漫山遍野都是太平军的旗帜。安勇帅战到全身无力而被杀，他所率领的部队士兵大多被斩杀。

咸丰九年九月二十六日，六合清兵又被太平军围攻，和春再次派冯子材率兵增援，与先期到达的游击曾秉忠管带所率水师会合，准备会攻。

冯子材吃了两次败战，更加小心谨慎，他亲自深入敌阵侦察，回来后召开了专门的军事会议，会上，他对曾秉忠说："如果要取得胜利，必须要先筑好堡垒，步步进击，扎实推进。"

曾秉忠说："冯大人分析得极是，长毛现在斗志正盛，而我们已经吃了两次败仗，兵勇如惊弓之鸟，如果没有坚固的防守，一有风吹草动，兵勇就会落荒而逃，自相踩踏，不战而败。"

两个主帅统一意见后，派出三名副将看守新营，其余人马全部进入修筑工事。

二十八日，正当大家紧张地挖壕沟时，太平军大队人马突然发起冲锋。副将朱承先首先发现敌人，即刻命令兵勇开炮轰击，太平军受到阻击，减缓了进攻。但山后大批太平军汹涌而来，驻扎在河东的游击王希堂点放大炮，大炮在自己阵营突然爆炸，兵勇吓得四处逃奔，太平军趁机两路夹击，冯子材、朱承先来来回回督战，两人都受了伤，所有阵地都被太平军占领。冯子材看见大势已去，只好下令撤退，在烟雾弥漫的遮掩下，得以脱身。

因为这次大败，冯子材被和春奏请革职处分："总兵冯子材奉檄总统援师，虽渡江甫及一日，究属调度无方，自应分别严参，以肃军纪。相应请旨，将甘肃西宁镇总兵冯子材暂行革职。"

清廷准奏，冯子材被革职。

三次大败，让冯子材对太平军的实力和勇敢有了更清醒的认识，为他在镇江保卫战中积累了宝贵经验。

咸丰十年七月，冯子材驻扎在镇江。

有天晚上，有个亲兵在街上偷偷揭了一张布告回来，走进冯子材的帐篷把布告递给他。

冯子材虽然只读过四个月私塾，但他从来不放弃认字学习的机会，尤其到福兴手下后，更是努力增长知识。布告上的字他大都认得。

原来这不是什么布告，而是洪秀全讨清檄文：

予惟天下者中国之天下，非胡虏之天下也；衣食者中国之衣食，非胡虏之衣食也；子女民人者中国之子女民人，非胡虏之子女民人也。慨自有明失政，满洲乘衅，混乱中国，盗中国之天下，夺中国之衣食，淫虐中国之子女民人。而中国以六合之大，九州之众，一任其胡行，而恬不为怪，中国沿得为有人乎！自满洲流毒中国，虐焰燔苍穹，淫毒秽宸极，腥风播於四海，妖气惨於五胡，而中国之人，反低首下心，甘为臣仆。甚矣哉，中国之无人也！……公等苦满洲之祸久矣，至今而犹不知变计，同心戮力，扫荡胡尘，其何以对上帝於高天乎！予兴义兵，上为上帝报瞒天之雠，下为中国解下首之苦，务期肃清胡氛，同享太平之乐。顺天有厚赏，逆天有显戮。布告下天，咸使闻知。

亲兵眼见冯子材看得入神，轻声说："这檄文说的也是事实，长毛虽然可恶，但清廷也不是什么好东西，两边都不值得卖命，我们干脆开溜回去过自在日子。"

冯子材听了，大喝一声："大胆狂徒，这话也是你说的，下次再敢胡言乱语，决不轻饶！"

亲兵吓得双腿发抖，连连说："大人饶命，再也不敢了。"冯子材余怒未消，警告说："如果不管好自己的嘴巴，小心祸从嘴出。"

亲兵听了，右手连连抽打自己的嘴巴。直打得血水直流，冯子材才说："你出去思过，想通了，再回来。"

亲兵出去后，冯子材又从文书堆里翻出曾国藩的《讨粤匪檄》：

为传檄事：逆贼洪秀全杨秀清称乱以来，於今五年矣。荼毒生灵数百余万，蹂躏州县五千余里，所过之境，船只无论大小，人民无论贫富，一概抢掠罄尽，寸草不留……

本部堂德薄能鲜，独仗忠信二字为行军之本，上有日月，下有鬼神，明有浩浩长江之水，幽有前此殉难各忠臣烈士之魂，实鉴吾心，咸听吾言。檄到如律令，无忽！

看着对骂的两份檄文，冯子材内心乱了方寸。

当时，太平军正在围攻金坛，和春再次派冯子材增援。冯子材这次增援，算是和春给冯子材戴罪立功的机会。

冯子材虽然知道以三次战败之师去对抗精神亢奋、屡战屡胜的太平军，无异于以卵击石。但军令难违，只好硬着头皮带兵前行。

行军经过丹阳时，看到沿途哀鸿遍野，伤兵躺在路上根本没人救治。而死伤的又大都是广东、广西的兵勇。又听传说李鸿章请洋人帮助镇压太平军，洋人不分黑白，见人就杀，平民死伤惨重。

冯子材心中大乱，发出了怒吼，“这仗我不打了，谁爱打让他打去！”

说完，调转马头，带队返回镇江。并向清兵节制乌兰泰报告“寡不敌众，我军被打败。”

由于这次的退缩，冯子材留给曾国藩的形象极差，曾国藩曾对手下说：“冯子材痞子出身，匪气有余，成事不足，此人不可重用。”

这话传到冯子材的耳里，冯子材也不放在心上。

第六章　贤妻催娶妾，子材费思量

咸丰四年，冯子材攻下上元县，清理战场的时候，遇到了一件麻烦事。

有两个女子既没有亲人承领，她们自己也不愿离开。

负责善后的亲兵很是头痛，只好请示冯子材。

冯子材听了，也不多想，便说："那就交由媒人做媒，好好安置她们吧！"

亲兵于是找来了媒人。那媒婆搬动三寸不烂之舌，用尽花言巧语，恨不得马上说成这事，好拿官家给的五钱银子。但任媒人说得口若悬河，嘴吐莲花，那两个女子就是不肯跟媒人走。

冯子材听了汇报，只好说："是两个什么样的女子？这么难对付，给我带来，让我来做做工作。"

亲兵听了，只好外出带人。

两个女子一进门，冯子材发现两人身如弱柳，满脸的忧郁。高一点的女子应该超过二十岁了，在那个年代，这么大的年龄还没结婚，肯定有难言之隐。

冯子材刚一开口说话，大一点的就哭了起来。

冯子材说："有什么事慢慢说，我能为你做主的，肯定给你做主，不用紧张。"

从两人断断续续的叙述中，冯子材了解了她们的身世。原来这是一对表姐妹，大的姓韩，25岁，小的姓朱，13岁。

韩小姐原来是富家小姐，并早已许了人家。太平军攻下天京后，父亲和未婚夫都在战乱中死去，她和表妹被掳到大营，天天洗衣煮饭，挨打受骂，两人都落下了一身的病痛。

她们虽然无处可去，但也不想随便嫁个自己不喜欢之人。

冯子材听了，虽然同情她们的遭遇，但也没有更好的办法。现在是战乱时期，部队随时开拔，不能留下她们。

正在为难之时，跟随他多年的冯日坤给他使眼色。

冯子材退回内帐，冯日坤贴着他的耳根说："哥，韩小姐外表端庄，人长得周正，又知书识字，哥一直独身，你如想帮她们，不如收了韩小姐做房中人，如果一年半载能生下一男半女，再扶正，这样，朱小姐跟着自己的表姐也有了着落。"

冯子材听了冯日坤的话，勾起了自己的心事。这些年来，风风雨雨，出生入死，虽然已经37岁，由于没父没母操持，个人的婚姻问题还没有解决，还是光棍一条。

韩小姐虽然病怏怏的，那都是太平军作的孽，如果能好好调理，应该很快就能恢复。或许，冥冥中，这就叫缘分吧。

冯子材没有采纳冯日坤的意见，而是请自己的顶头上司福兴出面撮合，正式娶韩小姐为妻。

冯子材父母早逝，孤苦伶仃过了大半辈子，突然天上掉下个韩氏。

在冯子材的心中，这韩氏就是画中走出来的女子，眉如远山，眼含秋水，唇似樱桃，说话嗲声嗲气，棋琴诗画样样精通。这么好的女子，怎么就成了他冯子材的女人？他感谢上天对自己的眷顾，像爱惜生命一样珍惜这个女子。

他们成婚之初，是冯子材一生中最颠簸的日子，那段时间，冯子材驻守在孝陵卫，天天和太平军恶战，同僚、部下早上还是活蹦乱跳的好兄弟，转眼间就成了刀下鬼。天天都有死人，连空气中都闻到死人的味道。

新婚时的韩氏最害怕的就是冯子材又要去打仗，每天早上看见冯子材要出发，就像大祸临头，总是紧紧地抱着冯子材哭成个泪人，央求冯子材说："四哥，只要你不打仗，我愿跟你回钦州。"

如水的江南女子主动提出到天涯海角的钦州，韩氏对战争的恐惧可想而知。冯子材只能好言安慰她，身为军人，冯子材必须出征，军人要死也是死在沙场。

在驻守孝陵卫的日子里，虽然天天还是打仗，但冯子材尽量抽时间陪韩氏。当时，上头有令，所有军人都得住在兵营。

天刚蒙蒙亮，韩氏就亲手煮好早餐，送到兵营。如果冯子材当场吃下，她就开心得像个小孩儿，呵呵地笑着，十分地开心；如果冯子材因操劳战事，来不及吃下，她就满脸委屈，眼泪汪汪，让人心生怜惜。

刚结婚的时候，两人语言不通。冯子材讲的是粤语，钦州人称为白话的一种土著话，而韩氏是江宁上元人，其语言属于江淮次方言，也就是常说吴侬软语，发音无翘舌音，入声保留比较完整，口语词汇以阳平居多。冯子材听夫人讲话，就像鸡和鸭讲，闹出很多的笑话。后来才慢慢彼此能听懂对方的话。

有一天，韩氏又早早送来芝麻汤圆。刚好那天军队没战事，冯子材便请韩氏进自己的会客室里说会儿话。

冯子材吃着汤圆，看着眼前水灵灵的一个大美女，心里就一个甜字。他忍不住抓起她滑软的小手，放到嘴边，呵了一口气说："天气越来越冷了，以后不要一早就送早餐过来，现在还可以勉强吃饱，夫人不要累了自己。"

韩氏摸着冯子材的脸说："四哥，你又瘦了。"犹豫了一会儿，又接着说："四哥，你能不能退出军队，我们找个安全的地方，好好过日子。"

冯子材知道夫人被打仗吓着了，安慰她说："战争很快就结束了，我命硬，不会有事。"说完，自嘲地接着说："别人都说我是黑虎精转世，老天会保佑我平安无事，你就放心吧！"

韩氏可没法放心，忧虑地说："每次你离开家，我就感觉是最后一次见到你，每天心惊胆战，这样的日子我真的很怕。"

"要不，我请一个人陪你。"

"不，有我表妹就够了。"

说到表妹，冯子材想到一件事，于是说："我们结婚差不多一年了，你表妹已经 14 岁，你这个表姐要及早帮他物色一个好人家嫁了，现在兵荒马乱的，一个女孩子生在这乱世，很不安全。"

韩氏听了冯子材的话，勾起了自己的心事。和冯子材结婚快一年，但肚子一直不见动静，她知道冯子材是个家庭观念极强的人，也知道他喜欢孩子，她担心自己一旦生不出孩子，就绝了冯家的后。

听了冯子材的话，她脸红红地说："四哥，我正想有一事求你，我表妹从小在我家长大，从来没有离开过我，要把她嫁出去，她不一定肯点头。我现在身体不好，结婚都快一年了还没有怀上孩子，要不，你收了我表妹做房中人吧？"

冯子材听了，急得脸都白了，连连说："使不得，使不得，兔子都不吃窝边草，这事我不能答应你。"

由于两人说不到一处，不欢而散，韩氏快快不乐地离开了冯子材。

韩氏走后，冯子材想了很多。

以前由于东奔西跑，加上没有家长帮自己做主，他37岁才娶了韩氏，本指望韩氏早日开枝散叶，为冯家繁衍子孙，谁知韩氏一直怀不上孩子，这是冯子材埋藏在心底最苦闷的心事。

都说不孝有三，无后为大。转眼间，自己已经38岁，父亲20多岁就连生了四个孩子，现在自己年近不惑，又连年征战，要是万一自己战死，连一滴骨血都没有留下来，真的罪孽深重，死了都不敢见祖宗。

想着想着，他坐不住了。

于是便去找张玉麟。

这张玉麟是出了名的算命先生，又会看风水，冯子材对风水也有研究，两人爱好相同，时间一长就成了好朋友。

张玉麟此时在自己的房间里翻着白眼想心事。

他已经观测到太平天国气数已尽，但朝廷凉薄，打仗就四处招人卖命，战事一结束立马要裁人。冯子材因喜欢风水，一直厚待他，让他有了生活保障，凭着一技之长吃香喝辣。他自己也琢磨，如果战事结束，自己就得滚蛋，正在为自己今后的出路忧虑着。

看见冯子材进来，张玉麟把心事收起，堆着笑脸问："大人有事传一声就好，亲自登门，小的受不了！"

冯子材坐在张玉麟对面，严肃地说："废话少说，你帮我看看，近来可有什么事情发生。"

张玉麟听了，连忙也跟着严肃起来，一本正经地东瞧瞧，西望望，右手五指反反复算了几次，这才笑着说："大人，你最近有两件好事。"

冯子材听了，眼睛一亮："什么好事，快说！"

张玉麟嘻嘻一笑，神秘地说："大人，说出来了就不灵了，总之，你耐心等待就好。"

冯子材盯着他问："说不说？"

"不说！"

"不说，就把你辞了！"

"辞了也不说！"

张玉麟跟随冯子材也有一段日子了，他已经摸熟这个广东佬的品性，知道这个大人最会体恤手下人，不会为这点事开除自己，于是咬紧风口就是不说。

冯子材知道风水师也有自己的一套做事规矩，便不再逼他。

冯子材说："其实我有一件苦恼事，妻子婚后一直怀不上孩子，你有什么好办法。”

张玉麟听了，开心地说：“这事你问对人了，我想，尊夫人之所以没有怀上孩子，肯定你们同房时间不对。女人一个月只排出一个卵子，排出来超过两天就没用了，不像我们男人。怀孩子，就是要撞上这卵子才行。”

冯子材问：“怎么才能撞上这卵子？”

张玉麟笑着说：“我最近没事，便到处逛逛，结果在书店里买了一本西洋人出的妇产科书，如何才能撞上这卵子里面写得明明白白，这洋人的科学，有很多有用的东西。”

冯子材听了，笑着说：“限你即刻拿出来我看。”

张玉麟说：“那我干脆送给你好了，下次再买一本。”

张玉麟说完，便翻箱倒柜找出了一本蓝皮书，递给冯子材说：“都在上面呢。”

冯子材拿了书，也不多说，便起身往回走。

冯子材晚上回家，韩氏在使小性子，不肯出来见他。倒是朱小姐又是打水给他洗脸，又是亲手给他换衣服。

冯子材其实很喜欢朱小姐，朱小姐虽然和韩氏同时遭遇了强制住兵营的痛苦经历，但毕竟年轻，心里没留下多少阴影。生活安定下来后，她像个放飞的小鸟，整天在家里飞来飞去，欢快地帮着操持家务。

她在帮冯子材换衣服时偷偷问：“姐夫，你今早是不是得罪表姐啦？她回来后就一直闷闷不乐，连饭也不肯吃。我劝说了几次，她都不理我。姐夫，你要对我家表姐好一点儿。”

冯子材知道韩氏为早上的事生气。

冯子材在感念她贤惠的同时，真的不喜欢她这样安排自己的表妹。朱小姐的母亲在太平军大营中已经被折磨而死，现在这个孩子唯一的亲戚就是韩氏，这么亲近的关系，他又怎么能同意娶朱小姐呢，于情于理都说不过去。

他安慰朱小姐说：“我会好好劝她吃饭的，你也不要太操心。”

说完，走进内房。

韩氏这时躺在床上，捧着一本书在看。

冯子材进来，她装没有看见，没有起床。

她真的生冯子材的气了。

一个女人，谁不想相公的爱全部在自己的身上？她提出让冯子材娶自己的表妹，本来就已经思想斗争了好久，好不容易说出来，冯子材连听都不听自己为什么要提出，就否决了。

她又不傻，为什么要让别的女人来分享自己的相公，就算这个女人是自己的亲表妹，她也不愿意，如果不是为了冯家有后，她能说出口这事？

回到家，越想越气。越气越感觉冯子材终是一介武夫，没有细腻的感情，这广东佬和江南男人就是不一样，越想心情就越糟糕。

冯子材走到床前，把韩氏的肩膀扳过来，道歉说："夫人，你早上说的话全是为我好，是我一时考虑不周，让夫人生气了。"

韩氏听了，情绪好了一些，轻声说："你还知道是为你好啊？"

冯子材说："当然知道。"

"那你同意啦？"

冯子材本来想说："不同意"，又怕惹她生气，只好含含糊糊说："这事得从长计议，今天我有点累了，下次再商量吧！"

韩氏想着这事有了转机，心情大好，便起了床，张罗着给冯子材开饭。

韩氏建议冯子材娶表妹，其实也是有私心的，她知道，如果自己生不出孩子，冯子材迟早都要纳房中人，与其娶一个毫不相关的人回来，还不如肥水不流外人田，因此才主动向冯子材提出娶表妹为房中人。

现在冯子材说要从长计议，那就慢慢计议吧，好事就要多磨，磨久了，生活才有意思。

韩氏想到自己耍小性子不好，为了弥补，她趁着冯子材高兴，提议说："四哥，我读首诗歌给你听吧。"

冯子材正在吃饭，看她高兴，也是为了转移话题，于是说："好的，你读吧，且把那些让人振奋的来读。"

韩氏一听，便翻出一本书，声情并茂地读起来："怒发冲冠，凭栏处、潇潇雨歇。抬望眼，仰天长啸，壮怀激烈。三十功名尘与土，八千里路云和月。莫等闲、白了少年头，空悲切！靖康耻，犹未雪。臣子恨，何时灭！驾长车，踏破贺兰山缺。壮志饥餐胡虏肉，笑谈渴饮匈奴血……"

读完，盯着冯子材的眼睛问："喜欢吗？"

冯子材老老实实答："喜欢，岳鹏举是我的榜样。"

韩氏心里咯噔一下：他怎么知道这首诗是岳飞写的，原以为他大字不识两个，看来这人还有点文化。于是又翻开另一页，又读："醉里挑灯看剑，梦回吹角连营。八百里分麾下炙，五十弦翻塞外声。沙场秋点兵。马作的卢飞快，弓如霹雳弦惊。了却君王天下事，赢得生前身后名。可怜白发生！"读完，又问："这首怎么样？"

冯子材说："辛幼安的这首词宣泄了壮志难酬的一腔悲愤。没有亲身参加过战争的人很难理解这种感情，像我，听到这首词，就特别感同身受。"

韩氏这下真的吃惊了。便想试试他识不识字，于是撒娇说："四哥，你读一首吧！"

冯子材这时已经吃完饭，看见夫人兴趣好，也不想扫兴，便说："好吧，你帮我挑一首。"

韩氏心里想，我挑一首难读的，看他能不能读完。

于是翻来覆去找了几次，选了白居易的《长恨歌》，递给他说："就读这首。"

冯子材看到这诗比猪大肠还长，什么时候才读完。求饶说："夫人，我就读首短点的吧！"

可韩氏就是不松口，一定要冯子材读。

冯子材无奈，只好一字一句读完了这首共有 1410 个字的长诗。读到"在天愿作比翼鸟，在地愿为连理枝"时，冯子材将翼字读成了翟字，韩氏也不纠正，开心地说："想不到四哥认识这么多字。"

韩氏如此一说，冯子材便想起自己的身世还没跟夫人细说过，于是，老实说："早年家贫，我只在土地庙读过四个月的书就不能接受教育了。人只要有志气，还有什么事做不成？这些年来，虽然战事繁忙，我一直坚持学习，现在大营中就有专门教我学习的先生。经过十多年的努力，不瞒夫人说，一般的文章已经难不倒我，很多文案还是我亲自起草呢！"

韩氏听了冯子材的话，更是爱他文武双全，暗暗下决心，一定要促成表妹和他的婚事。

咸丰五年，在韩氏的多次恳求下，冯子材不想伤了韩氏的好意，在征得朱小姐同意后，同意纳朱小姐为房中人。但冯子材提出一个条件，在朱小姐未满 20 岁前不同房。

韩氏遂了心愿，心情大好，起居饮食正常，身体也好了很多。咸丰五年五月，突然就有了喜，咸丰六年三月，给冯子材生下了一个大胖小子。

冯子材喜出望外，张灯结彩地为这个小孩办满月酒，各路人物都请了。这个头胎子，冯子材给他起名相猷。后来，韩氏又接连为冯子材生了二子相贤，女儿金玉。

朱小姐嫁给冯子材后，冯子材信守诺言，在 20 岁前都没和她同房，一直没有生育。直到回到钦州定居后，才于同治四年二月生下了冯子材第三子冯相荣。此时，朱氏已经 25 岁。

第七章　镇江保卫战，兄弟成陌路

咸丰十年真正是多事之秋。3 月 19 日清晨，太平军通过挖掘地道爆破轰塌了杭州清波门城墙，李秀成率军攻入城内。3 月 22 日，江南大营倾巢出动，调动 1.3 万余人赴救杭州。李秀成在城内大摆迷惑阵，全城插满旗帜。但在 24 日夜间，全部太平军偷偷撤出。清军此时以为太平军还在城内，正在谋划围攻之策，中了李秀成布下的空城计。

李秀成率部撤出杭州后，突然杀了个回马枪，沿天目山小路，取捷径直奔天京，途中与李世贤部会师，兵分五路进军天京。4 月底，太平军五路大军集结天京城外，总兵力约十万余人。4 月 27 日，开始对江南大营发起总攻，内外夹击江南大营。当和春知道中计，为时已晚。

时任湖南提督帮办和春军务的张国梁率部连日拼杀，但南路李秀成、东北路李世贤、西路陈玉成、南路杨辅清等部还是攻破了孝陵卫清军。

江南大营被攻破后，和春与张国梁不得不退守镇江，不得立足又退守丹阳。当张国梁听说冯子材在镇江未败，立刻率兵出城寻找冯子材的军队来援救。不料在城外遇到了太平军，清兵一触即溃。张国梁负伤策马逃走渡河时不幸溺毙于古运河，时年仅 37 岁。冯子材永远不会忘记张国梁向福兴推荐自己的知遇之恩，现在斯人已逝，他怎不痛哭流涕。

督战杭州的和春由于中了李秀成的空城计，杭州、苏州、常州，十几个州县通通易帜，羞愧难当。5 月 26 日逃至浒墅关吊颈而死以谢罪。和春虽然为人严苛，但一直对冯子材高看一眼，几次危急的时候，都及时派兵救援冯子材，让冯子材幸免于难。这些救命之恩，让冯子材铭记一辈子。

而一路提携他的向荣，早在咸丰六年七月已经病死。

早年，冯子材在福兴麾下效力，福兴因江宁大营溃败被革职，冯子材成了向荣部下。向荣由于屡战屡败，被太平军打得屁滚尿流，咸丰帝龙颜大怒，曾在向荣一份奏折上痛骂："汝在江南，劳师糜饷，日久无功，任贼纷纷窜逸，蔓延畿辅。虽立斩汝首，尚不足蔽汝一人之罪，稍泄数省积忿万人之心。第一时乏人，姑念汝自广西至今，情形尚熟，暂留汝项上之首，以待汝奋勉立功。若每次奏报仍不过敷衔塞责，是汝无福承受朕恩，自速其死。"

外有太平军步步进逼，内有咸丰帝雷霆之怒，向荣连年征战，疾病缠身，打，打不过太平军，退，无路可退，在病忧交加中死去（一说是自缢身亡）。

不到几年，福兴被革职，向荣间接被咸丰帝骂死，张国梁战死，和春吊颈而死。冯子材的上司，提携过他的人，一个个离他而去，他像个孤儿又像个弃儿，他不知这场战争有什么意义，不知为谁而战。但作为军人，他知道，他必须以服从为天职。

被太平军击溃的残兵败将惶惶不可终日地逃回镇江，整天城门紧闭，人人自危。退，无处可退，逃，插翅难飞。

此时，冯子材的手下还有3000人，张国梁、和春两部的3000败兵在主将死后，自动投靠冯子材，"六千兵马"这就是当时驻守镇江的总兵力。

这时镇江，由主持镇江防务的京口副都统巴栋阿督战，这君看见守城无望，称病而去，并推荐冯子材督办镇江防务。其实是把烂摊子全丢给冯子材。

冯子材看着这六千人马，心里悲喜交集。悲的是，清兵当年由广西提督向荣、广东高州总兵福兴两路三万多兵力，以浩浩荡荡的阵势围堵太平军，经过多年惨战，现在能派上用场只有这六千惊弓之鸟。喜的是，他可以按照自己的思路来管治指挥这样一支六千人的部队，王侯将相无种，冯子材要开始自己的时代。

其时，以清廷的老班底部队在与太平军多年鏖战中丧失殆尽。

有一个人在等待时机，他马上就要登上中国近代史的舞台，这人就是曾国藩。其弟弟曾国荃，在他的授意下训练的五万湘军，马上就要在历史的大剧中正式登场，成为太平军的死对头。

清军死的死，逃的逃，清廷无人可用。虽然一次二次派出魁玉、海全，欲取代冯子材。这些人都不争气，无法胜任。这时上海战事又告急，正白旗军头都兴阿在咸丰十年任江北督办、江宁将军时，早就想独霸大江南北的军权。冯子材偏偏插在镇江，成了他的眼中钉。便借这个机会，都兴阿上奏极力游说清廷把冯子材调往上海。由于曾国藩极力阻止，这事才作罢。

折腾了一番，清廷万般无奈下，于同治元年正月十七日下旨，给了45岁的冯子材一个体面的实职官职：广西提督，督办镇江防务。也就是说，镇江的对敌作战，全由冯子材说了算。

镇江古时称京口，宋朝大诗人王安石有《泊船瓜洲》诗为证：京口瓜洲一水间，钟山只隔数重山。春风又绿江南岸，明月何时照我还？京口与南京相邻，与扬州隔江相望，地理位置十分重要。当时镇江辖金坛、丹阳、溧阳等四县，是历代兵家必争之地。

清廷对镇江的重要性十分清醒："以镇江一府孤悬，必须竭力保全，为进窥苏常之地。"

冯子材对镇江的总概是："镇江一城，西连句容，南接丹阳，东邻江阴，贼巢环匝，皆在咫尺之间，惟北枕大江，为一线江南命脉。"

镇江城府周围十三里，三面群山环绕，一面滨临运河，时称瓮城，易攻难守。

冯子材现在有职有权，君命难违，难守也得守。

咸丰十年四月初二日，工事还没有筑牢，探子飞马来报，太平军纠集数千人攻打镇江来了。

冯子材召集手下开会商量对策，参加会议的有总兵冯日坤、副将向奎、参将苏如松、协领鹿鸣、都司王玉林等。

参将苏如松首先发言："镇江一面临江，其余三面都是太平军的堡垒，敌人乘势而来，气势上已经压倒我们，左右都是死，不如作殊死一搏。"

冯子材问："如何搏？"

苏如松回答："兵法有置之死地而后生，我们就向全体守城兵勇宣布，反正都是死，不如拼个鱼死网破，还有一线生机。"

冯日坤从冯子材组建十友社，就一直跟在冯子材身边，凭战功一步步从兵勇提拔为总兵。由于跟随冯子材多年，得到冯子材真传，军事上已经日臻成熟，有了自己独立的军事思想，考虑问题比较细致。

听了苏如松的话，他说："形势也没有参将说的这样惨，只要我们攻防得当，打败太平军不敢说，但守住城还是有把握的。都说骄兵必败，贼人一连攻下十几个州县，他们的死对头张国梁、和春又没了，肯定轻敌，我们主动出击，打他个措手不及，就算不能取胜，也挫挫贼人的锐气。"

向奎则说："提督大人，我就向你要个明示，战斗打响时，我有决断权。"

冯子材说："好，战斗打响，各人可相机行事，不要什么都请示。"

大家七嘴八舌提出了很多意见。

冯子材最后定下了对付太平军攻城的策略。

当冯子材这边调兵遣将之时，太平军人马早已经如潮水般涌向城墙，炮声，呐喊声惊天动地，烟雾弥漫。

领兵攻打镇江的是太平军黄飞虎部，太平军开始搭梯攀登城墙。

总兵马占魁、都司张得龙看大事不好，已经弃城逃跑。兵勇看见头目逃跑，也纷纷尾随而逃。一时间，城门口熙熙攘攘，兵勇拼了命往城外奔逃。

向奎带领三百兵勇，前来堵截奔逃的兵勇。他对手下三百人高声宣布："杀死逃跑的军官一人奖励白银一百两，杀死逃跑的兵勇一人奖励白银五两。"

喊完，手起刀落杀了几个狂奔乱跑的官兵。那些逃跑的官兵看见向奎手上血淋淋的大刀，吓得双腿发抖，连滚带爬退回阵地。

兵勇溃逃，被向奎这一杀，总算镇住了。

冯日坤统领三千兵勇分守城墙，在太平军进攻最激烈的时候，突然各个城头同时竖起几百面"张"字大旗。

这"张"字就是张国梁的旗号。

张国梁是清兵的一员猛将，所到之处，太平军闻风丧胆。太平军原以为张国梁在丹阳战死，突然看见"张"字旗，攻城的太平军怕中埋伏，纷纷退了下来。

而此时，冯子材带着自己的三千嫡系部队，已经悄悄开了城门。

一时间，刀光剑影，杀声阵阵，火光映红了半边天。

冯子材跃马扬鞭冲向敌阵。

突然，太平军的队伍中杀出一员大将，他跃马而来，手举长矛，威风凛凛。

两人一照面，双方都愣住了。你道此人是谁？原来这人正是冯子材苦苦寻找多年的黄锦泗。

自从刘八老巢一别，黄锦泗便在人间消失。冯子材多次深入白州、灵山寻找，一直没有音信。在剿灭刘八时，他还一个个检查了战死的农民军，心想如果战死要找到尸首，生不能报恩，死也要厚葬。

想不到多年后，兄弟竟是如此见面。

黄锦泗看见冯子材，立马挥矛直刺，一边大骂："黑四，你个狗奴才，清廷杀我汉人，夺我汉家江山，干尽了坏事，人神共愤，你为虎作伥，死期到了，我要杀了你，替死去的弟兄报仇！"

骂着骂着，眼眶里全是泪水，这矛刺到冯子材面前时，突然偏了方向。

冯子材叫了声：“锦泗，你听我说。”手上的刀戛然而止。

“你手上沾满了太平军的鲜血，有什么好说？我要杀了你。”

黄锦泗又举起矛直刺而来。

冯子材举起倭刀架开矛，伤心地说：“锦泗，清廷的三万多人马也给太平军杀了大半，你我都是棋子，我们又有什么能力左右得了。你如真想杀我，就杀吧！”

“我要杀了你！”

黄锦泗的矛对着冯子材的喉咙刺来，冯子材也不避开，只是双眼盯着黄锦泗。眼神充满了悲喜交集。

黄锦泗的矛突然停了下来，流着泪说：“黑四，我和你恩绝义断，下次相见，不是你死就是我死。”

说完，撕下自己衣角的一块掷给冯子材，人已经杀往他处。

此时的冯子材百感交集，如果不是太平军作乱，本是好兄弟的他们，怎么会成刀枪相见的敌人？黄锦泗的割袍绝义，让他痛不欲生。

冯子材痛恨战争。是战争，把兄弟变成了敌人。

两员各为其主的好兄弟以敌人的姿态相见在战场，两人没法交手。而战场，又容不下半点的犹豫，两人没法交流，没法话别，只有提起武器冲入敌阵。

这次太平军攻城，由于冯子材应对得法，向奎以非常手段阻止官兵逃跑，冯日坤扯虎皮作大旗，成功威慑太平军，兵勇在退无可退的情况下，为了活命拼命杀敌，太平军没有占到什么便宜。清兵也没有能力击败太平军，双方算是打了个平手。冯子材争得了片刻的喘息机会。

对于冯子材来说，这是他亲自督战后的第一次攻防，意义重大，非常值得庆祝。

当守城兵勇欢呼胜利时，冯子材自己一个人关在房间里难过。

自从在战场上遭遇黄锦泗，他就一直内心绞痛。

黄锦泗是他最好的兄弟，是他依靠的左膀右臂。想到在刘八大营，他冒着被杀的风险为自己求情，想着他放倒哨兵放走自己，他的心就在流血。

他们两人都是钦州的本分民众，如果没有战争，两人本来可以像很多普通百姓一样，过着虽然艰难但生命有保障的生活。但这战争，把一切都毁了，不但毁了城市，毁了乡村，连兄弟情也毁了。他不知道下次相遇，他能不能拿起大刀向自己的兄弟砍去。

第八章　巧智化危机，设局防兵变

冯子材守卫镇江一战打了个平手，太平军不让他喘上一口气，便接踵而来。

这镇江就像插在天京咽喉的一把尖刀，太平军若要天京稳固，必须把这把刀子拔出来。

于是，太平军隔三岔五就派出一支部队来攻打镇江。此时的太平军元气还在，人员多，对付镇江孤城绰绰有余；而冯子材手上就只有这么多人，天天疲于对付太平军的讨战。

5 月初，太平军在桥头聚集，又在伺机进攻。

为了打乱太平军的战争布置，让太平军措手不及，冯子材采取主动出击的办法，与总兵冯日坤带领 5000 人马从高资进攻，持续攻打敌营到晚上 5 点，攻下了太平军三座营房，打破了太平军进攻计划。6 月，太平军重新组织力量计划偷袭镇江，改从丹阳水道进攻，冯子材果断带兵出越河迎战，太平军知道冯子材已经有了准备，只好撤退。

8 月 27 日，太平军侍王李世贤四万人分三路进攻镇江，马队冲前，步兵续后，枪炮齐鸣，炮声震耳欲聋，攻城的太平军像成队的蚂蚁，源源不断地发起进攻，一直攻打到深夜才收兵。

冯子材主动应战，督队出城，从甘露寺包抄太平军，并击败了雩山太平军。

第二天，太平军再次进攻镇江，早上 5 点开始攻城，黄山、摩旗、虎头到处都是密密麻麻的太平军，从东门十三门、永栅门合力围攻。

看到敌人火力凶猛，冯子材派总兵冯日坤、参将苏如松与文汉章分区把守城墙，自己则亲自督战十三门。太平军异常顽强，任由城上炮火如何轰击，就是不退缩，一批倒下一批又上，轮番进攻，守城兵勇连续作战两天，已经十分疲惫。

战到中午，太平军一点都没有撤退的迹象，冯子材决定到城外和太平军决一死战。于是，派出副战滕嗣林、田宗杨，游击关松志、王大伦、杨青山，都司吴大生，守备张遂各带所部出城，分两路包抄夹击，冯子材亲自带督战队来回督战，各队人马冲入太平军队伍，一路猛杀。

攻城的太平军看到身后被清兵袭击，暂缓攻城，转回头攻打出城的清兵，双方你来我往，战斗从中午一直持续到晚上才停下，双方互有伤亡。

29日，早天刚蒙蒙亮，太平军又发起强攻，冯子材思忖守城之兵持续战斗了多天，人困马疲，再战对清兵不利，于是下令紧闭城门，任由太平军如何炮轰也不予理会。而太平军一时之间又难以攻下城门，只好撤退。

这些大大小小的战事一直持续了近四个月，由于冯子材谋勇兼备，调度有方，同时与兵勇艰苦共尝，拿着大刀亲上战场，亲点大炮，攻防有度，进退得当，镇江这座围城，成了清廷风雨飘摇中硕果仅存的一根救命稻草。

镇江的固若金汤，成了清朝各路被击败散兵游勇的避难所，残兵败将一波波涌入镇江。这些人有江南大营战败的兵勇，镇江旗营，镇江府兵，江北援军，新招的兵勇，还有一些是投降的义军，这些人合起来，在册登记共17000人[(1)]。

按照清朝的军事体制，总兵可以统领15000人，但冯子材当总兵的时候，最多一次也就是和春指派他率5000人赴丹阳救张国梁。

现在当了广西提督、镇江督办，屁股还没坐热，一下子要面对17000人的庞大队伍。

这支队伍，人员来源复杂，枪支弹药早已经丢失。又大多是历经大大小小战斗侥幸活下来的人，心里头本来到就窝了一肚子的气，好像全世界都欠他们的。要安顿好这样一支队伍，培训成听从冯子材指挥，成为抵抗太平军进攻的

---

(1)17000人，取冯子材向清廷奏折中数目（同治元年上奏："统核镇防旗绿营官兵勇壮一万七八千名，月需大饷九万余两。"有著作称13000人。以冯子材奏折为准）。

中坚力量，实属不易。

头一件大事，就是要解决穿衣问题，溃败进镇江的兵勇，大都是绿营兵。清朝以八旗军为正规军，国家包揽一切开支，而绿营兵由汉人组成，处于协从地位，清廷只提供军器和军饷，装备和军服则需绿营兵自己提供。

这样除了一日三餐的开支外，冯子材得解决他们的军服、装备等。

由于连年战争，清廷国库空虚。而按绿营兵的常规待遇，每人每月可领白银四两，如发生战事，征兵每名日支口粮八合三勺，月支盐菜银九钱。除了一日三餐伙食费不算，每月开支的军费高达九万两。

按照往常，军队的军饷都是由文官就地征收，就地解决。镇江被围困已经足足五年，孤悬一隅，民不聊生，老糠再也榨不出油。

为了解决粮饷问题，冯子材利用自己享有的“专折奏事”权[(1)]屡屡上书，请求清廷尽快解决。清廷此时早已经左支右绌，根本没有能力解决。只得将数额分摊到各省筹办。而各省也都粮库空虚，能拖则拖。这从冯子材现存的奏折可以看到当时催饷无望的绝境：“各营兵勇壮一万七八千人，月需大饷九万余两。山东应解镇营协饬五万两，迄未报解，广东核计上年十三个月应解银六十万两，但积欠两年，有催无解，只得七千两。”此外，山西、河南等诸省也是有催无解。简直是集体为难冯子材。

万般无奈之下，只得奏请清廷设卡收税银。

但仍入不敷出。到了同治二月，便发生了饥兵哗变事件，这事被传得沸沸扬扬，连同治帝都知晓。

原来，都兴阿挤不走冯子材，便天天盯着冯子材找机会下手扳倒他。现在冯子材设卡征税，肯定可以抓到把柄。于是偷偷派人盯梢，收买内线查账，这些手段用尽，但就是找不到什么攻击冯子材的证据。现在发生兵勇哗变，终于有了参冯子材一本的由头。便急急写了奏折，还怕不够分量，又叫自己的手下兼亲信海全再参一本，必置冯子材于死地。

同治帝看了奏折，大发雷霆之怒，命令曾国藩派人查实，如属实，即行革

(1)“专折奏事”清代奏事制度之一。无论满、蒙、汉军等八旗官员或汉官员，皆准向皇帝奏事。具体规定是，京官如尚书、侍郎、京堂、翰林、詹事、六科给事中、各道御史；出任地方的外官，如总督、巡抚、盐政、学政、织造、船政、关差总管；武官，如八旗城守尉以上，绿营提督以上，均享有此种权力，就某事提出个人的报告，供皇帝作出决断。

职。

曾国藩接到命令，不敢怠慢，立即指派李鸿章命令常州知府薛书常到镇江明察暗访。

这薛书常到了镇江，找了个小客栈住下，开始明察暗访，核对了税银去向。

他回来后向曾国藩报告："这次事件是典型的官斗，有人想把冯子材挤走，从调查情况来看，如果没有冯子材镇守镇江，镇江早就落入长毛之手。设卡收银只有短短三个月，冯子材嫌军人搞地方事务麻烦，早就移交给镇江税务收取，查无实据。"

曾国藩不愧是晚清名臣，没有因为冯子材当年败走丹阳之事怀恨在心，实事求是地汇报给了同治帝，冯子材逃过大难一劫。

皇帝的雷霆之怒平息了，但危机依然存在。军饷问题一日不解决，哗变之事便随时发生。

为了缓解缺饷压力，冯子材只好走裁军这一步，将3000多非战斗的兵员裁撤。为了让裁撤顺利进行，他把仅有的一点军饷都用尽了。

此时正逢农历十二月天气，镇江风大，湿冷，寒风吹过，兵勇们冷得直打哆嗦。有的赤着双足守城墙，生满冻疮，哀号声此伏彼起。如果军饷仍无法解决，更大的哗变马上就要发生。

苦闷的冯子材在走投无路时，有一天，召集总兵冯日坤、杨青山、记名总兵关松志、镇江知府师荣光，一起商讨对策。

这师荣光任镇江知府这几年，苦不堪言，手上无钱无粮，府兵天天吵着要发粮饷，有的直接就冲到知府击鼓喊冤。有一次，甚至有府兵把他拎到大街上，声言不兑现军饷就杀了他。二月初哗变的兵员中，有相当一部分就是他的府兵。

和平年代，当官是好差事，战争年代，当个文官本来就难，更何况是天天被太平军围攻的孤城之中的文官。

他早就想向冯子材申请救助，但想到冯子材新官上任，近二万兵员天天张开口等饭吃，想想冯子材比自己更艰难，只好自己硬挺着，熬一天是一天。

现在冯子材叫他来商量筹饷之事，他希望冯子材有个万全的方案，在解决各路残兵败将之余，也能帮助他渡过难关。

于是，他身穿长袍马褂，毕恭毕敬地来了。

冯子材召集开会，往往都是直奔主题，有话直说，说完该说的事就分头去落实。

这次也不例外，冯子材看见大家坐下，表情严肃地说："今天请大家来，是研究军饷的筹措问题，前两天，我在巡察城中兵勇训练时，发现有个年轻兵勇大冷的天只穿一件单衣，冷得脸都变青了，人心都是肉长的，要是让他的父母看见，肯定伤心死了。还有部分将领以军饷不能按时发放为由，没有管好自己的兵勇，请病假的、怠工的、借机闹事的到处都有。这样下去，不用贼人来攻打我们，我们自己先就败下来了。所以，今天请大家来，就是两个问题，一个是如何防止兵勇再次哗变，二是尽快找出解决军饷的办法。"

师荣光听了冯子材的话，心里想："我还以为有什么锦囊妙计，原来只是空欢喜一场。"

想想反正说什么都没用，不如闭口不说，便三缄其口，一言不发。

关松志，这个冯子材的廉州老乡，当年冯子材第一次在廉州招兵时，22岁应征入营，一直在冯子材麾下效力，由于勇敢善战，被时人称为"铁栅战军"，官至四川懋功记名总兵。

听了冯子材的话，脸上火辣辣的。他出身于廉州府公馆中间村，一直来，他对冯子材言听计从。但这次，他有些怠慢了。他是穷苦人家出身，看到很多兵勇缺衣少食，还要天天顶着大冷天操练，便起了恻隐之心，放松对兵勇的管束。刚才冯子材的话分明是在批评他。

冯日坤深知冯子材的处事风格，凡是召集开会，说明他心中已经有了腹案，开会，只是想通过听有关人员的意见，再丰富，充实自己的想法。

于是，便大胆说："大帅，你奏折也呈了十几道，各省都借故不按时调拨，不来点狠的，朝廷根本就想蒙混过去。我的意见，我们干脆派几个得力干将到北京告御状，扬言不发军饷，就打开城门让兵员自谋出路，我看谁更急！"

听了冯日坤的话，关松志连忙说："筹军饷我没有什么好的计策，但如果要到北京告状，我报名参加。"

冯子材听了两人的话，有些生气，很不开心地说："国家养兵千日用兵一时，现在国家有难，你们不分忧就算了，还想用狠的来要挟朝廷，这不是为人臣者所为，这个就不要说了。"

杨青山自言自语："其实所说的两个问题，就是一个问题，筹到钱了，发出了，就不存在兵勇哗变的事。"

杨青山，也是冯子材的钦州老乡，和冯子材同时入伍，一直追随冯子材身边。在保卫镇江诸多将领中，杨青山是数一数二的猛将，与太平军大大小小的战斗，他每战必上战场，是冯子材最得力的干将，和关松志、张文德成为冯子材三虎将。

冯子材对他说的话不予表态，会议进入了沉默状态。

本来打算一言不发的师荣光，被会场的氛围压抑得透不过气来，为了活跃气氛，他哭丧着脸说："既然大家都想不出什么良策，我今晚回到府上，就对外公布，衙门的地下藏有很多金子，是长毛当初撤离时埋下的，让府兵天天去挖，有点事做。要不兵勇天天到我府上喊冤，时不时拉我到街上要杀要砍，我已经受不了啦！"

师荣光本是说笑，谁知说者无心，冯子材却听进去。会议结束时，他解决兵勇哗变的良策已经想好。

第二天，街上到处盛传，长毛在北固山留下了大堆金子。

饿得发疯的兵勇听到这个消息，恨不得立马就开拔到北固山掘金。但由于是非常时期，又前有庆奎斩逃兵的教训，大家不敢轻举妄动。

过了几天，看传言越来越神，冯子材便升帐坐堂，对诸位总兵、副将说："现在朝廷已经速速派人运送军饷救急，大家要安抚好兵勇，这段时间不能出乱子。听说北固山藏有金银，是几年前长毛撤出镇江前埋下的，我派人专门走访过北固山的住持，他说，当年长毛撤退前，确实有很多和尚看到长毛车载马拉了很多物品埋在山后，是不是金银宝贝，就不得而知了。

这事我们宁可信其有，不可信其无。从今天起，我们派人守好北固山，非兵勇不得靠近北固山。明天开始，每日派出一营兵力上山挖宝，凡挖到的按50%奖励。"

众将领一听，面面相觑，不知冯子材葫芦里卖的什么药。有人甚至怀疑冯子材为这军饷的事日夜操劳，脑子出问题了。街上的谣言每天都有，要是都信，那还怎么活！

不过，谁也没有提出异议。现在的镇江，已经成了一座死城，兵勇饥寒交迫，天天寻事挑衅。民众生活困顿，街市萧条，毫无生气。能到北固山走走，就当踏青旅游吧，起码得吸几口新鲜空气。

于是，值日官排好轮班表，安排部队上山挖宝。

北固山位于镇江东侧江边，高53米，是京口三山名胜之一，形势险要，风景秀丽。与金山、焦山成掎角之势。素有"京口第一山"之称。咸丰癸丑正月，太平军占领金陵。2月22日太平军罗大纲部进驻镇江，一直到咸丰七年因和春，张国梁围城，城中粮食短缺，无法抵抗，为保天京，李秀成带一队人马将守城太平军撤出。撤退时走得仓促，如果真埋一些金银在北固山，也不是什么虚妄之谈。

清兵第一天上北固山掘金，一营就是500人，这么多人漫山遍野散开，低着头，拼了命乱挖。

这些兵勇投奔兵营都是为了一日三餐，现在连三餐都吃不饱，还打什么仗？很多人都在打小算盘，挖到银子，有了盘缠，就逃之夭夭。现在有了机会，就是挖穿北固山，也要找到银子。

大家都想着自己第一个挖到银子，一边拼命挖，一边眼睛不停地巡睃周围。只要有一点响动，便停下来看看是不是有人挖到金银了。

突然“哐啷”一声，有人欣喜欲狂地高声大喊：“我挖到银子了，好大的银锭。”

大家一听，都像饿虎扑食一样扑向那银子。只见那人双手死死抱着一只船形的大银锭，高高举在头顶上，焦急地说：“这银锭是我的，谁也不能抢！”

带队的军官看见有人挖得了银子，立即宣布说：“冯大帅有令，挖得银子者奖50%，现在称称这银锭多重，立马兑现奖励！”

结果这银锭足足50两，兵勇得奖25两。那人脱了外衣包了25两银子，缚在裤腰上，远远地避开大家，一边卖力地挖着，一边时时提防别人抢他的银子。

过了不久，又有人挖到。一个上午下来，已经有八九个人挖到大大小小的银锭，大家便都埋头拼命挖宝。

这下北固山有宝之言得到坐实，清兵人人引颈盼望早日轮到自己上山。十几天下来，人人都上了一次北固山。有的有收获，有的空手而归。但不管怎样，大家有了奔头，有了念想，一门心思盼望自己能掘到宝。十多天下来，北固山被翻了个底朝天。兵勇一心只想着掘得金元宝，反而将讨军饷之事抛到了九天之外。

冯子材争得了宝贵的十多天时间，清廷陆续筹集到的部分军饷已经解到，暂时缓解了因缺饷造成的动荡局面

冯子材用几千两银子打发了这群因饥饿而随时闹事的饥兵，化解了危机，让整个镇江的秩序恢复平静。

冯子材的治军能力经受了严峻考验。

第九章　上下皆欢喜，裁军回故乡

同治三年，轰轰烈烈的太平天国运动在曾国藩湘军的重重包围下，在中外势力合力镇压下，以失败告终。

战事一结束，清廷就开始裁军，冯子材的部队将被全裁。

冯子材的人生又来到一个十字路口。他的得力部下很多人劝他："大帅，不要到广西任提督，那个地方穷得鸟儿都拉不出屎，土匪横行，官僚体系官官相护，我们外省人，很难立足。"

有个姓张的算命先生告诉他："大帅，你现在手上有近万兵马，接受裁军，你就是光身佬一条，军人手中没兵没将就是百姓一个。你的命理适合向北发展，向南不利。千万不要到广西。"

冯子材何尝不知道到广西的艰险，但如果不到广西任职，按当时的局势，他只有一条路，就是北上"围剿"突围而出的张宗禹捻军。

当时，捻军在和太平军联合作战中，捻军的盟主张乐行战死，张宗禹成功地将捻军与太平军余部收拢，在鄂、豫边界会师，改编组成新捻军，以复兴太平天国为目标，推赖文光为首领，运用新的游动战术，并逐渐易步为骑，使捻军变为一支约十余万人的骑兵武装，正严重地威胁清朝的统治。朝廷一直在议着派谁去围剿，庭臣有人建议派冯子材，又有人提议僧格林沁。

与太平军转战多年，冯子材早就厌倦了同胞相互杀伐的日子。

因此，他排除众议，对部下和算命先生说："我的心意已定，大家都不要多说了，接受全裁，即日回钦州。"而此时，朝廷还欠着他的军饷 120 万两。

冯子材细细思量，如要等到这笔军饷，不知等到驴年马月。一声不吭就不要这军饷又对不起浴血战斗的部下。苦思多日，于是想出了一个两全其美的办法："遂聚部下将弁，告以时事艰难，不忍心以镇防欠饷，上廑宵旰，不如全数报效，酌量各营兵勇籍隶某省，分别多寡，恳加举额，于诸君既无大碍，同乡与有荣施，兼得起程迅速。"

所有将领听了冯子材的话，都表示同意。

于是便起奏折，向皇帝奏明此事。

皇帝看到奏折，欠债不用还了，欢天喜地，当即准奏，分别给广东、湖南、安徽、山西各省增加了举人名额。

一件棘手的事，让冯子材办得各方皆大欢喜。充分显示了冯子材办事的灵活性和机动性，而且善于照顾各方利益，让事情圆满解决。

冯子材处理完撤军事宜，请假三个月，挥挥衣袖，不带走一片云彩，连亲兵也没多带几个，于同治三年九月初六日启程回钦州。

这一年，冯子材 47 岁。

此时的钦州，哥哥子清已经成了黎家真正的主人。他的儿女也已经长大。冯子材和贴身随员，不好去打搅哥哥。沙尾村男庵庙傍虽然有两间当年回来招兵时建的房子，但多年失修，已经没法住。

钦州知府李绅得知冯子材衣锦还乡，早早率领文武官员等候。得知冯子材要在钦州停留三个月，力邀冯子材住进钦州知府。

冯子材想到这番回来，自己已经是从一品的大官，身份已不同前，李绅是父母官，虽然不归自己管(1)，如果过于执拗，怕伤了李绅的面子。便遂了李绅的心愿，借住钦州知府的后院。

虽然路途劳顿，但冯子材回到钦州，第一件事就是为母亲黄氏重葬。

按照钦州风俗，九月九是祭祀先人、重葬的好时机。

冯子材想到 30 岁那年，在重葬父亲时，在匾柑尖岭遇到一个高人，曾对自己说过："此地实乃吉垠，汝既得之，福分不浅。但三四年后，汝宜速往外省，另图事业，不可在此耽搁，误汝前程。"

现在好像一切都兑现了那位高人的预言。

这次母亲重葬，冯子材希望能找到那位高人、那位老先生，让他亲自为母

---

(1)当时钦州属于广东管辖,冯子材任广西提督,和知府李绅没有直接上下级关系。

亲选一块风水宝地。

冯子材安排亲兵冯相成去找人。

说起这冯相成，这里有个插曲。冯子材在临离开镇江前一晚，家里突然有三个人要见他。原来这三个人不想离开部队，想投靠他当亲兵。

冯子材经过了解，三人都是钦廉子弟，思想品质纯正，能征善战，便同意带三人回钦州。他们中有个叫谢福的硬要改姓冯，冯子材便按照儿子的班辈给他改名冯相成，收为义子。

这冯相成看见义父把这么重要的工作交给自己，非常开心。接受任务后，便四处托人打听，果然在大寺镇找到了这位先生。

老先生此时由于疾病缠身，行走不便，冯相成雇了一顶轿，抬着先生上路。后来，在沙埠镇西南点了一穴，定于九月九日巳时重葬。

那天，秋高气爽，和风吹拂。

冯子材早早领了儿子相猷、相贤，义子相成及几名亲兵，前往母亲黄氏墓地，举行捡骨重葬大礼。

所谓捡骨，就是人死后，先以棺木敛尸入土埋葬，待三五年或更长的时间，尸体全部腐朽后，视情况再捡骨重葬。

二千多年前《墨子·节葬》记载："楚之南，有炎人国者，其亲戚死，朽其肉而弃之，然后埋其骨，乃成为孝子。"

早年，冯子材因家穷，母亲埋下后几年无力为母亲大葬，只把骨头捡起来装在金埕细葬，这次冯子材要风风光光地厚葬母亲。

冯子材流着泪领着一班人跪着点香祭祀，哽咽着说："母亲，儿子带着孙子给你送钱来，今天给你建大屋，从今往后，香火源源不断，你就好好享受吧！"

想到自己在外多年，没能年年亲祭祀父母，冯子材悲痛欲绝，大家看到冯子材哭，也都跟着痛哭。

师父撑起一把黑色雨伞，遮挡着墓穴，开始掘地开埕。

当金埕露出地面，冯子材悲痛得跪地大哭。

原来，金埕下面已经生满了杂草，这草已经突破金埕底部一直生到金埕上方。都启模《冯宫保事绩纪实》描写当时的情景："及启视金埕，而埕下已经生异草，由埕底孔内穿入，将及埕顶。"

冯子材看见此情此景，伤心欲绝地对所有人说："如果我再迟几年不回来，母亲的骨头肯定被杂草占满，这是不孝的大罪啊！"

众人一番劝解，冯子材还是不停地哭泣。

师父开始捡骨，捡起一块就用山茶油拭擦干净，把骨头摆放在铺好的白布上，这是把金埕中的黄氏“牵起来”。随后，师父将遗骨按人体的结构自下而上，屈肢叠放装入新的“金缸”中，这些做完后，写上黄氏的姓名、生卒年月日，将盆形圆盖反扣在金缸上。把金缸移到新选的墓地，用砖块、三合土砌建永久性的坟地，完成了整个大葬过程。

晚上，冯子材想着自己的身世，想着征战多年的艰辛，想着在困难时期曾经帮助过他的人，一阵阵往事如潮水般涌来。

他无法入眠，天一亮，他对冯相成说：“你带几个人陪我去一趟北海。”

他要到北海寻找恩人。

在冯子材发迹前，有一年冬天，他流浪到北海，遇到好心人鸭粥四叔夫妻收留他，后又资助盘缠让他到广东投奔团总黄汝谐。

这一大恩，他一直没有机会报答，现在母亲的大事已经处理完毕，他要趁着休假之机，当面感谢鸭粥四叔一家。

冯子材一行用了两天时间，傍晚到了北海。他凭记忆找到鸭粥四叔的摊位。眼前的情景让他沮丧，原来的鸭粥棚已经没了，取而代之的是一排高楼，冯子材向住家打听四叔的去向，大家都说不知道。

北海官府听说广西提督大人到北海，文武官员抬着轿子一直跟在冯子材后面，现在看见冯子材找不到人，都劝他先住下再说。

冯子材想着自己是广西提督，不管广东的事，不想给北海官府添麻烦，因此委婉地说：“我这次是私人出行，办私事，谢谢诸位抬爱，我还是住旅馆好了。”

众人没法说动他，又不敢离开，一时都不知如何是好。

冯子材看见大家尴尬，于心不忍，只好说：“好吧，我们就暂时在衙门安顿下来。”

官员听了，高高兴兴地接走冯子材。

摆平了官员的繁文缛节，冯子材终于有时间和手下在一起。他来北海原以为可以找到四叔，就没有告诉手下此行的目的，现在只能依靠手下四处找人，得和他们说清这事。

于是，他把几个手下招呼到一处，对他们说：“这次来北海，我要找到我的恩人，他叫鸭粥四叔，在我投军前，有一年，到北海找活路，路上被地痞抢劫，身上除了一件单衣，什么都被抢光。饥寒交迫之时，看见鸭粥四叔的地摊在烧火就过来取暖，四叔知道我的情况后，收留了我，给我饭吃，给我衣穿，帮助我渡过了难关。第二年，得知我想到广东投军，又给了我路费，如果没有四叔，我的人生就会改写，滴水之恩要报涌泉，你们几个，无论用什么办法，都要帮我找到四叔。”

后来，四叔被冯相成找到。

这年，四叔已经六十多岁，生活的重压，让他的背都驼了。他原来的鸭粥大排档是租别人的，后来有财主看中那地皮，主人出高价卖了。

四叔只好搬到位置偏僻的升平街，升平街位于外沙桥头三婆庙往东至金鱼巷口路段，宽约四米，长约二百米。这是新建的街道，而且都是一些新移民在此居住，人流少，生意每况愈下。

冯相成证实此人就是鸭粥四叔，毕恭毕敬地上前打招呼："烦请随小人走一趟，我家提督大人要见你。"

四叔一生见过最大的官就是税官，税官隔三岔五就来收什么厘金、义谷等各种多如牛毛的税。现在听说要见提督大人，吓得两腿像筛糠一样打抖，嘴巴张成"○"形，尿拉了一裤裆。

四婶吓得跪下来连连求饶："请饶过草民一命，我们一家一直安分守己。"

冯相成看见他们一家吓成这样，心里发笑，想和他们开个玩笑，便说："如要求饶，你们自己对大人说去，我的任务就是将四叔带去见大人。"

四叔以为在劫难逃，不去看来是不行了，便对四婶说："如果我有什么不测，望你看在夫妻一场的份上，帮虾仔娶个媳妇。"

四叔一路哭哭啼啼被带到衙门，进了门，跪下就拜："请大人饶命，请大人饶命！"

冯子材认出了四叔，连忙走上来扶起他说："四叔，我是子材呵，你老一向可好？"

四叔听了，偷偷抬起头来，大吃一惊："这小子不就是那个在我家打小工的黑四吗，怎么就成了提督？"

他以为自己看错了，拼命用双手擦眼睛。

眼前的人尽管脸比以前圆，身体更结实了，一眼给人不怒而威的官相，但那两只碌碌滚动着的大眼，高高的眉弓，洪亮的声音，不是黑四还是谁？

冯子材握着他的手，高兴地说："四叔，你愣什么，我是黑四！"

四叔听到一声黑四，和冯子材的距离一下子就拉近了。

他喜极而泣，对冯子材说："听说要见提督大人，差点吓死我，想破头壳都想不到是你。害得我虚惊一场！"

冯子材拉着他，两人并排入座，冯子材详细地了解他家的情况。四叔也不多想，诉苦说：“连年打仗，老百姓都活不下了，也不知什么时候才能过一天安静日子，鸭粥摊搬到升平街生意清淡了很多，兵荒马乱的，我正和你四婶商量回乡下去，要是你来迟两天，都见不到我们了。”

冯子材一听，连忙说：“虾仔应该长大了吧，他现在做什么呢？”

四叔说：“今年 20 岁了，在帮着卖鸭粥呢！”

冯子材动情地说：“四叔，没有你和四婶当年的帮助和照顾，就不会有我的今天，虾仔既然都这么大了，就让他跟着我做些事，慢慢增长见识吧！”

四叔听了，连连摇手说：“使不得，使不得，他大字不识一个，不能在官府做事，我只有这么一个小子，一天不在身边，就睡不熟，谢谢大人关心！”

冯子材听了，想到当年太舅母要收自己做义孙的事，理解了四叔的婉拒。帮助别人，也要让接受的人感觉受到尊重，自然而然才好，如果太勉强就会好事办成坏事。

因此，也没有多说什么。

送走四叔后，冯子材对冯相成说：“给你个任务，你到各条街走走，哪里方便做生意，就在那里找个房子，将它买下来，给四叔做生意。”

后来，冯子材在老街给四叔买了三层楼。四叔知道冯子材真心帮助自己，也不推让，生意也慢慢走上了正轨，虾仔娶了贤惠的老婆，一家人过着幸福的生活。

而冯子材富贵不忘贫贱恩人的事也成为美谈。

第十章　东西征战忙，平匪有大功

冯子材征战十多年，好不容易请到三个月的假，他原来以为可以稍事休息，处理一下家事。

当时，由于韩氏已经生育了两男一女，朱氏也已经有孕在身，过了年就要生产。冯子材在同治二年46岁时又娶了三夫人王氏，人口日渐增多，冯子材考虑在钦州建房子，以后让三位江南夫人回钦州定居。

冯子材三个夫人，韩氏、朱氏、王氏虽然都是江南人，长期住在镇江，从生活习惯来说，三位夫人当然希望能定居镇江。但冯子材是个家乡观念极强之人，以前征战没时间考虑安家之事，现在有了时间，建房的事自然就列入了议事日程。

冯子材万万没有想到，他回到钦州，还没有正式接任广西提督之职，广东老家的父母官已经琢磨借冯子材之手在广东平叛。

原来，当时广东乱象横生，广州、东莞、惠州、信宜到处有土匪打着反清的旗帜鱼肉人民。而此时，又正好太平军有一支几万人的部队被闽浙总督左宗棠从福建赶到广东，左宗棠自己可以松口气了，可以睡个好觉了，但广东官员可就寝食难安了。

广东原有的精锐部队，早就于十多年前全部拉到江南大营围堵太平军，重要将领如向荣、张国梁、福兴不是病死就是战死或革职，广东根本没有有战斗力的部队。

时任两广总督毛鸿宾便在冯子材身上打主意，想借冯子材之手帮广东平乱。于是便给朝廷呈奏折，建议冯子材在未上任前先把扰乱广东的土匪剿灭。

而此时的广西，也是天下大乱，柳州、桂林、南宁到处土匪横行，广西民众听说冯子材准备到广西当提督，都在盼他早日上任，及时肃清大大小小的土匪，让他们能安居乐业。

清廷权衡利弊，一咬牙于同治三年十二月二十一日下旨："冯子材前经请假回籍修墓，曾令期假满后赴广西提督本任。该员久历戎行，深明韬略，广东形势岌岌可危，自应保卫桑梓，冯子材着留广东督办东江军务。"

冯子材接到圣旨，不敢怠慢，便于同治四年二月初九日带着亲兵赴东江。

他到任后，分析了当时的形势，决定擒贼先擒王，把围剿首要目标锁定在罗定的匪首王狂七身上。

罗定位于广东省西部，西江之南，东有云雾山脉，西有云开山脉，南接高州、雷州，西与广西、贵州、云南相邻，是西江走廊的交通要冲，自古被视为门庭防卫，抚绥重地。

王狂七的老家在佳益圩，他利用老家人熟地熟的有利条件，在佳益圩招兵买马，最多时，达十万之众。有了人员，王狂七胆子越来越大，居然在佳益圩设卡收税，俨然成了衙门。凡路过佳益圩的行人，一律要按他定下的规矩交税银，凡敢反抗者，轻则打残，重则没命。

而冯子材此时手上的兵勇早已经被裁撤，事急之间也难招到兵马。虽然是毛鸿宾奏请他来帮剿匪，但他和毛鸿宾不熟，人生难办事，尽管是公事。

他思量良久，决定找广东巡抚郭嵩焘要人。

郭嵩焘，这个和冯子材同年出生的进士，与曾国藩曾是岳麓书院的同学，是中国第一批出使国外的外交官，由于他的思想和朝廷不符，虽有雄才大略，但一生是个悲剧人物，生不能成为将相之列，死不能受谥追封。

冯子材在镇江督办军务的时候，郭嵩焘任江苏苏松粮道、两淮盐运使，当冯子材在镇江为饥兵哗变的事焦头烂额之时，郭嵩焘主动伸出援手帮助过他，冯子材一直感怀于心。

请假回钦州后，为了感谢郭嵩焘，也是从尊重家乡父母官考虑，他曾专门登门拜访。

两人相互欣赏，维持着良好的关系。

此番登门，郭嵩焘知他是为兵勇之事而来，不待他开口，就说："萃亭兄，我已经下令罗定代理知州周士俊手上的2000府兵交你指挥，你直接找周知州就行，文书已经下到罗定。"

冯子材双手抱拳，欣然说："感谢巡抚厚爱，萃亭这番出征，不扫平王狂七，誓不收兵。”

当时他从镇江回来的时候，想到在广西提督任上要有得力干将，带了一直跟随自己征战多年的几员大将关松志，杨青山、黄武贤回来，现在围剿王狂七的土匪，这几员大将正好可以派上用场。

他回到罗定，又马不停蹄地赶到罗定知州府。

周士俊听说冯子材亲自登门，连忙穿戴整齐到大门口迎接。

周士俊是广东榆中县金崖邴家湾人，少年家境贫寒，连私塾都上不起，是叔父将看水磨凑下的钱挤出来供他念书。他于1853年中进士，授为广东长乐知县。不久，周士俊又调到番禺县。番禺县是当时广东省省会，街市相对繁荣。由于清朝腐败，侨居此地的外国人常常为所欲为，许多老百姓敢怒而不敢言。甚至当地中国人之间诉讼打官司，理屈的一方只要向“洋吏”行贿，托他们走中国官员的“后门”，官司就能转败为胜。正是这个原因，在办案中时常出现徇私舞弊的现象，造成许多冤假错案。

周士俊到任后，听到这些情况，很是气愤，同时也出自一个中国人的良知，决心好好整治一番。恰巧有一天碰上了一宗争田诉讼案，周士俊派人查清真相后，立马将理屈的一方抓了起来。还未等他出庭审判，他的顶头上司——总督下令要他赶紧把人放了。周士俊不解地问：“此人犯法，证据确凿，未及审判，何能释放？”

总督不悦地说：“你懂什么，我叫你放人就放，此人是洋人打了招呼的，你得罪得起吗？”

周士俊抗争道：“知县不是洋官，大清朝也不是外国，在大清的领地，我拿的是大清的俸禄，怎么能听洋人的指挥？”总督被周士俊一席话顶得脸色铁青，重重哼了一声，拂袖而去。

周士俊按当时的法律对理屈者处以杖刑。一时间，周士俊不惧洋人的事迹在番禺县的大街小巷传播开来。但是，这件事也惹怒了总督，不久，总督“怒其强项，撤任闲住”罢免了周士俊。直到同治三年，才让他代理罗定知州。

周士俊作为一个贫苦家庭出身的官员，深知土匪对社会的危害，他到任后，一直严格训练兵勇，待机捣毁匪巢。

正在此时，收到郭巡抚的行文，要他配合冯子材剿匪。他久闻冯子材大名，只是无缘相见，现在听说冯子材登门，自是喜不自禁。

两人一照面，就有种英雄惜英雄的亲切感。

待进入知府接客厅坐下，小吏送上茶水，冯子材发自内心地说：“久仰知州能文能武，又是个强项之士，子材一直十分钦佩，此番剿匪，任务艰巨，想听听知州大人的意见。”

周士俊连忙抱拳作揖说：“过奖了，冯提督的大名如雷贯耳，士俊已经接到巡抚大人手谕，将任由冯提督差遣，为剿灭王狂七尽绵薄之力。王狂七危害一方已经三年多，今年年初两广提督曾派军队攻打过一次，兵勇害怕王狂七的十万之众，走到半道，开溜了一半，余下的草草发了几口炮就撤退了。这下，王狂七更加不把官家放在眼里。”

“不知知州大人有何妙计？”

“在大人来罗定前，我一直在训练府兵，虽然只有 2000 人，但打仗除了人多势众，重在勇气、重在出其不意。王狂七由于在罗定经营多年，有恃无恐，对外虽称数十万之众，其实平时都不集中在一起，只有行动时才聚集在一起。现在趁着他们没有集结，我们先发制人，直捣他的大营，只要抓住王狂七，擒贼先擒王，其他土匪无人发号施令，肯定一击即溃，希望提督大人速速出动，打敌人个措手不及。”

冯子材听了周士俊的话，喜出望外。原来周士俊的想法和冯子材的想法不谋而合。在向巡抚要人前，冯子材早就和几个得力部下关松志，杨青山讨论过击溃敌人的方案，大家一致认为，王狂七是地头蛇，人多地熟，打持久战和消耗战对他有利，而清军人少，只有兵贵神速，出其不意把王狂七抓住，敌人就会像一盘散沙，再乘胜追击，就算不全部消灭土匪，起码杀得他近期没有还手之力。

冯子材紧紧握住周士俊的手说：“我们想到一起了，我这就派人把我带来的几员手下叫来，我们再详细敲定攻打方案。”

于是速速派人请来了关松志几个，就行军路线，攻击发起时间进行了安排，定于第二天早上 1 时开始进入佳益圩。

而此时，王狂七也没有闲着，他早就得知，两广总督请求朝廷派冯子材来对付自己。

冯子材早年斩杀凌十八时，他就是凌十八手下的一个小卒，目睹了冯子材的厉害。现在听说身经百战的冯子材要来对付自己，不敢怠慢，正在大营中和几员头领想着应对之策。

王狂七虽然心虚但口气傲慢地对手下说：“冯子材只有区区 2000 府兵就想吞下我十万之众，我要让他有来无回。请各位速速通知所有人员在后天晚饭前赶回大营应战，冯子材就算有飞毛腿，也不可能在一天之内从罗定赶到佳益圩，我们以逸待劳，到冯子材人疲马困赶到这里，等待他的将是葬身之地。”

有个手下说：“要是冯子材手下有马队，不用一天时间就可以赶到这里，现在大营里人手少，正面对抗对我们不利，我们是否把人员都隐蔽起来，避过清军锋芒，待清军进入我们的地盘，派出小股人员专门扰乱他们，让他们疲于奔命，我们再一举反攻。”

王狂七得意地说：“广东的清军，只有2000人，就算他有马队，奈我何？就是拖，我也要将冯子材的人马拖死，到时，看我十万之众，如何和冯子材玩猫捉老鼠的游戏。”

此时，王狂七的大营中除了200亲兵，就是附近接到通知后陆续赶来的土匪，约有1000多人。

次日早上7时，关松志带领的50马队已经到达指定地点，周士俊另外带2000人马和冯子材一路急行军随后赶来。

关松志在隐蔽地点看到三三两两的人员朝着王狂七的大营赶路，怕敌人越聚越多，袭击胜算更难把握，给后续的冯子材发了信号，手勒马缰绳，大喊一声，双脚踢了一下马肚子，他的马便如入无人之境，一路狂奔，手下的50人见主将往前冲，也一路打马往前冲，关松志扬着大刀向大营中的王狂七人马猛砍，土匪们有的刚刚赶到，有的三三两两正聊着，大家都知道冯子材的人马要来了，但做梦都没有想到来得这么快，待反应过来，有的已经成了刀下鬼。

正在吃饭的王狂七做梦都没有想到清兵说来就来，只愣了一会儿，身子一矮，溜到马棚前急急忙忙解下拴在马桩上的黑色高头大马，屁股一跨上了马背，马儿长嘶一声，前蹄腾起，已经冲出了好几米远。

关松志看见，虽然不知此人身份，但判定一定是个头目，便跃马紧追。

王狂七的四个贴身亲兵看见主帅逃跑，便纷纷上马追赶主帅，一时间，形成了关松志追赶王狂七，亲兵追赶关松志的画面。

王狂七边跑边回头偷看，看到只有关松志一人在后面追赶，又看见远远跑在后面的四个亲兵，判断形势对自己有利，调转马头和关松志在马上一个使枪一个使刀，来来回回地攻击，亲兵已经蜂拥而上，形成了五个人战关松志一个。战着战着，关松志左脚被刺了一刀，血流如注，他知道再持续下去，自己肯定要吃亏，举起大刀，拼力乱杀一气，找了个破绽，冲出了敌人的包围。

王狂七看到关松志跑了，也不追赶，带着几个亲兵扭头跑回大营，重新组织土匪对抗马队。

负伤后的关松志退回到马队中间，看见敌人越聚越多，只好发一声号令，领头撤退，第一次进攻毫无斩获。

后续部队晚上12点多赶到，冯子材指挥马队和步兵协同进攻，炮火连轰，刀枪齐上，还是没有占到什么便宜。

清兵发起进攻，土匪回击一阵乱炮后，就利用地形熟悉，全部往深山密林跑。由于怕中埋伏，清兵不敢轻易进入密林，敌人利用这一有利条件，和清兵进行游击战。清兵十分疲劳，战战停停十天过去，斩杀了几股小股土匪，冲散了几股几百人的土匪，算是压制了王狂七的嚣张气焰。

正在僵持不下之时，老天又不争气，时不时下一场雨，道路泥泞，进退不得。此时土匪开始骚扰清兵，晚上时不时发生偷袭事故，清兵多有伤亡。

正在左右为难时，粮草又告罄，加上广西这时又有多股土匪作乱，朝廷下旨要冯子材速回广西上任。

周士俊知道，此次佳益圩虽未攻破，但王狂七元气大伤，若就此罢手，待王狂七羽翼丰满，势必变本加厉，祸患无穷。为了一方百姓，周士俊已经暗地里派人回家变卖家财筹军粮，这天快马来报，已经筹得 10 天的军粮，正在送来路上。

冯子材正在权衡利弊，去与留难取舍之时，有天晚上，周士俊拿着一瓶米酒走进他的大营，说是要和他喝两盅。

经过十几天的相处，冯子材对周士俊更加有好感，看见他请自己喝酒，也不推辞，两人就着周士俊带来的下酒菜喝起来，周士俊举起酒杯，欲言又止。

冯子材知道他有话要说，便鼓励他说："知州如有话要说，但说无妨。"

周士俊严肃地说："提督大人，如果这次撤退，土匪必将坐大，以后要剿灭，更加困难，为了解人民于水火，为了社会安定，我已经筹备了 10 天的粮食，无论如何，请大人坚持 10 天，我们一鼓作气消灭敌人。"

冯子材听了周士俊的话，感动地说："知州，既然你财产都变卖了，不消灭王狂七，我也对不起罗定的父老乡亲，好吧，我向朝廷奏报，再多待些日子。"

此时，关松志的刀伤已经基本治愈，他也到冯子材帐中来请战，卫兵通报说冯子材和知州大人正在商量事情，他正想离开，冯子材听到他的声音，把他留了下来。于是，三个人又一起研究攻打王狂七的方案。

到了第三天，粮食送到，兵勇吃饱肚子，来了精神，冯子材趁机宣布，凡杀死土匪一人者，奖励白银五两。

发起攻击时，兵勇为了五两白银，从虫变成了龙，个个拼命杀敌，一鼓作气攻打了五天，王狂七的佳益圩被攻破，关松志冤家路窄，又碰到想溜的王狂七，将其生擒。此一役"遂分兵剿办各股逆党，一月之内踏平加益、排埠，又生擒贼首独脚牛、李如娘正法，信罗一律肃清”(1)。笼罩在罗定人民头上的阴云一扫而光。

这次剿灭王狂七等匪徒，由于冯子材指挥有度，关松志伤后仍拼命杀敌，生擒王狂七，朝廷于同治四年五月十七日下圣旨：“以广东罗定等处歼擒巨匪，予提督冯子材、总兵关松志优叙。”最后两人各加军功一级。

眼看广东局势平定下来，两广总督，广东巡抚也不敢多留冯子材，两府联合发文督冯子材早日回广西就任。

冯子材便于同治四年四月二十九日由钦州经广西横州、宾州走陆路，六月二十日到达提督府柳州上任。

冯子材作为广东人，对近在咫尺的广西官场情况虽有所闻，但现实仍让他触目惊心——广西政坛的败坏比他想象的要严重得多。这从广西巡抚邹鸣鹤在上任伊始向清廷描绘的广西吏治情形可见一斑，邹巡抚写道：“广西民贫地瘠，官斯土者，率诿于边荒，困苦异常，因而相率苟安，不想振作。然总由历任大吏因循粉饰，不能实力整顿，以至积弊日深。”

冯子材于同治六年年底上奏的《粤西军务疲玩·请严申纪律片》中写道：“粤西股匪林立，军官进剿经年累月未能一律肃清者，该由于赏罚不行之故，统计粤西兵勇不下数十营，勇额数万众，绳以军律，久不知为何物，其敢于以身试法者，非不畏法，而幸法之可逃，积幸生玩，积玩生骄，悍将以挟制为护身之符，疲卒以失律为寻常之事。”

从两人的奏折可知，广西文官体制礼崩乐坏，武官体制已经到了全部崩溃的边缘。加上军饷不能按时发放，发放的也是每人只有月银二两，可想广西清兵有什么战斗力。

政坛风纪败坏，军队纪律涣散，军饷无着，兵勇毫无战斗力，这就是广西的现状。

冯子材作为一名军人，在镇守镇江的时候，虽然日日面对的都是生死考验，但在军队里，只要解决好军饷，战胜对手就万事大吉，如今从军事首领改行当地方主要官员，面对复杂的形势，对冯子材来说，是一个十分严峻的考验。

冯子材到任后，设计斩杀了扰乱柳州社会安宁的曾三妹，又采取“明修栈道，暗度陈仓”之法，明游左江，暗走太平，三天之内，歼灭了陈七所部，陈

(1) 都启模所著《冯宫保事绩纪实》中的原文。

七又被斩首。“子材赴邕，即发沿河进兵布告，密檄刘玉成等分带六营，间道趋龙州，期会夹击巨匪陈七匪窝，自率百人鼓上驶，众危之。既而，夹岸山贼众聚观不敢动，舟行贼窟越十日，安抵太平。郡守惊问，子材曰：‘陈七逆馘三日内必到此也。次日，果自龙州解至。’”这段惟妙惟肖的描写，正是他的贴身秘书都启模所撰，形象生动，让人不由叹服冯子材的智慧和胆略。

接着，冯子材又回师进剿南丹、东兰等处的农民武装，擒杀了莫朝元，莫中藩、李拔奇等一批反清首领。广西乱象得以整顿。

第十一章　英雄惜英雄，只身访永福

冯子材从同治四年四月赴广西任提督，经过两年的平乱，广西全境初步安定下来后，冯子材这时腾出手来集中力量，处理一件十分棘手的大事。

这件大事，就是吴亚终领导的反清武装。同治五年，上思州人刘永福带着活动在归顺州化垌圩的二百多人马改投吴亚终后，吴亚终部声势日益壮大，成了清朝的心头大患。广西巡抚带队多次围剿，吴亚终部现占据在广西与越南交界的太平、南宁、镇安三府。最近被官家击败，干脆通过多如牛毛的边疆通道退守至越南，把越南的文渊、洛阳等地占为己有。清兵一时无暇顾及，越南派兵驱赶了几次，几员大将都战死。

越南古代在中国版图内，但叛服无常，到了宋朝，才宣布独立。在越南丁氏王朝开国之初，就表示对中国臣服，因此这才有了九百年的中越宗藩关系。

这次吴亚终部集结在中越边界，越南打，打不赢，赶，赶不跑，万般无奈，只得向宗主国搬救兵，呈上文书要清廷派兵镇压。据《越南世系沿革》称，越南国王“咨乞广西巡抚苏凤文代奏，请兵救援。”

吴亚终的人马如果不及时剿灭，发展下去，这些反清武装随时宣布独立，既不利于中越关系，还有分裂国家的危险，这是清廷绝不允许的事，所以才急急下旨冯子材到任广西提督，并“上命提督冯子材率三十营共一万二千一百八十员名进攻。”

冯子材到任后，看到广西的乱象，认为：“攘外必先清内。”

于是用了近两年半时间扫清了广西境内的各路农民武装，这才将工作重心转到对付吴亚终的事上。

冯子材组织部队日夜兼程奔赴越南，途中，获悉吴亚终的人马打了个回马枪，又潜回到凭祥、安德、归顺等处作乱。

冯子材部队行军至归顺时，停止了行军，在归顺准备攻打流窜到此的吴亚终人马。

冯子材历来行军打仗，必做到知己知彼才下手，这是取得战争胜利的关键。一支农民军，让整个清廷坐卧不安，肯定里面有几个能人，他要调查清楚。

在归顺扎营后，冯子材派人四处打听吴亚终的底细，一打听，便查到了刘永福。

据以前曾在刘永福手下干过的人透露，这刘永福生于1837年，广东钦州（今属广西）人，贫苦人家出身，从小练武，智谋过人。咸丰七年蓄发加入天地会，投身于农民起义的行列，走上反抗压迫剥削的道路。最初刘永福在天地会首领吴凌云的部属郑三手下任先锋。他率部打垮巫必灵为首的地主武装，队伍迅速扩大。后来，清廷加紧对广西农民起义军的“清剿”，吴凌云战死。同治五年，刘永福带领二百余人加入吴凌云之子吴亚终领导的农民组织，经过扩充整编，组成一个旗，刘永福被任为旗头。由于刘永福“胆艺过人，重信爱士”，深得部下爱戴和拥护，不久就成为吴亚终农民军中坐第三把交椅的“三哥头”。刘永福着手操练士兵，整肃纪律，选择人才，统一军令。当时他扎营于归顺州（今靖西）安德圩的北帝庙，看见北帝神像傍边的周公像手执着一面绘有“北斗七星”图案、镶有狗牙白边的黑色三角旗，就仿造黑旗作为自己队伍的旗帜。从此以后，这支队伍就常举黑旗作战，人们称之为黑旗军。吴亚终表面上坐第一把交椅，但其人是个平庸之辈，这支搞得清廷不得安宁的队伍，灵魂人物是刘永福，另外一个首领则是黄崇英。

冯子材听到黄崇英的名字，内心一沉，他想起那个跟着自己多年的师弟，黄锦泗的侄子黄崇英。

他希望这是重名，他已经和黄锦泗刀枪相见过一次，在这个风雨飘摇的年代，他不希望再次发生师兄弟刀枪相见的场景。

他派人继续探查黄崇英的经历，及时查清此黄崇英是不是他早年认识的那个师弟黄崇英。

冯子材作了一个决定，他在密锣紧鼓准备攻打吴亚终队伍前，他要会会刘永福。

现在正是用人之时，如果能说服刘永福归顺，对国家和刘永福都是好事，他愿意给这个老乡机会，如果不能为己所用，就要及时除了，以免后患。

打定主意后，一面派出总兵谢继贵率兵4000人组织攻打，一面派王士林、黄思宏两人当说客前往刘永福大营劝说刘永福起义。

这王士林也是农民起义军出身，有一段时间还做过刘永福的头领。凭着这点关系，带着500大银去见刘永福。

大兵压境之际，刘永福本来拒绝见任何外人，但看到这王士林曾经是自己的头领，有点过不了人情关，便允许他们进入营房。

王士林见了刘永福，劝说道："现在你老乡冯子材亲率几万人马（实为4000），把你们包围得铁桶一般，越南又派出兵马配合，都说识事务者为俊杰，刘将军不如趁这机会，反了水，以后跟着冯提督吃香喝辣，为国效力。"

刘永福一听，肺都气炸了，骂道："冯子材这狗官，自己也是贫苦出身，却专门和农民军过不去，要是让我看见，不大斩他十八块就不是人。要我反水，除非太阳从西边出，吴大哥对我有恩，做人不能忘恩负义。你们走吧，念在曾经情义上，我不杀你们。"

说完，往地下丢了一支镖："拿着这个，你们可以出关。"

王士林看到他在气头上，怕他突然反悔杀了自己，连忙给黄思宏使了个眼色，两人仓皇逃出刘永福的大营。

跌跌撞撞跑回冯子材的大营内，王士林如实报告说："冯提督大人，刘永福说如果见了你，要把你斩成十八块，这人看来一条道走到底了。"

冯子材说："我看他有什么本事将我斩成十八块。"

冯子材便按照不能收为己用就及早歼灭的思路行事，对吴亚终人马发起了进攻。

这归顺州属于喀斯特地形地貌，峰丛林立，峡谷众多，洞穴广布，吴亚终的人马就藏身在大大小小的洞穴中，漫山遍野的洞穴藏着数不清的吴亚终手下，要想一时剿灭，实比登天还难。

但怎么难也要攻打！

战斗打响后，冯子材的官军居高临下，不时向各个洞穴开炮，而很多洞穴前面还有湍急流水，炮弹打过去激起几串水花便丢进水里了。根本轰炸不到吴亚终的人马，官军只是浪费炮弹。看看这样的打法实在得不偿失。

于是，冯子材派参将刘玉成站在箭射不到的山顶上喊话："吴亚终各大小首领听到了，只要你们放下武器，冯提督保证你们平安回家，愿为朝廷效力的，另有重赏，识事务的，赶快归顺。"

吴亚终听到喊声，怕手下人发生动摇，连忙对刘永福说："你声音大，回骂他们一顿。”

刘永福迂回到官军的对面山头，破口大骂：“清廷的狗奴才听好了，为虎作伥，死路一条，若要保命，请快快放下武器，加入我‘延陵国’[1]，吴王将保你们荣华富贵，共享太平。”

冯子材远远看见一个身手矫健的小伙子跃上山顶，拉开嗓门和刘玉成对喊，不由赞叹道：“好身手，此人是谁？”

王士林回答说：“此人正是刘永福，他每次打仗，谋定而动，从来不失手，而且胆略过人。像现在，两军对垒，在毫无保护的情况下居然敢站在山顶上骂我们。”

冯子材听了，忍不住对着刘永福喊道：“刘将军，子材爱惜人才，只要你肯放下武器，我保你马上封官，你何须为一个马上就要被剿灭的乌合之众搭上自己的性命，回头是岸。”

刘永福听了，也不动怒，只高声说：“谁是乌合之众，让我这箭说话。”

说完，对准冯子材，拉弓射箭。

周围的亲兵看见了，急急扑倒冯子材，刘玉成右手肘部却被一箭射穿。

众人蜂拥而来，架起刘玉成，退回安全的地方。

刘永福在山顶那边看到官军如此狼狈，忍不住哈哈大笑说：“冯子材，你这狗官，不杀了你，老子誓不为人！”

冯子材这下真的见识了刘永福的胆略，都说惺惺相惜。这样的人才实为国家的栋梁，冯子材要亲自会会这个黑旗军头领。

休战期间，冯子材带着心腹、副将杨瑞山乔装打扮成传令兵，混过了道道关卡，来到刘永福帐外。

此时，正是残阳如血的傍晚，经历了白天一天的拉锯战，两军人马都在埋锅造饭。山上轻烟袅袅，投林的鸟儿正站在枝头梳理着羽毛，吱吱喳喳歌唱。

刘永福站在帐前，凝望着帐外峰峦叠翠的山山壑壑，陷入了沉思。

眼看官军层层叠叠包围，一时虽然奈何不了农民军，但官军凭借着强大的国家机器，加上越南的倾国财力，要对付这支只有不到两万人马的农民军，就算自己人马拼死杀敌，杀死前面的4000，后面的4000又补上，清廷会采用车轮战术，一直到杀光农民军才罢手。自从束发参加天地会，他就抱着一死的决

（1）吴凌云起事时成立农民武装政权“延陵国”，战死后，其子吴亚终继任，继续号“延陵国”。

心，他死不足惜，人生自古谁无死，天王洪秀全死了，杨秀清，陈玉成，很多很多的太平军优秀将领都战死了，自己又何珍惜这头颅。

但任由事态发展下去，很多的部下就会接二连三被残忍的清兵所杀，吴亚终虽然对自己有恩，对自己言听计从，但综观此人的素质，成不了什么大气候。

而另一首领黄崇英从对抗清朝的义士已经慢慢蜕化为只为自己谋利益的土匪，道不同不相为谋，自己多次建言吴亚终要对此人保持警惕，吴亚终却被绿林好汉的情义迷惑，迟迟不肯和黄崇英分道扬镳，这个脓疮迟早要流脓。

下步应该如何走，他陷入了苦思冥想。

正在此时，卫兵通报，有人求见。

刘永福不想被不相干的事打断思路，于是说："我不见人，请来人回去吧！"

卫兵传话："刘将军不见客，请来人回去！"

一会儿，卫兵又进来，贴着刘永福耳边耳言了几句，递上一张纸条给刘永福。

刘永福看了一眼字条，对卫兵说："请他们进来吧！"

刘永福看见两个传令兵打扮的人进来。

一照面，刘永福对着年纪五十左右的男人说："提督大人就不怕我把你杀了？"

冯子材原来以为刘永福没有认出自己，因为白天相互喊话的时候，离得很远，他只看见对面山顶上有个大个子，嘴巴眉毛却没法看清，想来对面山顶上刘永福也不会看清自己。想不到刘永福的眼力如此了得。

冯子材听见问话，连忙说："久闻刘将军大名，特来见上一面，两军争战，不杀来使，这些道理相信刘将军懂。"

刘永福不客气地说："就算我不杀你们，我的手下就不好说了，现在人也见了，你们快走，再不走，就出不去了！"

冯子材动情地说："我们各为其主，为主尽忠，是做人的基本品质，但人常说，良禽择木而栖，吴亚终扰乱边境，残害生民，又不时潜入越南生事，为这样的主人卖命，于我的浅见，这叫愚忠。何不及早醒过头来，为国尽忠。"

刘永福听了，哈哈大笑说："这不是扰乱边境，这叫官逼民反，'慨自有明失政，满洲乘衅，混乱中国，盗中国之天下，夺中国之衣食，淫虐中国之子女民人。而中国以六合之大，九州之众，一任其胡行，而恬不为怪，中国沿得为有人乎！自满洲流毒中国，虐燄燔苍穹，淫毒秽宸极，腥风播於四海，妖气惨於五胡，而中国之人，反低首下心，甘为臣仆。罄南山之竹简，写不尽满地淫污，决东海之波涛，洗不净弥天罪孽。’清廷滥杀的无辜，何止千千万万，你只是一个高级狗奴才，有什么资格对我说三道四，念着同乡之情，这次我就网开一面，下次相见，不是你死，就是我死。送客！”

冯子材想不到刘永福把洪秀全的檄文背得滚瓜烂熟。这人好记性，好眼力，好箭法，好身手，果敢决断，一个成大事者所应该具备的本质他全部拥有，冯子材真的喜欢上了这个男人。

冯子材知道这次谈不出什么结果，在骂声中，只好扫兴而回。

接着，冯子材继续派出重兵围困吴亚终，满山遍野扎营，步步进逼的攻打，多月的围困和苦战，吴亚终弹尽粮绝。

刘永福提出突围出去找粮食，吴亚终怕他有去无回，一直不答应，最后刘永福向吴亚终保证，一个月内一定回到大营，吴亚终才勉强放行，刘永福这次离开，再也没有回来，脱离了吴亚终，和吴亚终算是和平分手。

在吴亚终手下两年，他对吴亚终的一些做法不以为然，作为贫困农民出身，他对弱势贫民有着以生俱来的恻隐之心，不论多困难，从来不抢劫农民，无业者，而吴亚终和黄崇英在军饷充足的时候还能对贫苦人民手下留情，军饷艰难时就如蝗虫过境，所过之处寸草不留，这是他无法忍受的。因此，为了自谋生路，避开清军主力，他拉走了自己的人马闯入越南保胜，再相机行事。

第十二章　姻缘从天降，娶个武夫人

冯子材从同治八年开始，前后多次出关"围剿"窜到越南的吴亚终、黄崇英、梁天赐部。

这个黄崇英，后来查明的确就是当年那个跟随自己的黄崇英。但此时的黄崇英却自甘堕落，与法寇勾结危害国家，冯子材最后为了国家民族，硬着心肠"剿杀"了自己的同门兄弟黄崇英，也就是在"剿杀"黄崇英之战中，冯子材和刘永福实现了第一次联手，这为后来的东西线组成抗法统一阵线打下了基础。

同治十二年六月，冯子材在刘永福的协助下，基本肃清了吴亚终、黄崇英等农民起义军，数以万计的反清武装被招安，基本扫清了活跃在广西边境的反清武装，清廷获得了暂时喘息的机会。

是年六月，他挑留十营分扎关外，交总兵刘玉成接统。自己则带着大部队回到广西。回到柳州后，得知南丹土州因争袭土官而发生械斗，他督饬总兵黄仲庆领兵往南丹土州，果断地处理了南丹土州土官械斗。

冯子材想着自己离开广西这么长时间，必须尽快了解广西情况，于是决定利用这段时间，对全广西进行巡视。

本来头晚已经决定第一站到桂林，但第二天早上启程时，冯子材突然对冯兆金说："我们走上思线，第一站先到上思州。"

为什么要走上思州？上思是个边远的小州，当时没有大的动乱，大家都有很多的疑问，但又都不敢问。

冯兆金带着疑问在前头开路，相华相荣随侍中间，杨瑞山断后，一行二十多人，走走停停，由于此行没有具体的任务，纯属体察民情，走走停停，几天后的傍晚才走到上思州界。

冯子材这次走上思州，因为做了个梦。

自从41年前和师父告别，这些年来，每当顺境的时候，他就想到师父，他老在想，要是师父知道自己的徒弟当上了提督，一定很自豪吧！

以前在江南的时候，师父不知道自己的情况还好理解，现在他已经回到广西做提督，而且已经做了这么多年，这样大的一件事，师父肯定知道，可师父为什么总不找自己呢？几十年来，他能想到的地方他都派人找过了，但师父就像在人间消失了一样，一点消息都没有。在广东打仗的时候，师父还偶尔进入他的梦乡，到了江南，师父就真的从他的生活中消失了，但昨晚却真切地看到了师父，师父就站在他的床头，对他说："我就住在上思，如果想找我，就到上思来吧！"

梦醒后，他心情无法平静，坐了起来，从脖子上解下师父当年分手时送给自己的木条，在眼前细细地观察：这是一小段黄花梨木做成的木条，有三寸长，磨得油光水滑，看起来亮晶晶的，中间有个小孔，穿了一根葛麻做成的绳子。他是学武之人，知道这木条肯定有特殊功能，但是什么功能，一时又解不开。

想了一晚，找不到答案。

早上起来，他把木条塞进脖子下，穿了便服，突然决定改变行程，先到上思，如真能碰到师父，遂了半生心愿，当然求之不得，如没见着师父，就先回钦州，离开钦州已经多年，他十分思念家里的亲人。

如今眼看就要走出上思州，进入钦州边界。他心灰意冷地想："真是好笑，师父怎么可能在上思，听他的口音就是广东人。"

冯子材正想得出神。一群牛突然横在路上，有三十多头，都是黄牛，牛群里有两头小牛，跟在母牛后面吮奶，牛横在路上，就是因为母牛停下来让自己的孩子吮奶。

牛的后面，有五个小伙子，十三四的年纪，穿着打扮一样，都包着黑色的头巾，穿着对襟贴边的黑色上衣，下身是过膝的七分裤子。

看见有人路过，也不让路，也不把牛赶开。

这么无礼的行为，冯兆金从来没见过，本来想咆哮一番，但想到冯子材就在跟着看着，这个老叔是最恨手下出言不逊，以势压人，冯兆金都不知被老叔修理过多少次了。他只好压着火气放低身段说："好兄弟，我们急着赶路，麻烦你们把牛赶走。”

有个青年说：“看你们大队人马的，骑的又是高头大马，不是官就是富，要过去可以，我家公子有规定，凡是经过我家门口的男人，先过招，算是切磋武艺。”

冯兆金一听，心里说，看你们几个还没长成人的小豆芽，大爷我一拳就打扁你们了。不过，这次是护送老叔，不能惹事，我且再求求。于是说：“这里荒山野岭的，哪里就是你家门口？我们有急事赶路，烦请各位大侠高抬贵手。”

此时，有个包着青色头巾的青年飞奔而来，到了冯兆金的马面前，双脚一收，稳稳地站在地上，昂着头盯着冯兆金的眼睛说：“这位大哥不肯和我们交手，肯定是怕被打败，其实就算这位大哥败下阵来，只要你们不对外人说，不会有人知道，我们是山野之人，一年到头都待在山里，不会传出去的。”

冯兆金听了，肺都气炸了，把马缰绳一扔，人已经从马背上跳了下来。心里说，看来这个是头人，我先打败他，看其他的还有什么话说，正想说：“比就比，谁怕谁！”

突然想到这是敌人的激将法，老叔常告诫：情况不明时一定要沉住气，不能上当。想过后双手抱拳说：“我们素昧平生，大路通天，还是一人走一边为好，放过我们吧！”

一直看着两人对话的冯子材突然说：“既然这位壮士看得起你，就向他领教一下，点到为止。”

早已经手痒痒的冯兆金得到老叔点头，双脚拉开，摆了个独钓寒江的武步。

冯兆金在冯子材所有亲兵中，武艺最上乘，他从14岁便跟随冯子材练武，在越南大大小小的战争中经历了无数的刀光剑影，若论刀法，拳术，在冯子材的部属中，绝对排第一名。

那小青年双脚轻轻一点，出了一招猴子摘桃，在冯兆金左右肩各抓了一把，便远远跳开，冯兆金双臂往小青年的下路一扫，意欲一招将他摔倒，岂知那青年在冯兆金的双手到达之前，已经跳开了三尺远，站在地上向冯兆金招手说：“过来呀，等着你呢！”

冯兆金全身的阳刚之气碰到这阴柔之术，一下子没了方向。

两人来来回回斗了100多个回合，分不出胜负，那小子面不改色，神闲气定，倒是冯兆金感觉全身奇痒难受，沉不住气了，对观战的杨瑞山说：“杨大哥你来收拾他，这人使阴招，我全身都痒死了，打不下了。”

杨瑞山也不推辞，上前拉开架势就和那小青年你来我往地打了起来，50个回合后，身上也感觉奇痒非常，他一边对斗，一边不时趁机搔几下。

打着打着，冯子材突然发现这小青年的脖子上也挂着和自己一模一样的木条，他心里激动无比，对杨瑞山说："你退下吧，我来会会这位壮士。"

杨瑞山提醒说："这人整蛊，我全身都痒了，大人注意。"

冯子材虽然已经五十多岁，由于长年练武，身板结实，力道厚重绵绵，两人交手后，那个小青年占不到什么便宜。

两人战到70回合，那小青年伸出如葱般的五根右手指，在冯子材身上多个部位点了几下，冯子材先是感觉右手痒了起来，接着是左手，胸腹，双脚都痒了起来。

他咬着牙，对着小青年的门面一拳挥下，到了脸上时突然手往下一按，一把扯下了小青年脖子上的木条，抓在手上说："壮士，要赢，就赢得光明正大，使阴招不是练武之人所为。收手吧！"

那小伙子脸红若天边彩虹，求冯子材说："把这个还我，我就收手。"

冯子材说："要还你容易，告诉我这木条是怎么回事，如果回答让我满意，就还给你。"

小青年跺了跺脚，生气地说："你等着。"

说完飞跑起来。

突然，一阵"啪啪啪"的掌声传来，一个老太婆健步如飞地来到冯子材面前说："已经很久没看见这样的高手了，这位客官身手不凡，让人钦佩，如不嫌寒舍粗陋，请随老身到寒舍一叙，也给马添些草料，让随行弟兄们吃点便饭。"

冯子材想着这里前不靠村，后不靠店，如果碰到强盗兵匪就麻烦了，便委婉地说："多谢这位婆婆好心，我们急着要赶回家，不便打扰婆婆。"

"看来客官是不放心老太婆我了，你们要走我也不拦，但是得带走小弟。"

冯兆金问："哪个小弟？为什么要我们带走？"

老太婆说："就是刚才和你比武的小弟，她发下誓言，谁能打败她就跟谁走。"

冯子材淡定地说："我现在手上有你家小弟的物品，如果婆婆能说一下这木条的出处，我就把这个还给你们。"

说完，伸开手，让木条摊在手心上。

婆婆犹豫了一下，问冯子材："你们是什么人，可以告诉我吗？"

冯子材不想告诉她真实身份，又不想骗她，只好说："我们是广东人，在外干些事，现在回钦州。"

婆婆说："刚才你们和小弟交手的时候，老身一直在观看，你们个个武功了得，同是练武之人，我也不想瞒你们。这个木条是我们教中师父传下来的，我们教是白莲教的一个分支，名叫飞鸵凤。刚成立时有十二个弟子，师父给每人分发了这个木条，对我们说，只要手上有这个木条，就是自家人。这十二个木条都是传给各分舵的舵主，一代代传了下来，小弟的这个，是她娘传给她的。"

冯子材急急地问："现在所有的木条都在你们手上？"

老太婆说："已经丢失了一个。据我家老头说，因为当时不方便告诉那徒弟真实身份，又十分喜欢那徒弟，便把那木条送给徒弟做了信物。除了我家老头，谁也没有见过那个徒弟，现在这木条已找不到了。"

冯子材一听，连忙从脖子上解下木条递到老太婆面前问："是不是这个？"

老太婆看见，瞳孔突然散大，大喊一声："你就是冯子材？"

冯子材激动地说："正是在下。"

老太婆说："既然是自家人，到了寒舍再说吧！"

冯子材得知这老太婆就是自己的师母，心里想着，既然见到了师母，自然能见到师父，便对大家说："这个是你们的师祖了，都来拜见师祖。"

大家围了过来，冯子材向师母介绍了大家。随后跟着师母往家里走来。

过了一道小山梁，展现在眼前的别是一番光景，只见两座大山之间，有一片翠竹掩映的民居，一字排开十几间平房，粗野不失韵味，鸡已经开始回笼，咕咕叫个不停，几只鸭子还赖在屋前的水塘里自由地玩着花样，看见大家走近，嘎嘎叫了几声，便旁若无人地继续在水塘里游着。

冯子材深深吸了一口带着竹子清香的空气，焦急地问师母："我师父在家吗？我还不知道师父的大名呢！"

师母平静地说："老头子叫黄崇山，在山上守着竹林，快活得很。"

冯子材激动得全身都在发抖，原来师父还真活着，原来师父叫黄崇山。

他有些口吃地问："师母，师父在哪个山上，我这就去找他。"

师母指指右边的山说："在那边呢，天已经快黑了，他一个人清静惯了。现在去找他会吓着他的。"

冯子材听了师母的话，想想也对，师父毕竟已经是八十多岁的人，如果突然激动，说不定出什么事。虽然见师父心切，但师母如此说，自己也不好再次强求，只好按下激动的心情。

老太婆回到家，便吩咐赶着牛回来的几个青年说："你们抓紧时间煮些便饭给师叔他们充饥，叫小弟出来见过师哥。"

那几个青年应声走了出去。

大家分主客落座后，师母说："这几个都是我的关门弟子，农忙时做农工，农闲时就练武，身子和底子都好，是我一个个亲自选的，和你身边的这些勇士有得比。"

冯兆金听了，不服气地说："你的人使阴招，实打实来比，就很难说了，请师祖帮我们解除全身的奇痒。"

冯子材连忙喝住冯兆金说："对师祖不得无礼！"

婆婆听了，哈哈大笑着说："兵不厌诈，古已有之，今天小弟和你们比武，看来是点了你们的搔痒穴，我先给你们止痒吧。"

说完分别给冯子材、冯兆金、杨瑞山点了曲池、合谷、血海、风市、足三里、三阴交、太冲、膈俞等穴位。

手到病除，几人的搔痒一下子就消失了。

大家正在称赞婆婆功夫了得，青头巾的小伙子扭扭捏捏走了进来，对着冯子材抱拳说："黄庭辉见过师哥。"

说完就羞羞答答地站在一旁。

冯子材看那小伙子，脸上起了一层淡淡的红晕，眉毛如柳丝，嘴巴红嘟嘟的。冯子材心里暗想，一个男儿身，怎么长了一张女人脸？

正在惊诧，突然听师母说："天天念着你师哥，现在见了面，怎么没话说了。"

说完，对冯子材说："你师父一直都在关注你，经常在几个徒弟面前提起你，早前天天骂你是清妖，说白教你武功，后来得知你为老百姓做了很多事，便不骂了。但他就是一直不肯原谅你和太平军打仗，明明知道你到广西当大官，就是不肯去找你。"

冯子材说："师母，太平军杀了很多人，我原来的两位夫人，差点就给他们害死。"

师母说："朝廷比太平军更坏，我现在也老了，早年的满腔热血也冷下来了，也不管谁好谁坏了。我们立教之初就是为了反清，当年你师父行走到钦州，发现你正是我们需要的徒弟，既是孤儿，又有点基本功，你师父便将武功传给你。当时我们还在新会，居无定所，没法接你来一起生活。我们在这里安定下来后，到钦州找你，你已经不在钦州了。"

说着话，饭菜便煮好了。

大家开怀畅饮着老夫人亲酿的米酒，吃着项鸡，腊肉、菊花菜，水塘里自养的草鱼，谈了很多师父的趣事。冯子材听说师父一家现在已经不问政治，只知埋头农耕，心里的一块石头落了地。他知道，只要朝廷知道有人反清，就会坚决剿灭，卧榻之旁岂容他人酣睡！

从师母的谈话中，冯子材知道原来和他们交手的小弟，其母也是反清义士，但生下小弟不久就病死了，其父早年投奔太平军，直到现在，是死是活都不知道。小弟从小就跟着师母，师母一直把他当作己出。

晚上睡觉时，冯子材被安排在最好的贵客房住，冯兆金、杨瑞山、相荣、相华安排在冯子材左右两间大房住。

冯子材找到了师父激动得没法入睡，想象着很多见到师父的情景。

到了下半夜，他刚进入睡眠状态，突然听到轻轻的敲门声。他警惕起来，冯兆金、杨瑞山多年来一直是自己的亲兵，任何一点风吹草动都躲不过他们的金睛火眼，现在来者能避开两人的监视，敢来敲门，绝对不是一般人。

他威严地喝了一声："外面的是谁，如果是敌人，请你快点离开，还留下一条命，只要我这边有点响动，两边的人马上就出手了。"

"师哥，是我，黄庭辉。"

原来是他！

冯子材松了一口气，问道："深更半晚你不睡觉，找我干什么？"

"我有急事找你，快点开门！"

冯子材只好起来穿好衣服，把门打开。

在微暗的灯光下，穿着女装衣裙的黄庭辉让冯子材吓着了，他严肃地说："你既然是女的，深更半夜就更不能进入男人的房间了，男女授受不亲，快离开！"

黄庭辉说："昨天你打败我后就是我的男人了，什么授受不亲，我来是告诉你，明天我要跟你走，活是你的人，死是你的鬼！"

冯子材喝斥："糊涂，我已经是五十多岁的老人，可以做你的阿公了，不要再说离谱的话，赶快离开吧，别让我的手下看见。"

黄庭辉说："反正我话已经传到你处了，你心中有数就行，走了，别真的吓着你。"

说完，突然一闪，人就不见了，冯子材暗暗喝彩："这身轻功了得。"

第二天一早，大家吃了早餐，师母带着冯子材上山看师父，她手上拿着香纸，对冯子材说："你师父半个月前走了，昨晚刚见面，怕说了对你打击大，没有说清楚给你听。他高寿 82 岁，我们像办喜事一样办理他的后事，他走时也很安详，留下一句话给你：‘做官不贪财，做人不亏心。’”

冯子材听说师父已经离世，从高兴的顶峰跌下悲痛的深渊，当即就哭着说：“徒儿来迟了！”

师母虽然已经八十岁的人，但登高如走平地，两人在一帮亲兵和徒弟的簇拥下到了师父的墓地，墓是用红色砖建起来的，面前立了块石碑：师哥黄崇山之墓。

冯子材跪下便拜，哭着说：“师父，子材来了，不孝徒儿子材戎马一生，未能在师父膝前尽孝一天，愧对师父教诲！”

师母说：“不要伤心了，我们练武之人对生与死看得很开，如果我有一天走了，我不喜欢你们哭哭啼啼。起来吧，心到了，礼到了，下山吧！”

冯子材一步三回头地下山。

向着师父和一班师侄告辞。

大家上山拜祭师父的时候，没有看见黄庭辉，冯子材心里感觉不踏实，直到大家骑上马，走出了好远，冯子材这才松了口气。

回到钦州，冯子材下得马来，黄庭辉突然闪身出来，笑嘻嘻地说：“师哥辛苦了！”

冯子材惊诧得不知说什么好。

这时，只见王氏开心地迎上前来，对冯子材说：“你师妹一路打听着来到我们家，说了你师父师母的事，又说了她的身世，想到你和师妹之间是天赐的良缘，她又会武功，还会治病，可以帮上你的忙，我同意她入我们冯家。”

冯子材生气了，严厉地说：“谁同意也没有用，你们糊涂我可不糊涂。”

不糊涂的冯子材最终于同治十二年娶了黄庭辉，结婚的时候，冯子材 56 岁，黄庭辉 16 岁，两人相差 40 岁。

第十三章　一身硬骨头，弹劾众贪官

冯子材从 33 岁投入军队，纵横驰骋，经过九死一生的考验，当上了权倾一方的广西提督。官场上种种贪腐给国家带来的危害，他感触最深。当年他在督办镇江军务时，守军饥肠辘辘，有人居然还胆敢私吞税金，为了统领江北江南的军务私肥，都阿兴曾费尽脑汁想把他挤走，这样的贪腐行为，冯子材无比痛恨。赴任广西后，看见广西官场中大大小小的官吏为了自己的一己私利，将国家危急存亡，人民苦难置之脑后，深切感受到这样的官场文化不肃清整顿，其他事情就是舍本求末。冯子材上任广西提督次年，他便奏呈朝廷，要朝廷给他明确整顿军纪的权力，这从他同治六年年底奏呈的《粤西军务疲玩·请严申纪律片》中可以看到他对军队腐败带来的影响有着十分清醒的认识。

通过整顿军纪，冯子材把军权牢牢掌握在自己手中，使广西军队真正成为国家的利器，战之能胜。

由于不拉帮结派，不贪赃枉法，他和广西各路台面上的人物基本成了对手，他处处被掣肘。各路贪官为了共同利益，一致对抗他，他实在忍无可忍，于是开始反击，他在广西提督任内，和他成死对头的官员有 11 个之多。

第一个弹劾的是贪官徐延旭。

徐延旭，山东临清人，进士出身，此人在清朝诸多官员中，是个能力突出的官员，可以说是个上马能治军，下马能治民的官员。同时，他在任署太平知府时，多次奉旨深入越南，对越南风土人情，山川河流十分了解，还专门编了三本书《越南世系沿革》《中越交界各隘卡略》《越南道路略》。这样一个有为的官员，这样一个前程远大官员，却经受不起贪婪的考验，在署太平知府时，在帮办军队粮草时，大肆贪污。致使许多商人不堪忍受，在冯子材出行时，纷纷拦马告状。

冯子材考虑到官员职责不同，多次请求时任广西巡抚苏凤文向朝廷参报徐延旭，因为按照清朝的体制，巡抚是总管一省地方政务的长官，例兼都察院右副都御史，有监察本地方政务之权。

但苏凤文碍于徐延旭和两广总督张之洞的姐夫鹿传霖交好，不想自找麻烦，因而老是推诿。直到苏凤文调离广西，广西布政使康国器看见事态严重，最终和冯子材联名参本弹劾徐延旭，清廷接到弹劾本，即下旨："徐由知县起家，叠膺保奖，前据苏凤文密保该员才兼文武，器识宏深，若如冯子材所奏，是该员贪劣不职，苏凤文荐举非人，且于该员亲丁役捏功滥保，未能觉察，为所蒙蔽，亦应查明惩处。"

徐延旭贪污事实确凿，有证有据，但清廷却不处理，将弹劾之本转给刚到任的广西巡抚刘长佑。

这刘长佑是湖南新宁人，因镇压太平军有功，咸丰十年晋升广西巡抚，并兼广西提督，把广西军政大权牢牢抓在手上。任上，培养了一批湘军死党、如徐延旭、张凯嵩、刘坤一、赵沃等。后来，刘长佑于同治元年晋升两广总督，同治六年因"剿"捻失败，被免职。这次班师回朝广西任巡抚，第一件事，就是接手查冯子材弹劾徐延旭案。

这刘长佑也是狗胆包天，只草草查了十天，便奏报清廷："徐延旭历任要地，防剿有功，遵旨复查各款，均无实据。"

清廷也懒得官场多事，草草回复："徐延旭既查无营私舞弊等情，著无庸议。"

从此，冯子材便和刘长佑结下了梁子，刘长佑找了各种借口多次弹劾冯子材。

冯子材第二个弹劾之人也是刘长佑的亲信，此人叫赵沃。

这赵沃和冯子材本是老乡，但投入刘坤一的门下就死心塌地跟随刘坤一，而刘坤一又是刘长佑的亲叔。他便成为这叔侄的帮凶。他先任知州，后署镇安府知府。赵沃和被冯子材弹劾的徐延旭是死党，为了报复冯子材弹劾徐延旭，他向刘坤一和广西巡抚杨重雅进谗言，诋毁冯子材爱将和亲信李扬才，将李扬才从冯子材身边调离。光绪四年，赵沃在部署追捕李扬才的过程中，虚捏战功。冯子材愤而参了他一本，结果，清廷这次快速地查处了赵沃，立马革了他的职。

冯子材第三个弹劾的人叫何元凤。这何元凤早年跟随刘长佑攻下柳州，以功晋升柳州守备。冯子材任广西提督后，何元凤不听调遣。有一次在攻打边界土匪时，冯子材命令何元凤带左中右三营由右路挺进，冯子材带小队人马先行，情况危急时冯子材传令何元凤赶来救急，何元凤不予理会，冯子材差点被土匪打死，后来何元凤又私吞军饷，冯子材抓住，便又参了一本。清廷接到参本，下旨："以贪鄙违误，广西副将何元凤革职逮问。"

但广西巡抚苏凤文偏袒何元凤，这事不了了之。加上何元凤的上司张凯嵩可能已经嗅出何元凤有危险，趁着自己调任云贵总督的机会，把何元凤调到自己身边，保全了何元凤。

冯子材在广西提督任内，被众多官员排挤，其中有京官李鸿章，言官张佩纶、广西各路官员徐延旭、刘坤一、苏凤文、潘鼎新、张树声等。尤其经过刘坤一必欲置其死地而后快，冯子材开始意识到危险正在一步步向自己逼近，如果政敌要置自己于死地，自己纵有百口也说不清。

加上对朝廷腐败无能的失望，冯子材痛下决心，离开这个大染缸，便以病为由，一再请病假，当光绪八年（1882）二月，十年前被自己弹劾的徐延旭风光回到广西任布政使时，他知道，自己如果不走，真的就会被整死。于是连续三次请广西各路官员奏折，告老还乡。

清廷多次慰留，由于冯子材态度坚决，清廷只好准奏。

光绪九年八月初三日奉旨："冯著准其开缺，回籍治病，广西提督著黄桂兰补授。钦此。"这一年，冯子材 66 岁。

没了官职的冯子材一身轻松，在柳州交接完各项事务，简单收拾了一下，于光绪九年十一月十七日携家带口回到南宁，住了两晚，启程回钦州。

第十四章 名臣张之洞，运筹抗法寇

法国吞并越南之心路人皆知。法国传教士从18世纪中叶就开始谋划吞并越南，后来由于法国国内发生资产阶级大革命，法国当权派忙于国内之事，被一度搁浅。进入19世纪，法国吞并越南的野心又开始蠢蠢欲动，多次派船舰炮轰越南沿海城市，最多一次派了12艘军舰驶往越南，开炮轰击越南所有沿江沿海城市，当时的宗主国中国正在和太平天国进行你死我活的战争，自身难保。

法军侵略越南，已经到了赤裸裸的地步。

恩格斯在1883年的一封信中曾经明确指出："法国现在直接地和毫无掩饰地在突尼斯和东京（即越南）所进行的殖民地活动，乃是'那种为了交易所大老板的利益而进行的殖民活动'。"法国步步深入，越南积贫积弱，派出抗击的军队多被歼灭，万般无奈，只好于同治元年和法国签订了《法越柴棍条约》，将近海大片国土割让给法国，为后来的中法战争埋下了导火索。

张之洞，被时人称为晚清四大名臣，与李鸿章、曾国藩、左宗棠齐名。张之洞是皇帝钦点的探花，才识过人，一般人不放在眼里。

张之洞和武将冯子材的关系其实是由陌生、排挤，到充分信任和倚重的转变。

他在冯子材七十大寿时写的《光禄大夫建威将军太子少保冯萃亭军门七秩寿序》对冯子材有这样的评价："公杜陵世德，宁越名宗……之洞敬公有坚刚之德，契若针磁，为公赋偕作之诗，谊同袍泽，谕功海外，远齐伏波横海之名，建节乡邦，兼有画锦鸣珂之美，功德比曹武惠。”虽然贺寿之时所作的东西不能太当真，但从张之洞傲慢的个性来看，能这样评价冯子材，实属不易。足见他是真心实意钦佩冯子材。

冯子材和张之洞的关系有个曲折的转变。张之洞原为清流派中人，在广西当局和清流派言官张佩纶共同合谋排挤冯子材时，时任山西巡抚的张之洞看着大家都在推荐冯子材的对头徐延旭，也插了一脚，于光绪八年四月两次上奏举荐徐延旭："广西布政使徐延旭，正直强明，兼资文武。在粤有年，威惠及于僚属。任襄阳道数月，政绩已彰，才品俱优，洵堪大造。""广西布政使徐延旭可统军出关。……尤宜假以事权，责成滇、粤督抚勿掣其肘。"

其实，张之洞并不认识徐延旭，因而他对徐延旭的了解也只是人言亦言，并不符合事实。

这样，他算是得罪了冯子材。

张之洞既是名臣，自有过人之处，对于官场的种种勾当自然了然于胸。当冯子材被排挤回老家做老翁时，张之洞经过多方了解，最终弄清了真相，对冯子材的遭遇就有了恻隐之心。

光绪十年正月，清军面对法军的进攻连连溃退，时任山西巡抚的张之洞是主战派的代表人物，他上奏为朝廷献计献策，主张对内采用守旅顺、烟台以固天津海防，守两广、闽浙以固南方海防的整体策略。在进攻上，张之洞提出持久战、招安黑旗军、发动越南军民抗击法军等建议。出于对建议合理性和办事能力的认可，慈禧临危任命张之洞担任两广总督，以重振军民抗击外敌的勇气。

张之洞不负重命，上任之初，立即着手整顿广东省防，与湘军老将兵部尚书当时奉旨赴广东办理防务的彭玉麟、淮军老将张树声亲自踏勘，将广州防卫分为虎门、黄埔、鱼珠三路，三人各自负责一路，连同城郊各炮台和要塞，增购新型洋炮，加强炮台守卫兵力和掩护兵力，布置水雷地雷，组织办理团练，雇募沙艇阻断内河等，形成以珠江口至广州之间层层设防的严密防守体系。广州之外，海南、廉州、潮州等地海疆辽阔，防不胜防，张之洞确定弃岸防强陆防的策略，架设电报线路，日夜监视海岸，准备一旦法军登陆，诱敌深入，节节消耗。战争期间，法国军舰多次对广州、钦州、廉州附近海面侦查，均因防守严密而不得不放弃。张之洞以坚固的广州防守，弭战无形，奠定了坚实的防守基础。

光绪十年七月，法国舰队偷袭福建马尾军港，福建水师全军覆灭，清廷随即对法宣战。10月初，法国舰队进攻台湾，基隆失陷。值此朝臣慌乱之际，张之洞上奏认为法军侵台是中国的良机。张之洞在战前早已分析，法军远征每名士兵至少耗费饷银七百元，国力无法长期支持，清军应作长期准备。此时法军主动开辟台湾战场，距越南太远，不仅不能呼应，反而牵制了自身的宝贵兵力。因而中国应以台湾牵制法军，趁机集中兵力在越南与法军决战。台湾军民在淮军名将刘铭传的带领下，顽强抗击法军。法军在台湾限于一城，进退维谷，不得已封锁台湾海峡，企图困死刘铭传。

张之洞和刘铭传紧密联系，想尽办法打破封锁，建立通信渠道，支援军火、饷银。张之洞突破法军封锁支援三批弹药，甚至亲自为刘铭传招募十余名火药工匠，潜渡台湾以配土火药长期作战。整个战争中，法军攻台不仅没有发挥应有的牵制作用，反而在淡水、基隆等地屡被清军击败。在战略部署上，主动开辟台湾战场是法军一大败笔。

除军事外，张之洞还广泛关注外交、财政、政治等方面因素，以形成对军事的最大支持。就在清廷为庞大的军火、饷银开支束手无策之时，张之洞奏报朝廷同意后，通过各种途径，先后向港商、西方各国银行借银五百万两，并购买大量军火，支援越南、台湾两个战场。清廷对法宣战之后，两广总督衙门先后发布《严禁汉奸示》等四项谕示，激发居民爱国心，禁止愚民当汉奸，鼓励组建团练共同抗法。《严禁汉奸示》则成为中国近代史上第一份政府发布的反汉奸公告。

在战场外斗争的同时，张之洞走了两步好棋，上奏朝廷招安刘永福，增兵越南战场，建议唐景崧景军、刘永福黑旗军与岑毓英滇军组成西线；启用冯子材，开展团练，随时应付不时之需。

这两个意见清廷都采纳，下旨冯子材督办北部湾四州团练。这为冯子材日后东山再起打下了楔子。

冯子材接任后，不计较个人得失，从钦州开始，积极招募兵勇，进行严格的训练。

同时，为了更详尽地了解法寇在越南的布置，冯子材派出心腹杨瑞山、宋玉成到与越南一水之隔的东兴当差做卧底，随时报告法寇在越南的动静。

杨瑞山是防城县附城乡扫把岭老虎坜村人，号锦屏。长得五大三粗，喜欢登山泅水。早年家贫，以走村串户卖糖果为生。冯子材在同治六年回钦州招募时加入常胜勇。同治九年，冯子材在确定原师侄黄崇英已经投靠法人后，起兵进入越南围剿，杨瑞山跟随冯子材出生入死，深得冯子材信任，冯子材征得哥哥子清同意，将哥哥的大女儿嫁给了杨瑞山。

这杨瑞山除了打仗勇敢，还能说会道，机敏过人，是冯子材对外联络办事的得力干将。冯子材两次会见刘永福，他从中都起着重要作用，刘永福同意接受朝廷招安，协助冯子材围剿黄崇英，杨瑞山功不可没。

从此后，杨瑞山便成为冯子材和刘永福之间的联络人。

这天，杨瑞山从东兴返钦州，说有要事向冯子材汇报，冯子材听说杨瑞山回到钦州，大喜过望，连说："快请他进来。"

杨瑞山恭恭敬敬行完礼，痛心疾首地对冯子材说："大事不好，2月11日，法寇以12000人进攻桂兵守卫的北宁城，一路上，如入无人之境，不到五天，就打到北宁城下，当时守城的赵沃、黄桂兰仓促出城应战，留守在城内的越南兵举白旗投降，不到一天，战死一千多兵勇，桂兵大败，黄桂兰、赵沃已经逃回广西。"

冯子材越听心情越沉重，捶胸顿足说："国之大耻呵，要是早听我的话，革了赵沃的职，就不会发生现在的败局，这都是人祸，非不能战，如果由我带着钦州常胜勇守北宁，绝对不会被打败，可惜了黄桂兰成替罪羔羊，真正的罪人是张树声。"

杨瑞山说："刘将军刘大人叫我知会你，法寇一击得手，预计不日将会犯两广，请大帅做好万全之策，别到时手忙脚乱。"

冯子材听了，便对杨瑞山说："据我观察，这次北宁大败，广西巡抚徐延旭脱不了干系，如果朝廷追究下来，不但赵沃，黄桂兰难保，拔出萝卜带出泥，张树声的好日子到头了。"

两人正在说着话，又有人报："两广总督府信差到。"

冯子材对杨瑞山会心一笑说："张树声看来坐不住了，想搞点声势扳回一局，到朝廷追责时也捞一根救命稻草，且请信差进来，听他说什么。"

果不其然，信差递上张树声的信函，信里写道："冯子材边情较熟，著传知督速赴关外，接统黄桂兰所部，认真整顿，力筹战守，勿稍迟延。"

原来是张树声代朝廷传旨来了。

冯子材看到圣旨，内心不能平静，大敌当前，对朝廷和官场的失望已经退到其次，没有国哪有家，国家遭人欺负，国门将要被法国人打开，国难当头，他还计较什么恩怨情仇？为国效力本是军人的天职。

但是，他一想到徐延旭还霸占着广西巡抚之职，黄桂兰虽然战败还是提督，自己要是接旨，两人都是顶头上司，当初徐延旭一伙排挤自己，自己差点连命都不保的往事还历历在目。

于是，他客气地回复："唯前提督去年因病告假开缺，回藉调理，现在病体未痊，乘马足软，兹经西省徐抚院才高智广，新任黄军门韬略勇谋，两员能以及办理，该法匪既众，兵勇单薄，势难以取胜，恳请转奏添兵加饷，照楚军粮饷章程，祈为知会徐黄两员，督兵进剿法匪，一战成功，以省糜费。”

这封回信，滴水不漏，冯子材在形势未明前，不想再做他人的棋子。

果如冯子材所料，尽管朝廷已经责令冯子材出关外督军，但还有一帮人不遗余力地诋毁他。这些人中，有李鸿章、张树声、张佩纶。如果冯子材仓促之间接了圣旨，被这帮人一诋毁，可能事又生变。

冯子材退一步海阔天空，静观事态发展，这是冯子材智慧过人的表现。

冯子材不接旨，但并没有松懈训练兵勇之事，他对杨瑞山说：“你近期到越南一趟，告诉刘将军，务必随时监视法寇动向。我不日将亲自到兴化一次，和他商量抗击法寇之事。你从越南回来后，就直接回到我这报到，做好出征准备。”

杨瑞山不解地问：“大帅，不是已经拒绝出山了吗，为什么还要做出征准备？”

冯子材说：“白水塘的田，不长秕谷。我是最熟悉广西边关之人，国家有难，我们不能坐视不管，我们要做好出征准备。”

杨瑞山半信半疑，不过，跟随冯子材多年，他了解冯子材，相信冯子材。

告别冯子材，杨瑞山便赶到越南传冯子材的口信给刘永福，这为镇南关大捷埋下了伏笔。

不久，清政府着手追究北宁失败的责任，首先是将徐延旭革职，解京交刑部查办，接着是赵沃、黄桂兰，两人都着解京交刑部查办，黄桂兰情知解京是死路一条，畏罪自杀。接下来，张树声被革职，羞愧难当，忧愤交加，几天之后死于广州，北京五大军机处也不能幸免，免职的免职，查办的查办。

消息传来，冯子材总算松了口气。当时的冯子材，就像一个随时扬蹄疾飞的老马，万事俱备，只等朝廷一声令下，他将带领钦州儿男，开赴前线，共赴国难。

第十五章　招兵考试忙，临危挽狂澜

朝廷对法宣战后，法军在陆路存兵云南、广西边界，一场大战眼看就要发生。

台湾告急、福建告急、广东告急、云南告急、广西更是十万火急。

朝廷一方面天天有急电督促各省做好迎敌准备，电令各省要派出得力干将支持广西。另一方面又在和法寇谈判。

张之洞看到他的前任张树声因用错人被解职，看到因战败而被革职押解到北京交给刑部处理的徐延旭、赵沃的下场，又听说军机处众多官员都被免职，张之洞对广东的防敌工作一点都不敢怠慢。而此时朝廷又不停地催广东要派出精干人员支持广西。

这让他很头痛，他作为两广总督，如果广西出事，他也有推不脱的责任。

前任张树声就是最好的反面教材。

而广东作为他坐镇的地方，更不能出事。

当时谣言满天飞，都在传法寇准备登陆海南岛，广东防区捉襟见肘，哪里还有什么精兵强将？

朝廷催得急，他手上无人可用，经过多天痛苦的考虑，想请冯子材代表广东支持广西抗敌。

现在国难当头，有事要求冯子材，心里不免忐忑。

冯子材在拒绝张树声出山时说得很明白：病未愈，足软上不了马。

凭张之洞的阅历，他猜冯子材不肯出山，肯定因为事权不一，借病推托。

为了一探真假，有一天，他对手下心腹张王说："你代我前往钦州，打探清楚萃翁是真病还是假病，如果见着他，相机行事，速去速回。"

张王接了命令，日夜兼程赶路，农历七月初一日傍晚，步行到冯子材住宅白水塘侦察。

白水塘于光绪元年建成，占地面积 64350 平方米，房子坐南向北，砖木结构建筑，包括三个小山丘，周围有墙垣。屋分三进，每进三栋，每栋三式，构成富有古风特色的"三排九"建筑模式。建筑注重牢固实用，有宗庙、塔、宇、马厩、鱼塘、水井、花园、果园等附属建筑，规模宏大，范围包括三山一水一田，有六角亭、三婆庙、珍赏楼、书房、虎鞭塔、菜园等，系典型的清代南方府第建筑群，具有简朴典雅的艺术特色。

那时，太阳还没有下山，白水塘前面的水田里十几个工人正在割禾，割下的禾铺在田里，金灿灿的一片。

田埂边，有个老人头戴草笠，身穿短衣，脚踏草鞋，牵着牛顺着田埂吃草。

斜阳照耀下就像一幅和谐的牧牛图。

张王看到老人一副悠哉闲适的样子，便上前问道："老伯，你家住在附近？"

老人指指白水塘说："对，那边的房子就是我家。"

张王一惊。

白水塘是他家？那此人肯定是冯子材了。

看年龄也相仿，张王想：常听张之洞说冯子材对风水很有研究，我试一下他是不是冯子材。

张王于是远眺了白水塘片刻，回头对冯子材说："你这房子峦头与立向配合得天衣无缝，左有流水，谓之青龙，右有长道，谓之白虎，前有池塘，谓之朱雀，后有丘陵，谓之玄武。是真正的金斗吉地，你这房子必出英豪，必出大贵之人。"

冯子材上上下下打量了他一番，问道："客官来此有何公干？"

张王掩饰说："我是个闲人，平时喜欢看风水，也没有什么事要干。"

"刚才你说什么出贵人，出英豪有何根据，说来听听。"

张王便随口说："经曰：'右面西方高，家里见英豪，浑身斧凿成，其山出贵人。'这房子建得正入此格，所以必出达官贵人。"

冯子材正闲得无事，见此人说得头头是道，便兴致勃勃和他聊起了风水。

这一聊，张王证明此人就是冯子材，便故意把话题扯到法寇侵犯越南之事，对冯子材说："法寇穷凶极恶，已经攻下了太原、北宁，清军被打得落花流水，不可收拾。"

冯子材摇头说："事权不一，最为兵家所忌，太原、北宁各处之沦陷，皆因将领太多，号令不专，督师者既不知兵，复自畏葸所致也。然有不败之理。"(1)

张王也不挑破自己的身份，找了个借口告辞，便屁颠颠地回到广州向张之洞回复。

张之洞探到实情，经过深思熟虑，采用了迂回战术，向朝廷奏报起用冯子材。

此时的清廷，手中没有什么可用之人。接到张之洞的奏折，有点喜出望外，当即回复："广东钦州与越南广安、海阳等省毗邻，冯子材对广西边境情况熟悉，准奏云云。"

张之洞手上有了圣旨，便给冯子材行书，分析当前形势，建议带些小分队偷袭越南海阳、广安，分散敌人注意力，让法寇不得安生，还说了很多吹捧冯子材的话，询问冯子材同不同意出山。

冯子材虽然对朝廷的腐败无能很失望，但国家有难，也不能置之事外。接到咨询，也不客气了。便如实说了自己的想法："各州县练勇可用作声援，不能使之越境御敌，兹欲袭广安牵制法夷，此等团勇实不可恃，况以数营练勇前往袭敌，设法夷一闻警讯，既不得志于闽，又迁怒于粤，立起大队反戈而回，此数营不独非其所敌，且虑乘势轶入，则廉郡海口反受其累，为今之计，与其暗袭牵制，侥幸于目前，何如挞伐大张，以杜欲壑。"

并自告奋勇请缨带兵15000人前往广西抗敌，希望张之洞参照湘军的待遇发放饷械。

张之洞看了冯子材的回信，惊叹这老将真是军事天才，对他的洞察力称赞不已。

但冯子材开口就要15000人，而且待遇要参照湘军，这让他很为难，回信说："惟需三十营之多，大举南征，实非粤省之力所能。"

这事又被搁了下来。不过，张之洞还留有一手，请冯子材继续练兵，危急时随时出征。

8月，中法谈判破裂，战事再起，广西边防军与法寇在船头、郎甲交战，

(1)冯相钊《追述战胜法兰西始末》原文。

被打得大败，溃不成军，慌不择路逃回广西。

广西巡抚潘鼎新气急败坏连连向张之洞告急，大有如果再不派人增援，就撂担子的意思。

张之洞这下头大，万般无奈下，以答复冯子材7月23日来函为名致信冯子材，吹捧了一通冯子材后，厚着脸皮求冯子材出山："兹拟请麾下以十营出关，取道龙州，直指那阳，进规广安，务祈速募精选，于文到二十日内即行部署启程，以操胜算。饷械即到，必不逾期，军火极力筹办，约计抬枪五百杆，士乃打枪一千支，大吉枪三百支，劈山炮及后膛洋炮数尊，连响洋枪约有百件。"

冯子材看到来信，基本达到他出征的要求，回信讨价还价一番，无非是增加兵勇数目，多调拨枪械这些要求。

冯子材也不是漫天要价，10营即5000人，区区5000兵勇，如何面对气势汹汹的敌人？

他的要求一点都不过分。

后来经过多次争取，最终张之洞同意视敌情变化再加。

于是，冯子材便在白水塘开始招兵。

插起招兵旗，就有吃粮人。这是中国古代每次打仗司空见惯的场面，打仗虽然随时有丢命的危险，但不参军就立马饿死，穷得揭不开锅的贫苦子弟，为了活下去，一有招兵机会，就踊跃报名。

由于没有打仗的目标，只为一日三餐有着落，这样的兵一遇敌人，三十六计走为上，能开溜就开溜，战斗力可想而知。

冯子材可不想招这样的兵勇去对付洋枪洋炮气焰嚣张的法寇，得想办法让兵勇知道为谁而战。

有一天，冯子材召集子相荣、相华，爱将杨瑞山、麦凤标、冯兆金、梁振基、冯绍珠、梁有才商量招兵办法。

大家围坐在一起，都在出点子。

杨瑞山首先开口："十大九不输，要招就招力气大的，打起仗来一个顶俩。"

"最好是考打枪，现在打仗不是靠力气，要靠武器。"说这话的是冯相荣。

冯相荣在这帮人中接受新生事物最快，他总结中国老被法寇打败的原因，知道武器起着决定作用。因此，建议考打枪。

有人立即反对说："考打枪不实际，很多人连枪都没见过，怎么考？子弹都要留给法国人，不能浪费。”

冯兆金说：“最好是考刀法，近身搏斗，刀最管用。”

一直沉默不语的冯相华开口说：“考军队纪律吧，纪律好，打仗才听指挥，才知道什么事可以做，什么事不可以做。”

冯子材听着大家的讨论，内心很高兴，尤其是听了两个儿子相荣和相华的发言，更是开心。相荣 14 岁就跟着自己赴越南征剿土匪，因功赏戴花翎。通过战争的锻炼，已经有了独立思想，他很爱这个儿子。相华 13 岁从军，一直跟随冯子材左右，也是在越南剿匪时获得功名，受同知戴花翎。

两个儿子的话都切中要害，但相荣的话不能执行，因为子弹太少，真的要留给法国人，不能在练兵时浪费。

冯子材于是对大家说：“大家的发言都很好，但现在时间紧，一时之间也不能考太多，我们就考刀法和军队纪律，从明天起，把军队纪律贴到各个招兵点，来报名的，每人发一张，先叫他们背熟，刀法由冯兆金给大家演示，报名时能掌握多少是多少，到决定人选后，再统一操练一个星期，教会大家基本的刀法。”

他想想又接口说：“刚才相荣说现在打仗靠武器，不是靠力气，这话有对的一面，武器很重要，有了先进的武器，我们可以在很远的地方就能攻击敌人，中国军队近期几次吃败仗，有很多的原因，武器不好也是其中之一，但是，打仗靠的是人，没有人什么武器都没用，人才是决定的因素，这次对付法寇，我们要扬长避短，尽量和法寇进行阵地战，发挥我们大刀的作用。”

大家听了，想想冯子材的话，都感觉有理。

于是便分头行动。冯子材派出冯兆金、冯兆珠、梁振基、黄万成分别在大寺、久隆、钦州城、小董插旗招兵，招兵大旗上写着鲜艳的大红字：“国家有难，应募者速来。”

同时采用招得多少兵就给多大官的形式激励积极性。

据大寺镇 91 岁何六公说：“冯子材派冯兆珠到大寺、小董、贵台招了五营人，招得十人当什长，招得三十多人当副哨”，又据大寺镇 81 岁老人郭其山口述：“当时大家都明白，不当兵，老番打来了，就做亡国奴，士兵报名参军就发给军装和伙食费，士兵三两六，什长四两二。”

钦州民风强悍，练武盛行，民族意识高涨。冯子材又名声在外，插起招兵旗，报名参军的人越来越多。

一时间，白水塘人来人往，练刀的，背军队纪律的，大家都忙个不停。

钦州、防城、廉州的乡间小路上一天到晚都可以看见背着行李，匆匆忙忙赶路的青壮年，要是有人问他们去哪里，这些人就自豪地说：“投奔冯提督，参军打番鬼。”

各个征兵点人头攒动，杨瑞山、梁振基、冯兆珠等人摆起四方桌，打着冯字旗，台上堆着安家费，热情地招呼大家，青年人看到参军有四两三钱二分的安家费，踊跃报名，经过严格考试，只用了十几天时间，5000 人就招满了。

冯子材看着招兵工作顺利进行，想到要扬长避短，就得多打大刀，于是，分别在钦州打铁铺、防城那良日夜赶制青光刀，他原来计划赶制 5000 把，人手一把，但时间实在来不及，只打了 1000 把，张之洞规定的启程时间已经到了。

这支在短短 20 天时间拉起来的 5000 人军队，在光绪十年十一月初一日誓师出征。

十一月初一是个好日子，这良辰吉时是冯子材亲自选的。

一大早，白水塘便显得异常肃穆，人们小心翼翼地走着路，生怕自己的脚步声惊动各路神仙。

冯家的祖公厅内，正在进行着出征前的祭祖活动。香案烟雾弥漫，红烛流着泪，冯家人整齐地站了四排，冯子材在两个礼生的护卫下，站在第一排，现在正在由礼生读祭文：“冯门堂下列祖列宗明鉴，子材今天携儿相荣、相华、相钊、相成出征，誓向法寇讨还血债，上保社稷，下为苍生，祈列祖列宗庇佑，子材此行旗开得胜，班师回朝，备三牲再祭于列祖列宗。”

一个礼生唱：一叩首，二叩首，三叩首。

家人跟着叩拜。

礼生接喊：“礼毕。”

大家看见礼毕，都松了一口气。

这祭祖最讲规矩，整个过程，不能说错话，不能弄丢碗、筷到地上，不能说污言秽语，不能有哭声。

出征在即，如果兆头不好，就会影响兵勇的情绪，弄得不好，还会影响消灭敌人。因此，这祭祖是关起大门来的，闲杂人等不得靠近。

现在结束了，万事大吉，大家都松了一口气，冯子材走在前面，后面依次走着儿子，亲兵。

出了祖厅，却看见一个二十多岁的男人哭着向这边跑来，后面紧紧跟着四个家丁，王氏在后面跟着跑，跑着跑着，摔了一跤，四脚朝天躺在地上，狼狈不堪。

那个男人跑到冯子材面前，突然跪下抱着他的大腿哭喊：“阿爹，使不得使不得，这仗不能打，求求阿爹别送死。”

此言一出，大家都吓傻了，几个家丁跑上前拼命拉开他，那男人还在大叫“使不得使不得。”

冯子材吓出了一身冷汗，距离祭旗出兵已经只有一个小时，28 岁的大儿子相猷，因担心父亲安危而致精神错乱，胡言乱语，如果传出去，后果不堪设想。他当即对所有人下命令：“相猷说的话，谁也不准传出去，胆敢违抗者，军法处置。”

出生入死几十年，在死人堆里爬出来的冯子材并不相信什么预兆之说，但这事发生得仓促，多少对他的情绪有些影响，他安顿好相猷后，把家人通通召到前进大厅来，对家事进行了交代：“法寇船坚炮利，猖獗已极，肆逞凶暴，屡败我军。此去广西边关，不灭法寇，誓不生还。唯有以死报国！万一军有不利，法寇长驱直入，百越非复我有，你等一闻凶耗，亟率我眷属，奉香火驰归江南祖籍，永为中国民，免奴外族也。有玷我冯族门楣。”

众人听了，似感大难临头，哭又不敢哭。

王氏领着一帮女眷，强忍泪水，一一和冯子材告别，冯子材领着亲兵、儿子，跨着高头大马，浩浩荡荡向小校场走去。

小校场位于钦州知州衙门（现钦州旧市委新兴东路对面），靠近南宁官道，誓师后即上南宁官道开赴前线。

此时虽然序在冬季，但这天却是天气晴好，轻风吹拂，阳光灿烂。

一早，四面八方的乡亲就陆续聚集在小校场，钦州的子弟兵出征，真是父送儿，妻送郎，齐送亲人上战场。

钦州抗击外寇入侵有着光荣的传统，宋、明两代，安南统治者多次入寇钦廉。1075 年，李乾德大举入寇，攻廉州，陷钦州，围邕州。钦州知州陈水龄战死，推官李英拒敌不屈，全家 13 人惨遭杀害。1513 年，交趾再犯钦州，百户谢惠率官兵拒敌于淡水湾，为国壮烈捐躯。1608 年，安南贼船二百余艘入寇龙门，围州中军守备祝国泰领兵冲击越寇，杀敌近百人。次日，贼再增兵来围，祝国泰与龙门百户孔榕，合力对敌。祝国泰因潮退，战舰搁浅遇害。孔榕坚守龙门岛，箭矢、弹石用尽，为国牺牲。

现在钦州儿女又身负重命，在边关危急之秋，拔营起行，奔赴前线，家乡父老乡亲自然要来为他们壮行。

到处是人山人海，只等主帅一到，祭旗鸣炮，他们就要告别父老乡亲，为“了却君王天下事，赢得生前身后名”而抛洒热血。

正在大家引颈张望时，远远的听到有人欢呼：“来了。”

一时间，全场都在喊："来了。"

刹那间，鼓声隆隆，群狮起舞，是的，冯子材的部队来了。

人群主动让开一条大路，让冯子材和他的队伍从容通过，兵勇经过十多天的培训，实现了从民众向军人的蜕变，现在他们正在一队队进入小校场，接受家乡人民的检阅。

香案早就备妥，龙旗和萃字旗在微风中猎猎飞扬。

轮到冯子材讲话，他举起右手，庄严地宣布："现在，请全体出征将士共同背诵萃军纪律。"

说完，他带头背诵："各路大军，露营住宿，禁入民村，禁住民房。全体官兵，严禁夜出，白天出行，需持手令。如违令者，军法不赦，一律处斩，斩首示众。"

兵勇跟着他山呼海啸般地读完。

这份神圣的军规将是今后他们克敌制胜的法宝。

接着冯子材主持宣誓仪式，一只大公鸡为了这场祭礼献身，他被冯子材一刀割了，鲜血潺潺地流进了酒缸，这血立即弥漫了全缸的酒，冯子材舀了一大碗，举过头顶，高声宣誓："臣等奉命出征法夷，在此慷慨誓师。大张挞伐之势，同仇敌忾，不惜其力，不爱其命，矢勇矢忠，陷阵冲锋，剪彼凶炎，收复失地，拔我国威，保我国民，若有临阵退缩，心从逆者，必遭杀身之祸。敌不退出我国境，誓不生还，请皇天后土，大清皇上，全国臣民，父老乡绅，人神共证。此誓。"

宣誓完，冯子材把手中的血酒郑重地洒向龙旗，又从酒缸里舀了一碗血酒，向着萃字大旗洒去，声音如雷地高喊："旗开得胜，马到成功。"冯子材站到血缸边，作为监誓人，严肃地看着一个个兵勇从酒缸边走过，祭旗，喝血酒，既是为了壮行，更是表达视死如归的气概。

三声炮响，群狮开路，龙腾虎跃，为钦州健儿壮行。

钦州父老乡亲扶老携幼，送了一程又一程，这绵绵的队伍，从钦州直达大寺。

萃军带着家乡人民的殷殷期望，奔赴战场。

第十六章　唐景崧赴越，西线传捷报

刘永福自从同治六年脱离吴亚终后，一直以客军的身份，帮助越南多次剿灭各路犯越武装，法军侵占越南南方后，刘永福的黑旗军成了越南一支抗击法军的中坚力量。

但越南统治者在使用刘永福的事上充满了算计，既想让他抗击法军，又怕他坐大。由于越南君臣猜忌，急时就想到刘永福，一旦事情平息下来，就将刘永福撇到一边。

黑旗军连年征战，没有后勤补给，缺衣少械，加上法军和越南一直在和谈，刘永福担心越法一旦议和，有可能联合起来对付自己，而那时，回国不见容于朝廷，越南又无立足之地，进退无门，黑旗军就陷入了绝境。

在内外交困的情况下，刘永福于光绪七年十月向越南当局强硬请假五个月，以回乡省亲扫墓做掩护，回国打探情况，想借助清朝的力量帮助自己抗法。

也是无巧不成书，刘永福在东兴一露面，就引起了时任广西左江道周星誉的注意，为了查清刘永福回国的原因，他派出了自己的特使王敬邦到上思州平福新圩等候刘永福会面，两人于光绪八年正月正式见面。

这次会面，刘永福得知王敬邦是广西方面的官员，全盘通报了越南和法军当时的情况，希望朝廷在物力人力上支持黑旗军抗法。

王敬邦将了解的情况呈报给周星誉，周星誉拿不定主意，行文当时的两广总督张树声，提出了自己的建议，文中说："刘永福曾多次对手下说：'愿为中朝千把，不愿为越南提督。’若支持黑旗军固守宣光一带，则可成云南蒙自、开化作一外屏。”

这些材料上报到朝廷后，为唐景崧万里赴越组成抗法联军进行了思想上的准备。

而越南当局在国家危亡时刻，还当断不断，战和摇摆，光绪八年三月初八日，法军李维业乘机攻占了河内，进犯广西已经是迟早的事实。

清朝眼看法军已经打到家门口，主战派和主和派却是各唱各的调，整天在皇帝面前争得你死我活，到了束手无策的地步。

当时极力主战的代表人物除了张之洞、张佩纶，还有一个唐景崧，继张之洞上奏主战后，光绪八年七月十九日，唐景崧又上奏，请缨入越说动刘永福联合越南抗击法军。

唐景崧，字维卿，广西灌阳人。同治四年进士，选庶吉士，改吏部后补主事，官六品。因赋性耿直，不肯谄媚上官，屈在吏部20年。

为了帮助清政府从窘境中解脱，他上奏近3000字的文书，提出说动刘永福抗击法军的必要性和可行性，其中提到："臣维刘永福者，敌人惮慑，疆吏荐扬，其部下亦皆骁勇善战之材，既为我中国人，何可使沉沦异域？观其膺越职而服华装，知其不忘中国，并有仰慕名器之心；闻期屡欲归诚，无路可达，若明畀以官职，或权给以衔翎，自必奋兴鼓舞……"

唐景崧的奏折给朝廷出了一个大难题，因为当时李鸿章和宝海准备订立《李宝协议》，条约中有允许法军驱逐黑旗军的条款。其实李鸿章主和也不是一无是处，他认为，越南国小民弱，没有斗志，又早有暗阴法国、脱离中国之心，为这样的国家倾尽全国之力去打仗，根本不值。如果公开派人到越南游说刘永福抗击法军，就是自己撕毁条约，在外交上是下下策。

朝廷明知这是一着险棋，一直下不了决心，一拖再拖，直到八月初五日才下了一道外人根本看不懂的圣旨："吏部后补主事唐景崧，著发往云南，交岑毓英差遣委用。"

唐景崧本来上奏请缨到越南做说客，朝廷却下旨叫他到云南岑毓英处报到，不了解内情的人肯定以为朝廷吃错药，但唐景崧一眼就看穿了朝廷的用意。云南和刘永福的驻防地保胜只是一条红河的上下游的关系，到了云南，要到保胜会刘永福就方便多了。

唐景崧聪明过人，雄才大略，读天下书，知天下事，朝廷的小把戏哪能瞒过他的金睛火眼。

他心里想："朝廷不敢正式任我为特使，放了个烟幕弹，把我扔给岑毓英，如果我这次到越南，能够说动刘永福与越南共同抗法，成功了皆大欢喜，一旦事情败露，就会对外说是唐景崧和岑毓英自作主张，不关朝廷的事，如果这事在国际上造成不良影响，说不定朝廷为了平息事态要将自己正法。这是个大陷坑，跳进去万一事不成，就万劫不复，但大敌当前，国家利益高于天，我就做那个潜在的替死鬼吧，只要能够对抗法军，个人生死算得了什么？有了这道旨，我可以乘风起帆，无论如何也要把这事办成。”

想过后，便立马动身。临行前，他去与自己的恩师宝均告别，恩师赠言曰：“此事极为出奇，出奇即制胜，吾深望汝。壮哉班定远也。”把他和当年出使西域的班超相提并论。

按照唐景崧的计划，他第一站先见越南朝廷君臣，但第一步就没有走顺，光绪八年十二月到达顺化时，因为没有明确的出使文书，越南只派出级别极低的官员接见他。

唐景崧想深入了解的情况，而这些官员却老是支支吾吾，有时干脆一问三不知。

唐景崧通过旁敲侧击，弄清了越南朝廷的意图。原来，越南因为当时的老国王已经死去，新国王慑于法国的淫威和利诱，全没斗志，根本就不想抗击法军，加上对清朝的猜忌，在政治上已经倾向法国。刘永福的担心果然被证实：越南朝廷既想重用刘永福，又忌刘永福功高震主，没法驾驭。这等于间接向唐景崧证明，抗击法军，当其时，只有刘永福才是中流砥柱。

于是，他于十二月二十九日向清廷写了奏折，详细分析了当前的形势和启用刘永福的急迫性：刘永福所侍者险，唯力主分布散击之术，夷人时隐慑之，曾迭请于黄佐炎，以为非战不能议和；并谓兵连祸结，则乞降罪以谢法人，奈书累上而说不行。又致书于坐探委员，谓有搏虎驱狼之志，惜制于人。实则自备粮粮，越人无所掣肘。第夷一败则法越两不相容，中国又无退路，故亦隐忍图存。现在增兵造船，暗购军火，其下扑河内公六七日程也。越南极仗此军支持全局。又迫于法人，逡巡畏葸。臣沿未晤及永福，而就近访闻较确，此刘永福之情势也。

臣亲履其境，目睹其形，伏思中外未肯失和，非用刘永福一军别无良策。至如何用之，及为永福如何布置之处，请缕晰而陈其计。

唐景崧在接下来的奏折中就如何用好刘永福这张牌提出了三点建议，一是暗中给予刘永福明确文书，行文给上思州存档，准许刘永福日后回上思定居，二是云南加上广东广西两省的力量倾尽全力支持刘永福；三是刘永福名正言顺地打着越官的旗号抗击法军，越官做越事外人没有什么理由挑剔，并向世界公布法军侵略越南的罪行，争取各国同情。中国再从中调停，如果这样，先据红江，次扼北宁，则宣光，山西，兴化，太原，高平近边等省，已归囊括之中，据北而后图南，固国之策，无逾于此。

唐景崧这边苦谋抗法对策，而岑毓英早已经看出这着棋对自己十分不利，如若唐景崧成功，功劳是唐景崧的，如若失败，这个责任就成了自己的。

想来想去，便向朝廷奏报：建议唐景崧回京任职，不要在云南生事。

唐景崧闻知消息，铤而走险，不等朝廷下旨，直接就去到山西会晤刘永福。

唐景崧的到来，对刘永福来说，用久旱遇喜雨形容一点也不为过。

光绪九年二月十四日唐景崧到达山西刚住下，刘永福便有些迫不及待地派出自己最得力的三员大将吴凤典、杨著恩、黄守忠先后到住址拜见唐景崧。并且把最机密的弁勇军策清单和自己的履历都送给了唐景崧。

唐景崧手上拿着这些重要资料，对刘永福的情况已经做到心中有数，于时，最郑重的见面时间定下来了，三月初八日刘永福带着 100 多名亲兵，从保胜亲赴山西会见唐景崧。

见面地点是山西一家旅馆。

提前几天，刘永福对手下得力干将吴凤典交代：“你多带几个人，到山西找一家安全的旅馆，我过两天就要动身前往山西拜会唐景崧，真要谈合作，保密工作一定要做好，找一家四处开阔，便于观察和应对的旅馆。”

吴凤典接到命令，领着手下人日夜兼程赶到山西，在靠近河边的一家酒家定了房间，布置了警戒。

三月初七日晚，刘永福住进了旅馆。

三月初八日，刘永福早早起了床，梳洗完吃了早餐，七点刚过，刘永福领着亲兵刘文谦、刘启亮在唐景崧所住的旅馆正式见面。

唐景崧听到报：“刘大人到。”

起身出迎到门口，看见三个男人向他走来，中间的那个人“长身削立，高颧尖颔，状类獐猿”。(1)

看见此人，他便断定此人就是刘永福。

便移步上前，向着刘永福作揖说：“刘大人辛苦了。”

刘永福激动地紧走两步，屈右膝半跪，口中说道：“唐大人不远万里来见

(1) 出处见唐景崧著《请缨日记》。

在下，在下三生之幸，在下有礼了。”

说完，站了起来，退后一步。

唐景崧看见刘永福谨慎行礼，甚是满意。

刘永福的大名他早就如雷贯耳，在他的心中，武夫言行比较放荡不羁，想不到征战多年的刘永福彬彬有礼如此。

他一边引道着刘永福进门，一边鼓励说：“刘大人，当下正是国家多事之秋，有刘大人在，是国家之大幸。”

刘永福苦笑着说：“唐大人不远万里从京城来见我一介山野之人，在下的艰难困苦想来也了解得一清二楚。今天来见大人，是来受教的。”

唐景崧说：“受教不敢，今天也不是谈正事的时候，我们且喝两杯我从家乡带来的桂花茶，叙叙同乡情。”

刘永福听了，一时不知如何回答。

唐景崧也不管他的惊愕，吩咐手下说：“给刘大人上茶。”

说完，请刘永福在一张红木八仙桌子坐下。

那两位亲兵刘文谦和刘文亮则主动站到门外警戒。

唐景崧的手下上了茶，一股清香扑面而来。

刘永福深深吸了一口，自嘲说：“整天疲于战事，我已经很久没有好好喝上一杯茶了。”

唐景崧用茶盏轻轻荡开浮在表面上的茶末，喝了一口，开心地说：“我老家桂林门前就有一棵近100年的桂花树，每到开花时节，一条街都是桂花香。桂花茶具有温补阳气、美白肌肤、排解体内毒素、止咳化痰、养生润肺的功效。桂花糕热天吃一碗凉心凉胃，真是人间最好的享受，最让我念想的，就是家乡的桂花茶。”

刘永福听着听着，泪水一个劲地往下流。

他伸出右手手袖抹着眼泪说：“唐大人，有家真好，我现在有国不能回，正月回家扫墓也不敢光明正大回去，说不定一生都不能回国了。”

唐景崧说：“这次我来，就是帮你圆回国的梦，但今天，我们先不谈，喝茶喝茶。”

接着沉吟着背起诗来：

遥知天上桂花孤，
试问嫦娥更要无。
月宫幸有闲田地，

何不中央种两棵。

天台岭上凌霜树，
司马厅前委地丛。
一种不生明月里，
山中犹教胜尘中。

读完，解释说："这两首诗都是白居易赞美桂花的，你感觉怎么样。"

刘永福听着他品桂花茶，读桂花诗，都快哭出声了。

大敌当前，唐景崧还有闲情逸致谈风论月？

他错愕的表情，唐景崧装没看见，问了一些他在保胜的情况，又聊了些越南官员近况的事，刘永福看见唐景崧没有切入正题的意思，只好起身告辞。

唐景崧也不挽留，也没有说下次见面有时间。刘永福除了喝了一杯桂花茶，无功而返。

他也不知唐景崧打的是什么主意，有些垂头丧气回到旅馆。

翘颈盼望的吴凤典远远看见他进来，连忙迎出门，看见刘永福闷闷不乐，以为两人谈崩了。

安慰他说："我早就说了，清廷只想利用黑旗军，不会真心对待我们。现在越南君臣猜忌，清廷又举棋不定，我们先下手为强，占了十州作营盘，去过我们的快乐日子。"

刘永福摇着头说："凤典，你想得太简单了，如果法寇与越南勾结，你想他们能容忍我们在十州立足？如果两方各取所需，联手对付黑旗军，我们就危险了。当前唯一的希望，是和唐景崧合作，先为国立功，再议栖身之处，可唐景崧为什么不谈合作之事？"

刘永福像是自问又像问吴凤典。

"唐景崧葫芦里卖什么药？大老远的来，我们诚意也表达了，连最机密的兵力布置情况都给他了，他为什么没谈？"

刘永福摊开两只手，无奈地说："我也不知，看外表，唐景崧不像奸恶之人。按说，他从京城不辞旅途劳顿来到山西，现在越南这么乱，随时都有丢命的危险，如果不想谈，那他来这干什么？"

吴凤典说："唐景崧和你说了什么，你和我说说，我分析一下。"

刘永福沉思着说："就是叫我喝桂花茶，听他读什么诗，你说我现在的心情，能听得下吗？"

“什么诗？”

“桂花诗。好像有什么不生明月里，犹教胜尘中。”

吴凤典重复了一次，突然眼睛一亮说：“我知道他的用意了，这桂花不就是桂林产的吗？他是想通过桂花茶，让你想起自己中国人身份。可能也有警告的意思，如果错过这个机会，以后就休想再回中国了。”

刘永福骂了一句：“丢那艾之，有屁直放不就行了，在我面前来这套。文人的臭毛病，一有机会就卖弄学文。这里不是久留之地，如果下午没什么动静，我就先回保胜了，你留下来再等等。”

刘永福交代完，回房间换衣服。

刘永福口中称的保胜，是刘永福在越南征战多年后以战功被越南封为“权充兴化保胜防御使”后的根据地。他的亲兵一直驻扎在保胜。

正在这时，有个穿便服的中年男子走进来，看见吴凤典作揖：“请问，这里是刘大人下榻的地方吗？”

吴凤典警惕起来，并向在门口警戒的刘文谦、刘文亮发出了暗号。

他横在来人面前：“什么刘大人，我们这里没有刘大人。”

来人笑笑说：“我是受我家唐大人差使来送信的，要我交这封信给刘大人。”

吴凤典不放心地问：“信呢？”

那人回答：“唐大人交代，这信一定要当面交给刘大人。”

在房中换衣服的刘永福听到说话的声音，从房间里走出来问：“谁找我？”

那人看见刘永福，连忙从上衣贴身口袋里小心掏出了信，递给刘永福说：“这是我家唐大人叫我亲手交给您的，您写个收条，让我回去好交差。”

刘永福认出此人是给他上茶的那个，接过信，对吴凤典说：“这个是唐大人的手下，你给他写个收条吧。”

吴凤典这才放心进房间找笔写纸条。

送走送信的人后，刘永福这才拆开了信，唐景崧在信中说，因为他住的地方人多眼杂，不安全，不方便谈合作的事，明天，他会专程到旅馆回访刘永福，具体面谈。

刘永福给信吴凤典看完，吩咐说：“这次会面，事关黑旗军生死存亡，不能有一丝差错，保密工作要做到万无一失，你给准备一间密室，明天就在密室谈，我们两人参加。”

吴凤典看到合作的事有了希望，精神立马兴奋起来，欢快地去督促手下布置密室。

光绪九年三月初九日早上十点，唐景崧只身一人来到刘永福的住处，两人寒暄过后，刘永福直接带着唐景崧进入密室。

双方坐定后，唐景崧开门见山就问："刘大人，你在越南做客军多年，成为越南王朝倚重的肱股，但据我所知，除了驸马北圻统督黄佐炎高看你一眼，其他的人对你都不友善，原因是什么？"

刘永福老实回答："越南满朝都不敢抵抗法军，但又依靠我给他们平乱，需要我时甜言蜜语，不要时就要黑旗军迁往他处，京外所有大员中，就梁辉懿对我比较友善。其他的人都是各自盘算，对我充满猜忌。"

唐景崧又问："保胜靠近云南，云南的官员对你如何？"

刘永福老实说："云南方面对我好点的官员只有唐莪生与方伯厚两人，但两人又说不上什么话。"

唐景崧不客气地说："刘大人早年犯下了朝廷不能原谅的大错，现在保胜只是弹丸之地，越南对你三心二意，云南的官员也没有人敢收留你，一旦越南翻脸，云南官员又不给脸色，到时，你进退两难，加上法军又对你恨之入骨，算是三方面全不讨好，万一有事，你打算怎么办？"

唐景崧的话击中了刘永福的软肋，这也是黑旗军面临最严峻的形势。

听了唐景崧的话，刘永福突然从座位上弹起，跪下抱拳说："在下愿听请唐大人教导。"

唐景崧扶起刘永福，坦诚地说："我不远万里来越南，就是想为你指出一条明路。现在越南已经成了法寇砧板上的肉，法寇穷凶极恶，刘大人还能守住保胜十州营盘，如果能扼住山西为门户，进可以图北宁、太原、谅山，高平、宣光、兴化，退可以进入云南，凭着刘大人的威名，如果传檄天下，把越南的精锐部队全部收编，以富饶土地为军队筹集粮饷，收七省之税银购置军械，重用贤能的文人，然后请求中国给你封号，守住北方土地再图攻占南方，事成后你就是国王，事败了，也是为了国家大义，功在中国，名声传万代，这是我为你献上的上策。"

刘永福听了，呆如木鸡，连话也说不出了。

唐景崧看见他吓成这样，又为他出了中策、下策。

刘永福解释说："唐方伯曾经对我许诺，如果我守住保胜，不要轻举妄动，敌人来了才迎战，战败回云南，肯定收留。"

唐景崧不留情地说："功名功名，先有功然后才有名，如果刘大人对国家当前的局面坐视不管，只想保存实力，谁还看重刘大人，谁还会尊敬黑旗军？

如果被打败退回云南，就算唐方伯收留你，他会在云南做一辈子的官吗？你死守保胜的计划，是我给你提的三策中最最下策的，不能选上策，起码也要选中策。”

刘永福沉默了好一会儿，这才说：“我现在力量和能力都没法选上策，如果我选你说的上策，越南和法寇肯定共同攻击我，我就走投无路了。”

唐景崧乘机说：“法寇早就视你如眼中钉，你选择抵抗，法寇要围剿你，你不抵抗，法寇也要消灭你，越南走投无路时，为了讨好法寇，也会攻击你，先下手为强，刘大人可别被人算计了去。”

刘永福听了，满脸的狐疑。

唐景崧趁热打铁说：“那就选中策。这中策者，中国不愿为一隅而动天下，由黑旗军在越南举起义旗，号令越南民众共同抗法，朝廷暗中支持。”

刘永福思考良久，这才说：“中策可考虑，但因为兵力少，武器落后，只能守，不能战。”

唐景崧眼看说动了刘永福，有些得意，开心地说：“打起来，一定有人帮助，如果不主动出击，专等法寇来进攻，怎么守？先发制人，刘大人不用担心。”

唐景崧离开前，刘永福还是不松口，借口说：“我要回去和杨著恩几员将领商量后才能定。”

唐景崧也不为难他，对他说：“希望早点给我答案。”

光绪九年三月十三日，唐景崧再次拜访刘永福，打听黑旗军是否商量好了。

两人进入密室，刘永福又提出了一个问题：“如果清廷问罪怎么办？”

唐景崧解释说：“清廷对越南已经失望透顶，如果刘大人以保越南安国门为号令，出师有名，会得到越南人民支持，清廷不会责难。”

这次会谈后，刘永福再次派出杨著恩于光绪三月十六日与唐景崧会谈，刘永福提出了最后一个条件，要朝廷派300兵弁加入黑旗军一起抗击法寇，这样就会士气大振。

由于唐景崧成功说动刘永福，清廷允许唐景崧留在广西边防军营中，唐景崧从此成为刘永福、清廷，越南、广东、广西、云南边防的大使，穿梭于传递信息，督促落实黑旗军的军械补给。

张之洞欣赏唐景崧旗开得胜，命令唐景崧招募四营兵弁，组成景字军，入越会同刘永福抗击法寇。

光绪十年九月，刘永福接张之洞照会，宣读清廷诏书：“刘永福虽抱忠怀，而越南昧于知人，未加拔擢。该员本是中国之人，即可收为使用，着以提督记名简放，并赏以戴花翎，统领所部，出奇制胜，将法侵占越南各城迅速恢复，凡我将士奋勇立功者，破格施恩，并特领内币奖赏，退缩贻误者，立即军前正法。”

并赏黑旗军军费 5 万两白银，接着清廷再次从国库中拿出 5000 两白银奖励黑旗军，并对全体将士进行犒赏。

从此，刘永福抗法有了祖国的强力支持，正是有祖国做后盾，黑旗军接连打了两次漂亮的胜仗。

光绪十年十月，刘永福接到云南提督岑毓英的命令：命他率所部作为先锋队率先开往宣光（北圻）附近的左育地方，伺机进攻驻左育法军，切断宣光法军与河内法军联系，为清朝大军攻打宣光城打先锋。

当时，刘永福正率领黑军驻守在保胜一带，接到命令后，即率领黑旗军从保胜出发，经过数日急行军，于 1884 年 11 月 7 日到达离左育不远处扎下了营盘。

左育靠近三圻河，三圻河位于宣光城下游，是连接左育与宣光水上交通的唯一通道，战略位置十分重要，驻守在左育的法军约有 800 多人。

黑旗军驻扎下来后，刘永福开始了对周围环境和敌营的侦察活动，他组织了两个小分队，一个由五名越南侦察兵组成，这一组的侦察兵分头化装成小商人、乞丐、脚夫等，进入左育近距离侦察驻扎左育法军实情；另一个小组，刘永福则自己亲自带领几名亲兵化装成老百姓，暗藏武器，在左育周围察看地形和地势。

经过城内城外数天的密集侦察，刘永福已经把周围地形及左育法军情况摸得一清二楚。

左育内敌人防御工事坚固，装备精良，弹药充足，通往宣光的那条路上，由于地势平坦，敌人重点防御，所建工事异常坚固，其他三面，由于有河流作为天然屏障，防守兵力相对较弱。

这天晚上，刘永福在思考作战方案，他心里盘算，岑毓英命令自己率队到左育附近来，目的既是为了切断宣光城法军与河内的联系，断绝法军粮草的来源，又是为了拦击从河内来的增援部队和截击从宣光逃跑的法军。敌人有较好的防御工事，装备精良，弹药充足，而黑旗军的武器大都是土枪土炮，加上宣光城内的法军随时可以增援，战斗打响后只能速战速决，如果拖延下去，增援法军赶来，后果很危险。

由于当时通信不便，如何打和何时打的问题没法请示岑毓英，只能够自己判断时机。他心里想，既然岑毓英指示自己伺机出击，说明什么时候开打由自己决定，如果再等下去，敌人发觉了黑旗军到来，做好了应战准备，攻打难度会更大，他决定不等主力部队到来，先动手收拾法军。

夜已深，万籁俱寂，天上的星星在探头探脑地看着他，不知他有什么心事，他在营寨外缓缓走着，不时抬头凝视着天空，伸出右手先是屈起大拇指，然后是食指，中指，来回点了又点，一会儿眉头紧皱，一会儿露出了得意的微笑。

贴身保镖刘文谦寸步不离地紧紧跟在他的身后，焦急地说："大人，你先吃一口饭吧，都已经三更天了。"

刘永福快步回到营寨里，对刘文谦说："备纸笔来。"

刘文谦在简易的桌子上快速为他铺展好纸，一边磨墨，一边小心地问："大人，这仗我们有几成胜算。"

刘永福疼爱地看一眼刘文谦，安慰他说："你跟随我多年，无胜算的仗刘某人绝对不打。"

说完，他紧握拳头重重地砸在已经画好的作战地图上，信心满满地对刘文谦说："你立即通知各部首领前来共商大计，这仗就这么打。"

刘文谦看见主人这么高兴，知道他已经胜算在握，大声传令："刘大人有令，着各部首领立即前来商议大事。"

传令兵领命而去。

这是一个充满诗意的早晨，勤劳的鸟儿已经在天空飞翔，太阳缓缓地升起，营寨里炊烟袅袅，伙夫已经开始煮饭。

得到传令的各位首领从不同的方向赶了过来。

刘永福把大家招呼到自己画好的作战地图跟前，指着地图说："我们这次作战的主要任务，就是要夺取并占领法军据点左育，左育战略位置十分重要，它是通往河内和宣光的门户，占领了左育，等于扼住了宣光与河内之间的咽喉部位，为我们大清帝国军队攻打宣光扫清外围，这仗只许胜利，不许失败。

他停顿了一下，环视着手下的几员虎将，对大家详细说明了侦察到的情况，并接着说，这次战斗，采取强攻诱敌进入我们的埋伏圈，然后合而歼灭之的办法，大家是否都明白？"

首领们围拢过来看着他画得密密麻麻的作战地图，交头接耳地议论起来，最后响亮地齐声回答："明白。"

"好，昨晚我已经观看了星相，11 月 9 日是黄道吉日，我们就选这一天攻击法军。"

刘永福环视手下的几员得力猛将，虎虎生威地发令："各位首领听令，前营黄守忠部，你负责从东西北三个方向强攻敌人，你所管带的三个营的兵力全部投入，战斗打响后，要拼命强攻，扰乱敌人的判断，如果打到敌人向南逃向宣光，你的任务就算完成了；吴凤典你带两个营，埋伏在左育至宣光的大路两侧，待黄守忠猛攻开始，敌人顶不住火力向宣光逃跑将他们全部消灭在埋伏圈内，亲兵营作为预备队和机动队随时增援各部。"

各位首领接受任务后，纷纷回去做战前准备，吴凤典带领黑旗军两个营，连夜赶到左育至宣光的大道两旁赶挖工事。

11 月 9 日晚上 12 点，黄守忠率三个营从三面包抄，一步步向敌营接近，黑旗军三个营分别埋伏东西北三个方向，静静地等待攻击命令。子夜二点，三声炮响，总攻正式开始，黄守忠率领的三个营同时从三个方向对敌人发起猛攻，喊杀声震天动地。做着春秋大梦的法军被炮火声惊醒，急急忙忙组织兵力反攻，火炮的红光影红了半边天，天空浓烟翻滚，敌人利用自己的精良武器想夺回主动权，黄守忠眼看敌人已经组织了有效的反攻，担心时间一长，对我方不利，大喝一声，赤膊冲上前，兵士看见主帅一马当先，大家勇气倍增，拼命向前，打到天亮，敌人已经招架不住，东、北两个方面的防线已经被冲破，法军指挥员眼看黑旗军就要攻入营房，连忙下令撤退。

一时间，法军哭爹喊娘，仓皇逃跑，笨重的武器装备全部扔下，众法军争先恐后急急向宣光城逃跑。

而此时，以逸待劳的吴凤典部已经张开口袋等着敌人进入包围圈，看见仓皇逃跑的敌人进入伏击圈，吴凤典跃出工事，大喊一声："弟兄们，番鬼已经成了瓮中之鳖，大家狠狠地杀。"

兵士们从工事后纷纷跃出战壕，高喊着向敌人冲去，此时法军才知道上当了，但为时已晚。

漫山遍野都是喊杀声，完成强攻任务的黄守忠部赶过来了，刘永福的亲兵机动队赶过来了。

敌人看见黑旗军越来越多，组织了几次反击都阻挡不住黑旗军的进攻，担心被活捉后被割头，且打且跑，一路向宣光城狂奔，黑旗军抓住有利时机，一路追杀敌人，法军仓皇逃进了宣光城。

此时太阳已经升起来，新的一天开始了，黑旗军淋浴着朝阳，鸣金收兵，他们雄赳赳气昂昂开进了左育。

这一战，实现了刘永福战前目标，重创法军 300 多人，占领了左育，而黑旗军伤亡人数不到敌人的十分之一。

由于刘永福黑旗军扫清了左育的法军，为清朝正规部队围攻宣光城创造了机会，光绪十年十一月，岑毓英和唐景崧带来的部队人马共三万多人，对宣光城形成了包围，并对法军的天花营进行了致命的打击，法军被岑毓英和唐景崧的正规军团团围守在宣光城内动弹不得，弹药粮食补给线中断，没法与河内的法军取得联系。

而此时，黑旗军根据岑毓英的指示一直驻扎在早先攻占的左育内。

宣光城围困法军的战事传来，深谋远虑的刘永福料想河内的法军得到消息后会增援救助宣光城的法军。

于时，他未雨绸缪，命令黑旗军在左育过三圻河两侧设卡，搭浮桥，横河扼守宣光到左育之路。

后来，有兵士在巡逻时发现三圻河内漂着一些竹筒，这些竹筒上面插着一面小旗子，顺流而下，河床中都是这些竹筒，刘永福感觉很蹊跷，派兵士打捞上来剥开，原来是宣光城法军想出的求救点子，他们因为人员没法突围出城报信，就在竹筒里塞了纸条，用蜡纸封好，放进河里漂流，纸上写着：拾到此信者，凡送达给河内的法国全权大臣，奖白银 20 元。

刘永福估计这些纸条已经有人捡到并送给了法军在河内的全权大臣，宣光城法军被围困的消息已经走漏，预计河内的法军很快就要增援宣光。刘永福决定在半路埋伏歼灭增援之敌。

经过侦察，他发现从河内到宣光的中间，面临三圻河的一面，有个大草滩，方园七八里，野草长势茂盛，高达六七尺，地方开宽。

他心里想，这个地点是打埋伏的好地方，如果能把敌人诱入大草滩，再用火来攻敌，火借风威，七八里宽的大火，敌人就是插翅也难逃。他想到如果单点火烧，达不到效果，便想到请求岑毓英支持。

于是他派出亲兵，将自己的计划向在宣光城外指挥围困法军的岑毓英报告，岑毓英是个久经沙场的老将，一听刘永福的计划，十分赞成他的妙计，并当即支持了 2 万斤火药给黑旗军作火攻之用。

刘永福一面派人侦察河内法军动静，一面修筑工事，埋炸药，刘永福指挥黑旗军把炸药装在木箱和和竹筒内，埋在大草滩上，在通往大草摊的正面在约一里多的路中间修建工事，一旦敌人经过此地，以此处为掩体向敌人发起攻击，且战且退，诱敌人进入大草滩。

准备工作就绪后，刘永福又派出探马深入河内侦察，不日，探马回来报告，河内城法军集结数万，决定不惜一切代价救出宣光城的法军，他们已经分批出发，不日即将抵达宣光城。

刘永福吩咐说："继续查清每批法军有多少人，查清后速速回来报告。"

第二天，探马回来报告："报告刘大人，法军每批约 5000 多人，先头部队已经出发，预计今晚子时左右抵达左育地盘。"

刘永福立即下令："所有黑旗军今晚天黑前全部进入阵地，吴凤典部负责诱敌人进入埋伏圈，黄守忠部负责点燃炸药，务必全歼敌人。"

各首领带自己的人马分头守候。

初春的左育已经满眼春色，天空万里无云，几头水牛在垢河内悠闲地戏水，圻河两岸静悄悄。谁也不会想到，一场激战即将发生。

埋伏在路边的黑旗军一动不动地蹲在掩体里，热血沸腾地等待着敌人进入埋伏圈。上午九时，在黑旗军引颈张望中，远远看见大批法军气势汹汹地扑来，他们一心赶往宣光救人，哪里知道左育就是他们的葬身之地。

敌人近了，更近了，刘永福一声令下，担负诱敌任务的吴凤典部跃出工事，向敌人猛攻。

敌人做梦都想不到半路杀出程咬金，连忙就地摆开队形用精良武器攻击吴凤典部，吴凤典部佯装大败，急速地向着大草滩方向撤退。

法军大喜过望，想一鼓作气歼灭黑旗军，人人争先恐后地追赶，转眼间，大部分法军已经进入了埋伏圈，刘永福大手一挥，负责点燃炸药的黑旗军点燃了导火索，随着轰的一声巨向，四五百个炸药箱、炸药筒痛快淋漓地纷纷炸响，一时间，法军血内横飞，不死即残。黑旗军为了加大火势，又以火箭猛射，顿时，大草摊一下子成了火海，黑旗军借着火势，凡是没被炸死的，手起刀落，全部将进入埋伏圈的法军斩杀于大草摊里。

本次战斗从发起冲锋到结束战斗，前后只有两个小时，战后清理战场，共歼灭法军 3000 多人，夺得精良武器不计其数，而黑旗伤亡人数只有 30 多人。这是以少胜多的战例，也是刘永福入越南后打得最漂亮的战斗。

但由于主帅岑毓英怕刘永福功高震主，没有上报清廷，结果这次战斗没有给黑旗军记功，刘永福本人也没有得到奖赏。

第十七章　萃军急行军，诸官忙算计

冯子材在不到20天的时间内，拉起了5000人的萃字部队，分为左中右三大队人马，从钦州起程，日夜兼程走了多天，这一天到达行军第一站上思州。

部队经过多天急行军，需要休整，在情况未明前，冯子材也不敢冒失赶路，他要等打探情况的兵勇回来，再做决定。

于是冯子材命令在上思州安营扎寨下来，埋锅造饭。

冯子材召集各军首领就行军过程中的注意事项开了个短会，首领们离开后，想到这次任务的艰巨，没法入眠。

今晚，派出的探马应该回来了，为什么迟迟还不见人来报告，难道路上发生了不测？

冯子材在帐内待不住了，他走出中军帐，向着夜色中走来。几个亲兵远远地跟在后面。

此时，正是十一月上旬，他抬头望，月牙儿正在云层中隐隐约约，无数星星发散着亮光，像磷火一样闪烁着，交织出华美的图案。苍穹下，夜，深不可测，黑暗像一张大被，铺盖着整个大地。

东边方向，传来几声狗吠，有孩子哭喊了两声，或许母亲已经将奶头塞进了孩子的嘴巴，哭声戛然而止，一切又归于静寂。

这是多么温馨的夜晚呵，作为一名军人，他要守护的，不就是让所有民众都能睡个好觉吗？

正在这时，听见“嗒嗒”的马蹄声向着中军帐跑来，听到亲兵喝问：

“谁？”

马蹄声立马停了下来，一个熟悉的声音传来：“报告，先锋营游击杨瑞山有要事见大帅。”

冯子材听到，高兴地对亲兵说：“快请。”

冯子材说完，前脚刚回到中军帐，后脚就听到杨瑞山再次报告：“报告大帅，有军情要报告。”

话没说完，冯子材看见杨瑞山领着一个身手矫健的小伙子进来。

杨瑞山汇报说：“这是先锋营哨长杨进业，这次打探到的军情重要，我带他来亲自向大人汇报。”

冯子材急忙问：“有什么重要情报？”

小伙子腰板挺直，向冯子材行礼，口齿清楚地说：“队伍从钦州出发后，受先锋营主帅杨大人派遣，我带着三个手下快马加鞭日夜赶路，于三天前到达龙州，经打探，目前越南北圻各省已经全部被法寇攻陷，法寇正以主力7000人集结在我边界，广西军队根本没有还手之力，拼了老本只守住谅山。情况非常危急。”

冯子材越听心情越沉重，出发前，他对面临的严峻形势就有充分的认识，虽然战争的重要因素是人，但清兵的武器如此不堪，仓促间拉起来的这支队伍还没有得到根本性的训练，说白了，这5000人的萃军，其实都是刚刚洗脚上田的农民，面对科班出身，训练有素，武装到牙齿的法国侵略军，要战胜他们，只能智取，不能硬拼。

他不想在部下面前露出自己的担心，和蔼地说：“辛苦了，你报告的情况很重要，下去好好休息吧！”

接着又对杨瑞山说：“多派人手打探情况，确保传回的消息及时准确。”

杨瑞山响亮地回答：“好，我这就安排。”

说完，杨瑞山带着探马离开了冯子材。

冯子材在中军帐内踱着步子，一直在思考如何才能战胜敌人。

他想，现在法寇气势汹汹，又携着几次胜利的锐气志在必得，如果以我们这5000临时组织起来的农民和他们拼实力，那是死路一条，虽然军人为国马革裹尸没有什么可惜，但战死也要死得有意义，既然我们武器不如法寇，那就要扬长避短，除了人数上要压倒他们，只有短兵相接，贴身搏斗，才能打败法寇的先进武器。

想过后，他连夜指示部下将情况报告给张之洞。

张之洞认为冯子材提出的问题切中要害，在军饷十分拮据的情况下，指示冯子材在上思州就地再招兵八营。

于是，冯子材又在上思州开始招兵。

不日，军械抵达，但却不是先前答应的数量，冯子材第六子，跟随他上前线的冯相钊在《追述战胜法兰西始末》中记载："羊城运到枪械过少，每营只领得士乃打即锁头枪及云者士即十三响共二百五十枝，余均前膛火药大隐枪及抬枪，先君乃专差飞召上年练大刀先锋煲队，插配各营，编为五军。"

这下，冯子材火大了：本来就算按照原先张之洞答应给的武器，就已经少得可怜，现在连这些也大打折扣。

无奈之下，冯子材只得速速派人赶回钦州，把上年严格训练留守钦州的500大刀先锋煲（冯子材根据实战需要用钦州坭兴陶制成埕，在埕里装炸药，名字叫先锋煲）队招回，插配到各营，对原先的部队机构进行了微调，组成五军，游击杨瑞山带前军三营，参将梁振基督带左军三营，副将冯兆金督带右军三营，都司麦凤标督带后军三营，中军左右两营分别由冯相荣和冯相华管带，其余三营，别留卫队一营，由把总杨对勋管带。这个已经把上思州计划招的八营全部算入了编制，一待招满，立即分到各营。

队伍的机构搭建起来后，留下梁振基负责在上思州继续招满八营兵勇。冯子材带着十营兵勇乘着夜色重新拔营上路。

每次行军前，先头部队已经提前动身，在指定地点埋锅造饭，大部队一到，马上就可以开饭。晚上夜宿，必须管带亲自考察地形地貌，营与营之间留下一定的距离，便于相互保护，也免于因失火殃及全部。

定好了地点后，各哨官长才按照规定地点，督促各自兵勇一面往外挖水沟，一面向内筑土墙撑搭帐篷，第二天5点吃完早餐后开始拆篷，折收捆扎，列队点名，这才开始启程赶路。

很多兵勇第一次急行军，脚下全是血水泡，但一路上，大家想着赶到龙州就能打番鬼，打败番鬼家乡才安宁，劲头就上来了，大家每天都精神抖擞。

他们还在路上拼命赶路，探马又来报，广西军队在谷松与法寇遭遇，被打得落荒而逃，一直退到庄威坡无路可退，最后放弃谅山，退回广西。

在藩国疆土保护不了，国家大门又岌岌可危的时候，广东、广西两路的核心官员还在为个人和小集团私利而机关算尽。

张之洞调派冯子材支援桂军，但他对已经67岁的冯子材能不能上阵杀敌，是心存怀疑的。因此，第一次征询冯子材的意见，就叫他作为侧翼专门干些骚扰法寇的勾当，目的是想冯子材通过东兴边境偶尔给驻扎在广安、海阳的法寇制造些麻烦。这样，法寇就得腾出一些人手来对付冯子材的人马，广西那边的压力就会减轻。张之洞作为读书入仕当官人，自然知道围魏救赵的典故。

及至看到冯子材回信，对敌情分析得透彻得当，才对冯子材刮目相看。

是栋梁，就不可以做椽子。张之洞计划派冯子材打侧翼的思路一下子变成了前敌作主力军。

看到冯子材雄赳赳，气昂昂地率队赶路，他心里又打起了小算盘：既然冯子材有能力打仗，对钦州、东兴、北海情况又熟，万一粤西出现危急情况就立即将他调回保卫广东。

不日，据出使英法大臣曾纪泽报告，法寇可能进犯北海、廉钦。

张之洞所说的危急情况出现了，于是，张之洞便发加急电报，“法人将窥廉之北海，钦之龙门，请酌度进退缓急，或即回师先顾东地，或即调两营或能全调，听公酌量。”

冯子材看到电报，怒火中烧，国难当头，冯子材顾不了自己的生死存亡，直接顶撞张之洞，复电说：“军情吃紧，即两营也难调开。大敌当前，万难回顾，东西相距六百里，军情日变，转瞬千里音讯不定，大犯兵家之忌。子材七十衰年，早已决置贱躯于阵前，与逆法较生死，力图报国。”

是月二十九日，钦差大臣彭玉麟又加急来电：“钦廉防务紧要，请急调冯子材率十营回援钦廉，以八营扎上思州隘口。”

冯子材又顶了回去。

人到无求品自高，夫不畏死奈我何！广东的高官拿他没办法，知道冯子材军事才能过人，不肯回来，自有他的打算，也不追究他抗命之罪。由着冯子材自己做主留了下来。

广西巡抚潘鼎新，淮系主要人物，举人出身，刚愎自用，目无他人，根本就不把广东的冯子材看在眼里。早在张之洞和钦差大臣彭玉麟向朝廷推荐冯子材时，他就和李鸿章背后捣鬼，硬生生拉来自己的部下苏元春占了冯子材的位置。现在看见冯子材领着队伍而来，首先想到的是这老提督又班师回朝，想着来抢班夺权。于是，千方百计想堵死冯子材返回广西政坛之路。

冯子材行军途中，来来回回被调动十一次，极尽刁难：“是月内，讵桂军与法接战，迄未得手，先后七日，左右两军八营经广西巡抚部院潘咨调十一次，该兵弁等每每行至中途，非另饬赴他途处，即系飞令往阻，以致八营疲于应付，未能一战。”

冯子材知道官场就是那么回事，报效国家，得首先让自己活下来。他心里想，是金子总要发光，就当作用行军来训练兵勇的忍耐能力吧！

冯子材在光绪十年十二月十四日，抵达凭祥土州，安排好防御法寇攻击部队后，光绪十一年正月初三，带着部下亲自到镇南关见潘鼎新，一见面，潘鼎新直接说：“此地不需要客军，有桂军固守即可，萃军是广东部队，回广东守好自己的地盘就行。”并密电张之洞：“萃军枪械不足，辅以大钢镖，军容欠壮观，全军新兵多旧勇少，将领官阶太小，恐难动观听，与强敌相颉颃。”

冯子材怏怏回到凭祥，进退不得，报国无门，欲哭无泪，想为国捐躯都找不到门路。

正月初九，法寇以猛烈炮火进攻镇南关，把象征中国国门的镇南关化为灰烬。在关内外烧杀抢劫，犯下了屡屡大罪。

潘鼎新跑得比兔子还快，直退60里到海村。经过谅山、镇南关两次败仗，潘鼎新不敢住在帐篷内，一直躲在海村的山洞里居住，很多官兵都在背后笑话他。

在国家危如累卵之时，潘鼎新为推卸责任，恶人先告状，向清廷胡扯冯子材“飞催不至，掣肘万分”。

清廷信以为真，下旨痛骂了冯子材一顿，并下了最后通牒：“倘再迟延，即照军法从事。”

冯子材郁积在内心的恶气无处发泄。他愤愤地想：怠怒老子，直接拉萃军和法寇干了，让潘鼎新这鸟人知道钦州好汉的厉害。

正月十一这天，冯子材正在派站驻防，突然接到圣旨：“冯子材著帮办广西关外军务，所统各营亦归潘鼎新调派，该抚该帮办等务当和衷协力，迅速图功，倘各军不遵调度，即严参治罪。”

冯子材看圣旨落款日期，是正月初三的，在路上耽搁了八天。

报国无门的冯子材一下子来了精神头，他要开始行使帮办的职责了。

帮办到前线了解敌情，属于职权内的事，就算潘鼎新想参他目无长官，皇帝小儿也不至于这么糊涂听他胡扯。

张之洞本来就和潘鼎新结怨，也算是为了整个大局考虑，给清廷呈了报告：“潘不善驾驭诸将，才力竭蹶，调度未能裕如，桂军断难再振，则已显然。仰恳进廷速简知兵大员督办关内广西军务，移潘他处，既维大局，兼可保全潘抚，不然边事日坏，益重潘咎。”

当家闹事，还了得。清廷一怒之下，下旨免了潘鼎新督办之职，让他留在军中戴罪立功。但这旨到达龙州时已经是一个多月后的事，冯子材还得受这潘头儿掣肘。

当时聚集在边境的军队约四万人，计有冯子材萃军5000人，王孝祈勤军4000人，苏元春毅新军、陈嘉的镇南军共9000人，蒋宗汉的广武军5000人，潘鼎新的鼎军 2000 人，魏纲的鄂军 2000 人，马盛治的桂军 3000 人，冯军 3000 人，黄德榜定边军 5000 人，方龙升部 1000 人，共 80 营 40000 人。

从人数上来说，比法寇多了几倍，但由于这些军队都是从各省临时抽调来的，每个带兵的军事长官不是提督就是总兵，人人都有过人之处，相互提防，缺乏统一指挥，每次和法寇作战，各人顾各人，都是孤立作战，没法形成合力，这样就极易被法寇各个攻破。

这么多的军队，如果没有一个坚强的领导，就是一盘散沙。

而潘鼎新离前线 60 多里，有事要请示他很不方便，大家便都把冯子材当作主心骨，时间一长，冯子材就成了事实上的前敌指挥。从广东赴广西增援的勤军首领王孝祈对冯子材说："萃翁镇守镇江十多年，让敌人不能前进半步，在广西任提督其间，多次深入越南剿匪，对广西边关和越南形势非常熟识，有勇有谋，我出发前，张彭两位就指示我一切听你调遣，我保证坚决听从指挥。"（《清史稿·王孝祈传》）。

虽然苏元春的职务在冯子材之上，但在大敌当前，提拔自己的潘鼎新受伤后一直躲在山洞里，国难当头，也就自动和冯子材合作，有事多商量。

如果潘鼎新不是躲在后方，那一切还得听他的，冯子材战略决策再好，也是水中月，当然这样也就没了后来的镇南关大捷了。

历史就是由很多的偶然成就必然。

第十八章　事事细安排，层层死堵防

光绪十一年正月十八日，冯子材打扮成农民模样，头上包着当地土著的包头，上身穿着短衫，脚下踏草鞋，率领亲军小分队勘察地形。

临出发前，他对贴身文案都启模说："今天我们要从凭祥一直走到镇南关，你去准备些干粮路上充饥。"

都启模心里说："凭祥到镇南关足足40里，今天走完够大帅受的了。"

他知道冯大帅的性格，决定的事，别人很难改变他的想法，况且交战在即，冯大帅不亲自勘察地形，绝对不放心。

冯子材看见都启模想走不走的样子，不解地问："没有听懂？"

都启模连连说："听懂听懂，我这就去准备。"

于是，一队人马便上路了。

一路上，冯相华和冯相荣按照冯子材的指示，不时将沿路地形画了下来，走走停停，吃了点干粮，喝了些山涧水，又继续往前走。

走着走着，太阳由白变红，慢慢地向西下沉，他们也快到镇南关了。

突然冯子材叫了一声："这真是个埋葬法寇的好地方，大家快看。"

苏元春、王孝祈、相华、相荣两兄弟随冯子材的手指看过去。

冯子材指的地方，是镇南关的关前隘，两旁有东西两座高岭，居东者为大小青山岭，西岭为凤尾山。两岭之间如一个人伸出两只手抱在一起。大青山高八百多米，林木遮天蔽日，风起云涌，发出阵阵的涛声；小青山由五个山峰组成，远远望去，可看见一条小路向北延伸和马鞍山连在一起，东面有一条小路伸出，冯子材叫相荣摆出路上画的地形，发现这条小路可以通到油隘派站，绕过一座小山，可以通到凭祥；东西两座大山之间还伸出一些低矮的丘陵，连绵起伏着，成为关前隘的一道道天然屏障，这个地方叫横坡岭。

冯子材摸清了这些情况，指着南面的一座山问："南边这座大山谁知道是什么山？"

都启模小心走到冯子材面前，回答说："出发前我查过广西地理，这座山叫石辅山，有条路可以通到扣波，艽葑。"

冯子材情不自禁地说出声："太好了，天助我也。"

王孝祈不太放心，对冯子材说："我们得找个村民详细了解周围的情况，不能大意。"

不待冯子材发话，杨瑞山自告奋勇说："我去吧！"

冯子材点点头说："动作利索点，快去快回！"

苏元春试探地问："萃翁，我们在此摆一出戏？"

冯子材说："还没想好，待杨游击找到老乡，进一步了解清楚再说，走，我们到关里走走。"

苏元春说："萃翁，还是不看吧，看到你会生气得吃不下饭。"

冯子材说："不亲眼看一下，我更吃不下饭。走吧。"

大家进入关门，首先映入眼帘的是一块牌子，远远就看见歪歪扭扭的汉字，走近一看，牌子上写的居然是："尊重条约较以边境门关保护国家更为安全"，由于可见，广西的门户早已不存在。

周围到处是被烧得残缺不全的土枪，土炮。

苏元春解释说："敌人初九攻下镇南关后，在这里烧杀了两天，在村民的支持下，我带部队对敌人发动了进攻，敌人是打跑了，但几天来一直东奔西跑，忙于应付法寇进攻，战场都来不及打扫。"

说完，愤愤地拔起插在地上的牌子就狠狠地往地下砸。

冯子材从地上捡起牌子，又重新插了回去："留着吧，让我们记住法寇欠我们的！"

正说着话，看见有三个老农民往这边走来，一个肩上扛着一根大海碗大的杉树，两个拿着锄头。

三人走到插牌的地方停了下来，也不理会站在旁边的一排人，拿锄头的两人便开始挖起来。

大家看那杉木，原来有一面已经修了树皮，上面用隶书写着："我们将用法国人的头颅，重建我们的门户。"

大家看到了，都说不出话来。冯子材想："这是多么好的边民，如果我们不打败法寇，真的无脸见广西人民！"

苏元春流着眼泪说："你们的愿望一定能实现！"

几个老乡听到说话，抬起头来，认出了苏元春，高兴地说："这不是苏大人吗？前几天，你进攻敌人的时候，我们也拿起锄头上阵，我们三个差点就打死一个法寇。"

看着得意地说着话的老人，冯子材似曾相识，在头脑中快速地回闪见过的人，突然大笑起来："陈克时，原来是你们三个活宝。"

正在起劲挖着土坑的两个老人听到有人叫陈克时的名字，都吃了一惊，抬头一看，突然都大笑起来，有个说："镇南关有救了，冯大帅回来了！"

四个人抱在一起，都很激动。

原来这三个老人一个叫吴戈亮，一个叫阮兆国，加上和苏元春说话的陈克时，都是冯子材的故交。

冯子材第一次领兵入越围剿土匪时，手下给他找来了三人给部队带路，和冯子材结下了情谊，由于冯子材喜欢吃狗肉，这三个老农民便隔三岔五地弄条狗杀了，焖得烂熟请冯子材大块吃肉，冯子材知道他们生活不易，不时从自己的俸银中拿一些接济他们，一来二去，便成了至交。以后，冯子材每次出关，都找他们做向导。

冯子材说："看到你们，我就放心了，走，我们再到前面走走。"

吴戈亮说："我们先把这牌子埋好，首先，在精神上我们要压倒法寇。"

冯子材笑着说："好好好，你们做得很好，先给你们记上一功。"

三人一听说给自己记功，阮兆国问："苏大人，前次我们三个缴了法寇的一支长枪，算不算立功。"

苏元春爽快地说："当然算，打完这仗，就给你们请功！"

陈克时说："我们现在就回家拿枪来。"说完，抬起脚就想走。

冯子材说："三位老哥，现在我们多抢一秒时间，就多一分胜利的把握，我们还有更重要的事要办，走，我们再到前面看看。"

大家正往关前隘走，杨瑞山回来了，而且带来了一个让冯子材喜出望外之人，这人就是蒙大。

真是踏破铁鞋无觅处，得来全不费功夫。

冯子材这次来广西，在龙州走访，很多人向他推荐蒙大，都说此人胆略过人，与法寇打交道多年，越南，广西边关都熟，此人肯出山，和法寇开战就有胜算。

冯子材曾经两次登门请他出山。由于蒙大原来也是农民起义军出身，对四处镇压农民起义军的冯子材恨得咬牙切齿，不管冯子材说了多少好话，他就是不予理睬。

现在杨瑞山也不知用什么办法，居然能请动他。

冯子材握着他的手说："谢谢你肯前来帮忙！"

"国难当头，我们就先保国吧，个人恩怨问题，以后再说。"

蒙大是个六十多岁的健壮男人，两条眉毛又粗又黑，一双大眼射出点点亮光，脸上红光满面，双唇紧紧地抿着，给人一副苦大仇深的样子。

他说了句："大家跟我来！"

撩起长腿，已经跃到了前头。

同是练功之人，冯子材看他的身手，就知道这人内功深厚。一行人再次回到刚才他们看过的关前隘。

此时天已经全黑了下来。月亮在头顶上呈八分圆的样子，安静地鸟瞰着这帮夜行人。

蒙大领着大家登上大青山，借着雪亮的月色，手指西面说："如果从大小青山和西面的凤尾山之间筑一道抵御法寇进攻的工事，把敌人引到这里来决战，我们就有胜算，这个地形像个大鱼张口，法寇孤军入关，插翅难逃，地形对我们很有利，我们把敌人诱进来，鱼嘴一合，发挥人多优势，到时敌人的洋枪就成了烧火棍，至于如何才能把敌人引来，这就要看你们的本事了。"

冯子材、苏元春同时说："太好了，我也正有此意！"

说完大家都笑了。

苏元春礼让说："萃翁，您先说！"

冯子材对这个苏元春十分有好感，苏元春出生于道光二十四年，比嘉庆二十三年出生的冯子材整整小了 26 岁，虽然潘鼎新为了提拔他无情打压和陷害自己，但这小伙子好像没有沾染官场的浊水，他率领的毅新军到广西以来，四处抗击敌人，屡败屡战，越战越勇，全没有一丝沮丧。

他是广西提督，又是清廷下旨的会办，职位比冯子材高，但在大是大非面前，很多时候他对冯子材的意见建议十分尊重。

现在，听苏元春叫他先说，冯子材也不客气，接着蒙大的话说："我们刚才看过这边的地形，我就一直在思考，要在此打一仗，至于如何打，一时还没有考虑清楚，现在蒙大一说，我心里就亮堂起来了。我的意见就是在关前隘预设战场，我们在隘口修筑一道土石高墙，墙外挖掘战壕，使大小青山岭和凤尾山连成整体防线，在此和敌人决一死战。"

苏元春高兴地说：“萃翁，我不敢贪你的功，但我的想法真的和你一模一样，到时我们把所有驻扎在广西的军队集中起来，集中优势兵力，就能歼灭法寇。”

杨瑞山激动地说：“受了这么多鸟气，总算盼来了报仇的机会，今晚我可以好好睡一觉了。”

相华和相荣听着父亲和苏元春谈论排兵布阵之事，不敢怠慢，借着月色，细致地一一画了关前隘周围的地形图。

人最怕没有希望，现在大家看到有机会战胜敌人，便都很兴奋。

冯子材看见大家高兴，想到现在还不是开心的时候，提醒大家说：“这是一场硬仗，胜负难说，大家下山吧，分头回去做好准备，我也要好好想想如何把法寇引出来。”

蒙大正要离开时，冯子材悄悄拉开他站到一旁，对他说：“你对越南情况熟，从现在开始，你帮着我搜集法寇的情报，越多越好，越细致越好，有用没用的都给我一一报告，你多带几个人，保证每天有人回来汇报情报，打仗得有顺风耳，千里眼，你就是我的耳朵和眼目。”

蒙大也不多说，只表态说：“我会尽力而为。”

一行人下山，三个老人也跟着走。

冯子材问他们：“你们不回村跟着我们干什么？”

三个老人扭扭捏捏地说：“我们跟着冯大帅，说不定有事需要我们。”

冯子材听了，也不赶他们走，一行人疾走快走，回到驻地时已经天亮。

冯子材想着修筑长墙，还得靠自己的人马，于时，顾不上休息，便把萃军各营首领全部召集起来开会讨论修筑长墙之事。

冯相荣拿出地形图摆在桌上，指点着地图上的圈圈点点进行解释，留下参加会议的王孝祈看着地图，若有所思地说：“大帅，刚才大家实地察看地形时都认为把大小青山和凤尾山连在一起，我算了一下距离，如果这样，起码得修六里长，现在我们时间很紧，敌人说来就来了，可能还没有修好，敌人就来了，而且费时费力，修好后还得分散人力把守，我的意见是，长墙就从小青山后端开始修到凤尾山前端就行。”

冯相荣说：“我测试过洋枪的威力，如果要挡住法寇的子弹，起码得修八尺厚，我同意王将军的意见，长墙尽量缩短。”

冯子材对部下说：“在回来的路上，我就一直想，怎么才能把敌人引出来，这次法寇攻击桂军，如入无人之境，气焰非常嚣张，根本就不把我们放在眼里，法寇的优势是武器精良，人员训练有素，他们的致命伤是人员少，只有不足 7000 人，现在又分出一支解困宣光的法寇，有点捉襟见肘了。同时远离后方，深入敌阵，补给成为法寇最大的麻烦，这些弱点，我们要充分利用。所以，我们要主动出击，捣乱他们的布局，尽快派人知会宣光的刘大人，让他无论如何要死死牵制敌人，他那边多牵住一个敌人，我们这边就多一分胜算，东西两线联合作战，让敌人顾此失彼。”

说到这里，冯子材咳了一声，严肃地说：“各部首领听令，杨瑞山游击速领先锋营回防扣波、艽葑；后军督带麦凤标用最快的时间组织修长墙，长度三里，刚才相荣说要修八尺厚才能挡住子弹，那就把厚度加到一丈，前后要留下栅栏，方便出入攻击。外围修壕沟，再在东西岭多修散壕。限三天时间修好；萃军和勤军各派两营准备偷袭文渊，打乱敌人的计划，何时行动等待命令；督带冯兆金即刻挑选 300 奋勇（敢死队）严格训练青光刀，作好肉搏准备。其余没有任务的，全部投入修长墙。至于关前隘兵力布置等我向潘抚和苏提督汇报后再行安排，散会。”

三个随行的老人从参会首领的口中得知要修长墙，找到冯子材，自告奋勇，都说，要回去发动村民参加修长墙。冯子材听了，心里想：如果能发动乡民帮忙，在法寇偷袭前，修好长墙应该没有问题。他知道，一旦偷袭文渊，敌人肯定如饿虎扑食一样扑过来。

于是也不客气，对三位老人说：“三位老哥，子材在此感谢你们，现在我要考虑的事太多，也不能陪你们多说话，就麻烦你们回去多多发动群众了。”

三位老人高高兴兴地往回走。

三个老人发动了几百村民帮助修长墙，多的一家就来了四口人，就是最少的，一家也来了一个，军民联合抢修，白天晚上连着干，第一天下来，就修了近两里，到了第二天，差不多修好了三里的长墙。

冯子材知道这道长墙决定着这次战争的生死存亡，一天几次到长墙来回巡视，兵勇和群众看见他亲临长墙，热情高涨，拼命干活。

忙了两天，这天傍晚，冯子材刚从工地回来，就看见蒙大坐在他的帐前吸烟，火光一闪一闪的。

蒙大看见冯子材，捏灭了烟火，站起来说：“法寇运了很多枪支弹药和粮食，不断地往文渊送，又听说有几百法寇赶来增援文渊，法寇最近有大动作，看来文渊方向要加强布防。”

两人说着话，看见杨瑞山和麦凤标的两个手下冯兆珠和刘汝奇牵着一头大象，押着两个法兵回来。

冯子材正感到惊愕。

冯兆珠笑着说：“杨大人叫我们向您报告，扣波有几十个法寇带着几百名教徒在守着，艽葑没看见敌人。”

冯子材问：“这大笨象和两个法寇是怎么回事？”

两人听问，都大笑起来，并说：“前天早上我们按照大人命令赶到了扣波，敌人看见我们，就朝着我们开枪，因为他们人少，我们拼命追打，结果这些番鬼就逃回到文渊，这两个番鬼和大笨象慢了半步就被我们抓了。杨大人叫我们押回来，并向冯大帅汇报。”

冯子材说：“两位赶快吃点饭，抓紧时间回到阵地，扣波和艽葑地位重要，你们回去告诉你们的大人，万事要小心，没有命令，不能乱动。”

冯兆珠听了，得意地说：“大人就是这么说的，所以我们一直守着扣波，不理敌人。”

冯子材听了，内心激动地想，这些将领都是自己一手带出来的，每人的特长自己都一清二楚，杨瑞山忠心耿耿，关键时刻能经受考验。

想过后，对两人说：“回去告诉你们大人，做得很好，继续监视敌人。”

蒙大见自己已经没事，对冯子材说：“那我走了，我想到宣光一趟，见见刘大人，多收集些情报。”

冯子材一听，从贴身上衣口袋里摸出一块晶莹剔透的玉帛，递给蒙大说：“这个麻烦你帮带给刘大人，这个是小儿相焜的聘礼，打完这场仗，班师回钦，我就给小儿和他女儿红红火火地把婚事办了。”

蒙大本来就和刘永福很熟，有一次官军追捕他，一直将他赶到北圻，要不是刘永福保护，他早就成了刀下鬼。

他知道，以前，刘永福对冯子材也是恨之入骨，什么时候两人成了亲家？

他愣愣的，一时之间忘记接冯子材手上的玉帛。

冯子材知道他想什么，解释说：“去年我曾经到兴化找过他商量抗击法寇之事，两人越说心越贴近，我夫人又救了他女儿一命，算是缘分吧，我们便定了亲家。”

蒙大听了，心里暗暗想：冯子材这只老狐狸，什么结亲家，还不是想拉拢刘大人给他打番鬼。算了，也不用管这些事了，国难当头，没时间考虑这些，赶跑敌人才是当务之急。

想过后，接了冯子材的玉帛，小心地装进口袋，对冯子材说了句：“原来如此，我走了。”

一下子，人就不见了。

冯子材综合各方消息，知道敌人最近就要有行动，为了打乱敌人的步骤，他决定二月初五晚上偷袭文渊，把被动挨打转为主动出击，掌握战争主动权。

于是便领着几个亲兵到海村向潘鼎新汇报。

潘鼎新在山洞里接见冯子材，冯子材直奔主题，对潘鼎新说："潘抚，长墙我们已经修好，现在得设法扰乱敌人，我计划在近日偷袭文渊，打乱敌人的布置。"

潘鼎新一听，跳起来说："现在躲敌人还来不及，还要在老虎头上捋须，文渊离龙州不过几里之路，惹怒敌人，一阵大炮打来，我们又不知要死多少人，朝廷已经对我们非常不满，再多败一次，你我就得回家卖红薯了。"

冯子材也不和他吵，只说："我们攻打文渊，只为调动敌人，偷袭文渊不用其他部队参加，就萃军和勤军，赢了，算潘抚的功劳，输了，责任由我来负。"

潘鼎新听了冯子材的话，心里开始盘桓：如果能打个胜仗洗洗晦气也不失为一着好棋，大敌当前，我就死马当活马医，说不定冯子材真能打败法寇。

想过后说："既然萃翁有十分把握和决心，那你就好好准备吧，希望旗开得胜。"

冯子材听到潘鼎新同意自己的意见，深感意外，内心想：潘鼎新虽然讨厌我，但在大是大非面前，他还不失为一个拿得起放得下的男子汉。

潘鼎新同意了作战计划让他兴奋。

他马不停蹄从海村赶回镇南关，连忙召集萃勤两军首领开会。对偷袭文渊进行了布置。

会议决定，由王孝祈部和萃军各抽两个营，约定二鼓时分开始进攻。

驻守在油隘的王德榜得知冯子材要攻打文渊，主动请缨参加战斗。

王德榜祖籍广东省东莞市石排莆心村，父亲到湖南永州做生意，他出生于永州江华县，如果不是因为太平军进军湖南，他将子承父业，在那个民风淳朴的小村庄做点小本生意，谋得温饱一生。

他进入清兵绿营，也是偶然之中的必然。

生逢晚清乱世，又有几人能自由选择自己的命运？当国内烽烟四起，军队孱弱无能，朝廷内外交困之时，只得借助民间武装救国。"乱世出英雄"，王德榜和袍亲哥哥王吉昌选择了担当，变卖了家产，拉起自己的队伍，加盟"湘军"，从湖南一路打到浙江、安徽、江苏……他追随左宗棠两次赴新疆，把俄国人从伊犁赶走，维护了祖国统一，左宗棠称之为"楚军之冠"。

在广西边境岌岌可危之时，王德榜受左宗棠派遣，再次受命于危难，回永州招募兵勇，率 8 营永州子弟驰援广西。

但在广西，由于和潘鼎新军事思想不合，处处挨潘鼎新排挤，打了两战，战死了两千多人，被潘鼎新参了一本，现在很多人都在议论，他可能被撤职。

他不想束手就擒，看见冯子材真心救国，便要求也参加这次行动。

冯子材想拉他一把，把一切力量团结起来，便同意了。

文渊是越南的一个州，离镇南关约十里。四面环山，北面有一条小河，夏天雨水滔滔而下，广西边民要过河，必须撑排子而行，现在正是冬季，由于已经三个多月没下过雨，河床已经板结成干土。

文渊州内只有几十户人家。但战略位置十分重要，法寇夺取文渊后，为了实现长期占有的目的，驻扎了两个排的兵力在文渊，在山的东西北三面修了三座堡垒，堡垒内架起大炮。

敌人恃着洋枪洋炮，不把中国军队放在眼里，虽然中国军人就在自己的眼皮底下，却高枕无忧。

攻击时间定在晚上 11 点。

晚上 9 点，攻击部队已经在我方阵地前埋伏。周围静悄悄的，“蛾眉月”在西边天上慢吞吞下沉。对面灯火通明，不知哪个法军雅兴大发，吹响了萨克斯，欢快的节奏传来，有人忍不住骂了一句：“死到临头了，还吹。等下让你见阎王。”

时间在一分一秒过去，文渊灯火已经全熄，敌人进入了梦乡。

子夜 11 点整，冯子材兵分三路，一路由王德榜率领从西路越过河床攻击，中路冯子材亲自带着亲兵和左右二营冲锋，东面即由勤军王孝祈指挥。

战斗开始不久，立功心切的王德榜就率部摸了敌人西面的堡垒，全部解决了西堡垒的敌人，而冯子材部和王孝祈就没有这么幸运，两个堡垒的敌人听到枪响，提高了警惕，不管不顾地乱开炮，两队人马被乱炮压得抬不起头，不断有人被炮弹击中倒下，王孝祈跨着大马冲锋，跑到半路，大马被炮弹击中，倒地死去，王孝祈爬起来，继续冲锋。

兵勇看见主帅拼命冲锋，个个奋不顾身地猛冲，结果有四五十人冲过了敌人的火力点，顺利靠近堡垒，大家贴身站在堡垒下，王孝祈一挥手，有人蹲了下来，一层层叠成人墙，众人一声呐喊，刀枪并用，冲垮了堡垒内的法寇，法寇不是战死就是投降。这一堡垒又被解决。到上午 6 时，天蒙蒙亮，全体参战部队集结在文渊街头。

此时，敌人的援兵正往这边赶，“乒乒”的枪声响个不停，偷袭目的已经实现，冯子材一声令下，所有人员沿着河床边打边退回中国境内。

这次偷袭得手，极大地鼓舞了上上下下的士气。冯子材主动出击扭转局面的思路初步奏效，他一方面奏报广西抚督，一面向两广总督张之洞为将士请功，同时抓紧做出长墙消灭敌人的方案。

由于偷袭文渊取得胜利，潘鼎新很高兴，看到他报来的作战方案，立马就同意了，并主动提出自己作为预备队随时准备增援。

这次关前隘谋兵布将，冯子材最担心的是潘鼎新反对，现在拦路虎没了，他便放下手脚调动军队。

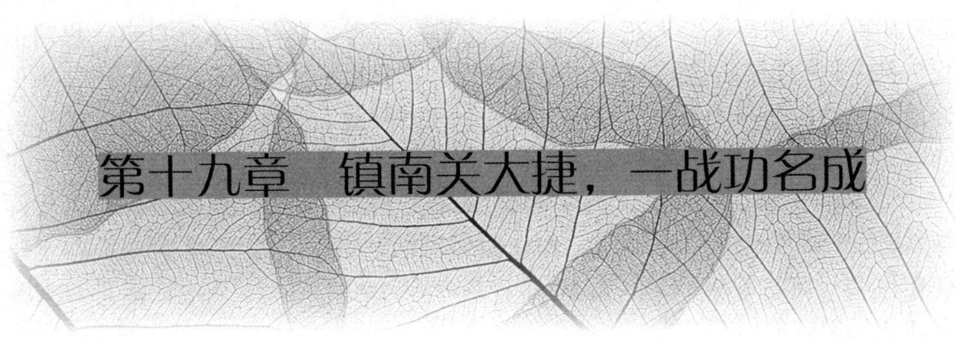

第十九章　镇南关大捷，一战功名成

冯子材稍事休息，就把诸将领到关前隘现场办公。

长墙已经修好，修得很结实，三里长的工事像一道铜墙铁壁横亘在两山之间，长墙每隔一丈就前后有一个栅门，以便进出，前门叫“先锋栅”，后门叫“拦冈栅”。到时守军进入长墙，驻扎在两墙之间，军队一旦待命长墙，即行戒严，出入要通行证。长墙后就是关前隘。

冯子材摸着高七尺、厚一丈多的墙壁，看着外面深达四尺多深的壕堑，环视着周围的山脉，突然抽了一口冷气，如果敌人登上小青山，用火力对付长墙内的军队，清军就会损失惨重，得尽快采取补救措施，只要在小青山五座小峰各修一个堡垒，就可以形成一个完备的山地防御阵地体系，由高山与平地联合组成高低交叉的火力网，如果敌人进攻，高低火力网可以相互支持，对敌人造成威胁。敌人要分出几股力量来分别对付高低工事，兵力就会分散，为我军组织大反攻提供机会。

冯子材快速地思考着，小青山的位置太重要了，得派一员猛将镇守，他决定派梁振基来执行这个重要任务，于是对梁振基说：“你现在立马召集500人，分别到小青山五峰各修一个堡垒，把500人全部布置在五峰上，越快越好，如果在今晚9点前修好，每座堡垒奖500两银子。敌人一旦进来，你只管刀枪全用，将敌人压在关内，不让他们逃跑，你的责任最大，一定要死守。万一被敌人攻占了，就提头来见。”

梁振基领了任务，冲出长墙，飞跑着去安排。

冯子材这时对兵力进行了具体布置，他指着长墙各位置说："我已经近七十岁了，人生七十古来稀，也许这一仗就是我为国家最后一次效力了，我将亲率十营萃军守住中路，担任关前隘主阵地正面防御，相华、相荣你们和我一起守中路，只要有一个人在，中路就要守住；王孝祈总兵，入桂以来，我们生死与共，这次我们也要在一起，你率八营守在我后面，作为第二梯队；总兵王德榜部十营屯关外的油隘，保障左翼安全并威胁敌人后路；杨瑞山、麦凤标率先锋三营和后路两营分别守住扣波、艽葑，保障右翼安全；请提督苏元春所部18营，屯关前隘之后2.5公里的幕府为后队，随时增援长墙；潘抚的人马就继续驻扎在海村，留下作机动，随时听候潘抚的调遣。如下12营全部固守凭祥作机动。这次参战的总兵力70营，共3.5万人，生死一战，让法军的头颅重建我们国家的门户。"

王孝祈听了，内心不能平静，主动请战说："大帅，第一梯队就让我来担当吧，即使我战死，只要有大帅在，我们就可以反败为胜。求你了！"

冯子材板起脸说："军人以服从为天职，各自执行自己的任务吧，什么也不用说了，长墙部队今晚10点前全部到位。"

大家听了，知道再说可能就要军法处置了，便都不敢再作声。

当晚所有人员都各就位，驻守长墙的部队就睡在长墙内。

冯子材分析，敌人被我方偷袭文渊端了堡垒，死伤过半，一定认为是奇耻大辱，他了解尼格里的性格，这人目空一切，又乘着多次胜利的锋芒，一定要报文渊之仇，肯定在盘算着什么时候偷袭扳回面子。因为明天是礼拜天，按照天主教的规矩，这天得做礼拜，不会轻易动枪动炮，敌人要来，不是后天，就是大后天。

冯子材在长墙严阵以待，突然哨兵报告，有人要见冯子材。

冯子材让哨兵带人进来，一看，认出是蒙大。蒙大穿了一件花花绿绿的衣服，肚子塞了一大捆草，装成怀孕妇女来见冯子材。

见了面，他就焦急地说："敌人好像不上当，大批兵力涌向艽葑，得及时派人增援艽葑驻军，迟了，那里的守军就要吃亏了。"

听了蒙大的话，跟在身边的相荣担心地说："难道敌人知道了我们的计划，不往这边来啦？那这长墙就白修了。"

冯子材知道，艽葑、扣波两地都是我方绝不能失守的防地，扣波距离镇南关40里，艽葑100里，若两地落入敌手，我军就被敌截断了后路。

危急当头，冯子材下令："传令兵请速往凭祥传令，调驻守凭祥机动部队三营，两营支持艽葑，一营支持扣波。"

传令兵急急离开后，冯子材看见冯相荣满脸都是问号，便借机给相荣上课："相荣，军人的最基本素质，就是大敌当前要沉住气，不能自己怀疑自己，汉朝有个将军叫李陵，在一次抗击匈奴的战斗中，指挥五千步兵抵御十万匈奴骑兵，在他的沉静指挥下，没有一个士兵后退半步，最后虽然五千士兵大都战死，李陵被活捉，但他展示了军人战死到底的勇气，勇气就是一个军人的最好武器。大敌当前，我们要沉着沉着再沉着，不能自己先乱。"

冯相荣听了，脸红红地低着头。

冯子材知道，自己的几个儿子还得在战斗中多摔打，这次大战，安排相荣、相华守中路，相成进入敢死队，相钊进入亲兵队，就是要让他们在血与火的淬炼中尽快成长成熟。

冯子材留下蒙大在长墙吃了晚饭，得知他还没有和刘永福联系上，有些着急，催他说："辛苦你再跑一趟，无论如何要让刘将军知道这边的战况，让他尽量牵制敌人，这是东路战场能不能取胜的关键。"

蒙大听了，只好又匆匆上路。

冯子材这边调兵遣将，法军东京军区副司令尼格里也在密谋进攻中国。

这个进入越南和中国军队开火以来处处如入无人之境的狂徒，越想越生气，清廷被打得屁滚尿流，死伤过半，在越南已经没了立锥之地，残兵败将逃回中国还要继续抵抗，居然敢偷袭文渊，算他们溜得快，最迟几分钟，增援部队赶到，就让偷袭的清兵全部葬身文渊。

他痛恨所有的中国人，冯子材这个老不死的，这两天都在修什么长墙，真是笑死人，现在是什么年代，还在搞这种落后的防御办法，墙最厚，能抵挡得住法兰西先进的枪炮？

真是可怜的中国人，他们还以为是在汉朝，修长城就可以抵抗外族的进攻。

刘永福也不是个好东西，如果没有刘永福在西线捣乱，天天围攻宣光的部队，他就不可能分出一旅兵力去救援，多一旅的兵力，清兵就算筑最高的墙，就算多派人手，他也能轻易取胜，落后的中国军队居然想用肉身抵抗，那就成全他们，看看是他们的肉体坚硬还是我的武器厉害。

本来，按照法国政府的部署，现在两路对敌，要求尼格里暂时按兵不动，待国内运来增援部队，集中优势兵力，才动手攻打龙州，一举打败还想东山再起的清军，打服中国，让中国同意越南脱离藩属关系。

但尼格里被冯子材偷袭文渊之事激怒，想着手上还有4000兵力，决心以4000兵力扫平中国军队，让高卢雄鸡啄得中国军队满头鲜血，再也不敢骚扰越南。

尼格里认为，国与国之争，就是实力之争，闭关自锁的清廷，已经没落了，也是退出历史舞台的时候了，就让法兰西的军队送清廷一程吧！

上帝第一天创造了天地，第二天创造了水和空气，第三天创造了植物，第四天创造了日月，第五天创造了鱼、鸟等生物，第六天牲畜、昆虫、野兽以及管理这一切的人，第七天就是主休息的日子了，明天正好是礼拜天，是主的日子，就让主好好休息吧，后天进攻，打他个措手不及。

光绪十一年二月初七一早，法军在尼格里的率领下，拉着几十门大炮，马队在前，步兵在后直向长墙扑来。

这天的镇南关，好像已经知晓即将发生血战，漫山遍野都是浓雾，似是花花草草为即将到来的杀伐痛哭流下的泪水。山岭静寂，长墙内外到处弥漫着肃杀之气。

冯子材通过望远镜影影绰绰看见大队人马向着长墙而来，他知道敌人被成功调动，既兴奋又紧张，因为小青山上的五个堡垒天亮才刚刚完工，梁振基已经拼尽了全力，如果敌人先攻击小青山，占领了制高点，整个清军就被动了，他不能侥幸坐等法军不去攻打小青山，他要主动转移敌人的视线。

他悄悄对守在长墙主攻方向的冯兆金授计："冯督带，请你速带 50 名奋勇埋伏到横坡岭，敌人一旦踏上横坡岭，你的人马要且战且退，务必将敌人引来攻打长墙，尽量扰乱敌人。"

冯兆金响亮地回答："听令！"

冯兆金挑选了 50 个身强力壮、胆大心细的奋勇。

出发前，他对相荣和相华两兄弟说："两位兄弟，保护大帅安全的大任就交给两位了，如果我战死，请看在兄弟一场的份上，照顾好我家里的爹娘，我走了。"

冯兆金是冯子材的远房侄子，入营以来，由于他奋勇作战，很得冯子材重用，一直放在身边做亲兵，已经升到了督军位置，他家里有双亲，生死时刻，想着家里的爹娘，心里很难过，临行托付相华和相荣两兄弟。

冯子材听了，斥他说："什么生生死死的，你的 300 名奋勇还要和法军肉搏，你得给我好好回到阵地来。"

冯兆金听了，也不敢多言，大嘴一咧，双手抱拳："大帅，我走了！"

说完跃出长墙，望横坡岭而去。

尼格里的部队越来越近，早上 8 点，已经到达镇南关，但镇南关已经成了一个空关，一个人都找不到。

尼格里派出三个非洲侦察兵作为先头部队去侦察，看清军筑起的长墙哪里好下手。同时下令："就地休息，等大雾散尽开始进攻。"

这些法国兵便散开坐的坐，站的站，三三两两说着话，讨论大概几点可以结束战斗，回到营房洗澡饱吃一餐。

这些法兵根本没有想过，这是他们的末日，如果知道面临是死路，可能早就跑光了。

三个侦察兵接了任务，跨着高头大马，大摇大摆地向着横坡岭走来。

太阳从东山探头探脑地升起来，把浓雾驱赶着向四周散开，山的轮廓已经露出了真面目，长墙在尼格里的望远镜下像一条得道的蛟龙，蛰伏在东西岭之间。

这个长墙，昨天他就来亲自侦察过，由于怕被清军发现，他不敢走太近，只看到一条逶迤的长索横卧在两山之间，现在靠近了，终于看清了，他真弄不懂中国人为什么如此愚蠢，一堆破土石就想阻挡枪炮，真是太可笑了，他看清了长墙，更加蔑视中国军队。

他的望远镜左看看右看看，突然看见了东岭小青山的五个堡垒，这一惊非同小可。

他想：如果不把山上的五个堡垒拿下，只要我军开始冲锋，山上的五个堡垒就会封锁死我军的进攻路线。

他做出决定，第一轮就攻打东岭小青山上的五个堡垒。拿下堡垒后，腾出人手用大炮和机枪同时进攻长墙和西岭，到时东岭已经控制在自己手中，居高临下支持，就可以打垮清兵。

想过后，便开始布置进攻。

而那三个骑兵此时已经进了冯兆金的埋伏地盘。

冯兆金领了任务，一声令下带着50名奋勇奔跑起来，在敌人哨兵来到前已经进入阵地。

横坡岭，冯兆金并不陌生，都说强将手下无弱兵，他跟随冯子材多年，经过浴血锻炼，对阵地战、攻击战早就烂熟于胸。

冯子材常对身边的人说起打仗地形的重要，什么"夫地形者，兵之助也，知远近，则能为迂直之计；知险易，则能审步骑之利云云。"

他知道横坡岭对这次战斗的重要，当冯子材在长墙现场办公后，他就悄悄到横坡岭进行了全面侦察，冯子材临危受命，叫他带队做诱饵，他要完成任务，又要把人安全带回长墙，因为长墙内他的奋勇还要等主帅回去指挥。

为此，他对全体奋勇说："我们这次的任务就是把敌人引向长墙，我们要利用这里山势起伏连绵的特点，保护好自己，逃奔时尽量往树林里钻，躲在树林里移动，敌人的枪炮优势就大大减弱了。现在每个人找好自己的隐蔽位置，敌人经过谁的伏击点，谁出手，快准狠，用青光刀结束敌人，大家现在散开，隐蔽！”

这 50 名奋勇，是冯兆金精挑细选的敢死队，是专门啃硬骨头的小分队。

这些人个个身经百战，临战经验丰富，冯兆金知道他们都会保护好自己，但大敌当前，他要安全地将敌人引向长墙，更要将全体人员安全带回长墙内，不得不多说几句。

尼格里派出的三个侦察兵，都是非洲兵，这些非洲兵体能好，跑得快，不怕死，每次进攻，都是用这些替死鬼开路。

这三个侦察兵排成战斗队形，成品字相互拱卫向横坡岭冲来，马蹄声声，身后溅起一溜的黄烟。

他们跑跑停停，咕噜着不知说些什么。

埋伏在树林里的冯兆金部岿然不动，在等待时机。

近了，更近了，一个骑兵进了冯相成埋伏的位置，冯相成跃出埋伏点，双腿上提，两手一举，已经跃上了敌人的马背，敌人还来不及反应，青光刀一闪，非州兵的头颅已经血淋淋地滚到地上。马受了惊，长啸一声，惊恐地到处乱窜。

这一变故吓坏了另外两个，他们正在惊愕，又有两人跃出埋伏点，挥舞着青光刀砍马脚。

一阵乱砍后，马受惊，拼命飞奔，马背上的非州兵被摔了下来，拼了命往后跑。

哨头张诚，看见另一个非洲兵奔跑，举枪瞄准，敌人应声倒地。

这声枪响惊醒了寂静的山庄，宣告了镇南关战斗正式打响。

拿着望远镜监督东岭的尼格里，一听枪响，向手下命令：“法利指挥一四三团攻取横坡岭，得手后迅速组织兵力攻占小青山堡垒，一一一团从大路直接进攻，迅速建立一个火力可以覆盖长墙的炮兵阵地，用开花炮轰炸长墙，正面进攻长墙清兵。”

接到命令后，法军的炮火像雨点一样向着冯兆金的横坡岭倾下，树木被炮火卷起抛在半空又重重地摔下，到处是炮弹掀起的大坑。敌人的炮弹由于是毫无目标地乱放，没有伤着潜伏的清兵，待敌人换炮，冯兆金率领众人向长墙退却，敌人看见清兵，兴奋得哗哗叫着，尾追而来。

冯兆金的 50 名奋勇边打边退，安全地回到长墙主阵地。

在尼格里的指挥下，法军开始进攻小青山堡垒。

小青山的五个堡垒刚刚修好敌人就来了，冯子材一直担心敌人进攻小青山，现在眼看担心成了事实，他为守在小青山上的梁振基捏一把汗，他虽然下了死命要梁振基守住小青山堡垒，但敌人炮火威力太大，肉体又怎么抵挡得住敌人的炮弹？他心急如焚。

小青山堡垒从山下向上，分别是第一峰，第二峰，第三峰，第四峰，第五峰，一个比一个高，敌人要攻占小青山，第一个目标就是第一峰堡垒。守卫第一峰堡垒的是黄万程。

现在他手下有两百多人，武器是100支烂土枪，还有100把青光刀，原来说好保证每人配一把青光刀，但押运武器的人还在路上，法军已经开始进攻，远水救不了近渴，他只能充分利用好这些武器了。

所谓的堡垒，其实就是一些黄土堆起来的土墩子，里面挖了壕沟，兵勇就躲在壕沟内。

早上9时，敌人开炮了，第一炮没打中，大家正在庆幸，第二炮，第三炮接连而至，炮弹一次次将土墩上的黄土掀开，壕沟已经成了平地。

清兵已经裸露在敌人的炮火面前。

黄万程把拿枪的兵勇集中在山上，“乒乒乓乓”地放了一阵枪，但子弹的射程只有几十步，连法军的影子都够不着。

这样的武器，叫他们如何抵抗？此时敌人开始摸上了第一峰，黄万程大喊一声：“手上有青光刀的，都站起来，我们和敌人拼了。”

黄万程说完，自己先跃下山，后面的兵勇跟着主帅一阵乱砍，敌人想不到这帮清兵居然不怕死，用肉身来拼枪炮，他们害怕了，战战兢兢地向山下跑。

第二轮的炮火更猛烈，压得清兵根本抬不起头来。

黄万程知道为国捐躯的时候到了，对所有手下说：“大家快后撤，撤到第二峰，我来掩护大家。”

说完，把上身衣服全脱光，手上拿着青光刀，潜伏在地上，敌人看见没有什么动静，以为清军都被打死了，又向第一峰扑来，黄万程大喊一声：“番鬼佬，我要和你们同归于尽。”

说完，挥舞着青光刀冲向法军，被敌人一枪打中左脚，当即跪在地上，后面的人看见，连忙架起他，向着第二峰退来。

第一峰就这样被法军夺了。

攻打第二峰，法军又如法炮制，先是集中炮火轰击堡垒，把堡垒轰平，在大炮的掩护下，敌人持着枪向堡垒靠近，第二峰也失守了，又退回第三峰。

敌人夺下第二峰后，梁振基已经做好了以死报国的准备，他把第一峰、第二峰退回来的兵勇集中起来，又从第四峰，第五峰调出一部分兵力，决心战死到底，他说："冯大帅把重任交给我们，就是要让我们守好这五个山峰，现在第一峰，第二峰都失守了，我们要以第三峰共存亡，敌人要踏上第三峰，除非踏过我们的尸体，大帅有令，杀一法军者奖100两白银，为国立功的时候到了，大家不要惊慌，听我号令，杀死一个就够本了，杀死两个有赚，人生自古谁无死，大家都拼了！"

大家听了，连声高喊："杀死一个够本，杀死两个有赚！"

士气一下子提振起来。

敌人从中午11点一直攻打到下午5点，把第三峰削为平地，但在梁振基镇定指挥下，法军就是不得前进半步。

冯子材了解情况后，派出亲兵到第三峰嘉奖了全体兵勇，同时派人请求苏元春增援。

敌人的炮火更猛了，他们知道，如果在天黑前攻不下第三峰，就等于前功尽弃。

炮火过后，敌人的冲锋号响了，法军开始冲锋，他们十人排成一队，踏着鹅步向前冲，前排猛打一阵，后排又接着开枪，打打冲冲，越来越近，梁振基振臂一呼："冲呵，杀番鬼的时候到了，杀死一个奖励100两白银！"

说完，挥着青光刀带头冲入敌阵。

这个时候，真正是你死我活的搏斗，如要活命，就得杀死敌人。

清兵潮水般涌向敌人，扔先锋煲，用青光刀猛砍，有人甚至用牙咬，手上有什么武器就用什么，什么都没有的就抱着敌人滚下山。

山上的花草一棵棵染满了鲜血，山风吹过，到处都是血腥味。鸟儿在天空盘桓悲鸣，它们已经找不到回家的路。

激烈搏斗还在持续，在这生死瞬间，勤军王孝祈奉冯子材之命领着增援部队从下往上攻击法军，法军想不到有人在背后开枪，调回头来攻打王孝祈的小分队，第三峰上的梁振基部得到片刻喘息的机会。

突然陈嘉、蒋宗汉带着部下赶来了，正在苦战的萃军看到湘军赶来增援，勤军又从下面向上攻击，精神大振，大家纷纷跳出壕沟，从三个方向夹攻敌人。

漫山遍野都是喊杀声，法军想不到一下子从地上冒出如此多的清军，愣神间，被清兵冲散了队伍。清军人多势众，青光刀又方便近身战斗，洋枪一下了失去了威力，被清兵像赶鸭子一样驱赶下山。

长墙虽然不是法军主攻方向，但战斗也打得难解难分。敌人的枪炮一直压着长墙打，墙内的清兵头只要露出来，就被法军开枪乱打，大家贴在墙后，敌人开枪就蹲下，敌人枪声一停就又开枪还击。

冯子材来回督战，炮弹不时落在他的脚边，但总是不爆炸，有如神助。

冯子材判断敌人一旦拿下第三峰，就会居高临下用火力全面封锁长墙，当即飞令召回扣波的杨瑞山三营和艽葑麦凤标的两营。

冯子材对当天的战斗有详尽记述："该匪立分三路来犯我军，帮办饬令各营及王勤军一面出队分击，一面飞调扣波萃前后两军，又知会署广西提督苏元春，统领楚军王藩司各队，或自后接应，或在前包抄，或从旁截剿。萃、勤各营齐出长墙，分投迎战，枪炮环施，毙匪数百，我军俱有伤亡。"

这一天，敌人虽然攻占了三个堡垒，但敌人也遭到了致命打击，天越来越黑，法军对地形不熟，不敢在夜间开战；清军一天没有吃喝过，此时又饥又渴，也要休整。

寂静的战场上布谷鸟又开始歌唱，"布谷、布谷"的声音在山谷中久久回荡。

清军摸黑吃完饭，各就各位，抱着刀枪，坐在长墙里休息。

而法军却精神抖擞，他们认为自己已经取得了初步胜利，攻占了清军的三座堡垒，明天只要再加把劲，就能攻下余下的堡垒，堡垒拿下，长墙就会成为瓮中之鳖，就可以轻松收拾清军。

为了第二天的有效进攻，尼格里连夜从文渊、谅山运枪支、弹药、粮食，调派增援部队，作为第二天总攻之用。

接着，他对明天的战斗进行布置："一座座山头争夺，费时间，损失大，明天我们直攻大青山，攻下大青山，小青山就失去抵抗能力，一三四团夺取大青山，其他人员集中攻打长墙，务必在天黑前拿下长墙，到凭祥吃晚饭。"

这一晚，冯子材在长墙过夜，带队赶来增援的苏元春经历了白天一仗，对冯子材的勇气和智慧深感佩服。

三更时分，苏元春到长墙看望冯子材。

这苏元春原是广西永安州人，因父亲被太平军打死为报仇投入湘军，以功名提拔为记名提督，潘鼎新到广西任职时，他带着手下 2400 人跟随潘鼎新来广西，得到潘鼎新赏识，被提名担任实职的广西提督。

苏元春看见冯子材还在检查长墙工事，心里想："这样一个年近 70 岁的老人，还坚守在阵地上，自己还有什么理由不竭尽全力。"

他由衷地说："萃翁，你的沉静指挥是整个军队稳定的基石，今天虽然打得很苦，但大家都很勇敢，守卫东岭的战士个个都是英雄，结束战斗后要给他们一一请功。”

冯子材老实地说：“东岭如果没有你们及时赶来增援，早就全部被敌人拿下了，打仗，就是要同心合力，不分你我。只要团结一心，就没有战胜不了的敌人。”

“萃翁说得极是，明天又是一场恶仗，湘军誓与萃翁同进退，一切听任萃翁调遣。”

冯子材说：“对明天的战斗苏提督有什么想法。”

“萃翁不用客气，有什么您就直说好了。”

“为了明天的胜利，那我就倚老卖老了。明天我想把原来王孝祈的勤军第二梯队调到第一梯队，而苏提督驻扎在幕府的湘军埋伏在距长墙一里处做第二梯队，随时增援长墙。第三峰再坚守下去，就会死很多人，我已经命令梁振基主动放弃第三峰。请继续调陈嘉和蒋宗汉两位将军支持东岭的梁振基，梁振基今天伤亡大，人员得及时补足，现在我手上已经没有机动部队。”

苏元春听了，满口应承，连连说：“一切听从萃翁安排。”

他已经得到快报，潘抚马上就要撤职，他马上要荣升督办了，打赢这次战争，也是他向清廷交出的第一张答卷。

冯子材说：“敌人离开驻地，补给肯定短缺，要把补给队打垮，把物资全部抢光！”

“好，这个想法好，我马上派人去！”

冯子材说：“我已经派王德榜率队去了，让他有机会立功。他到广西后，屡战屡败，朝廷意见很大，得给他机会。”

苏元春听了，心里想：怪不得跟他的人都死心塌地，他真是心细如丝，关心到每一个人，按理，王德榜又不是他萃军的人，他没有义务要帮王德榜，但他却给了机会给王德榜。从这件事上，苏元春又学到一招带兵打仗的制胜利器。

“潘抚叫我转告你，有什么需要，尽管提出，他会尽量满足，一切为了胜利。”

冯子材听了，内心很激动。

潘鼎新从开始极力反对自己，到现在大力支持，这是他最欣慰的。能把反对自己的对手变成盟友，有什么比这更值得欣慰。

他开心地说：“转告潘抚，萃军将与阵地共存亡，绝对不会有人后退半步！”

两人又说了一些明天协同作战的事，苏元春才离开。

早上 6 点，守在长墙的清兵早早吃完早餐，拿着武器严防敌人进攻。

还不到 8 点，尼格里指挥法军在炮火掩护下，分三路再次发起攻击，沿东岭、西岭和中路谷地进攻关前隘阵地。冯子材传令各部将领："有退者，无论何将遇何军，皆诛之"。同时阵前悬赏："获法军首级一颗，赏银一百两；一画[1]法酋首级一颗赏银百五十两，二画赏银二百两；三画赏三百两；四画六百两，五画一千两；按级升官。"

有些兵勇虽然在法军的炮火轰击下吓得战战兢兢，但想到退缩立即人头落地，拼死一搏还有一线生机，如果能够杀个五画法军，马上就升官发财了。也就早把生死看轻了。

大家紧紧抱着武器，只等长官一声令下，就冲出去拼个你死我活。

尼格里虽然狂妄，但毕竟是科班出身，对敌作战，有着丰富的经验，知道制高点对战争胜负的重要，他对指挥攻打大青山的明非说："无论付出多少代价，都要拿下大青山，拿下大青山，长墙就没了屏障，我们的火力优势才得以发挥。"

于是，明非督促着法军，在浓雾的遮掩下，偷偷摸摸移动到山脚，架好了开花大炮，明非一声令下："攻击"！开花炮像雨点一样散在大青山上。他们继续采取昨天攻打小青山的办法，先炮火猛打一阵，打得清军抬不起头，然后在炮火的掩护下，有恃无恐地占领阵地。

法军的算盘打错了。

这次守卫大青山的陈嘉和蒋宗汉都是身经百战的老将，两人临战经验丰富。

陈嘉是镇毅军首领，曾多次在越南北圻、谅山和法军交手，并且在北圻之战中打败过法军；蒋宗汉是广武军首领，也在越南多次和法军交手。

陈嘉部、蒋宗汉部在东岭与法军展开了激烈争夺战，在双方胶着的时候，陈嘉赤膊冲入敌阵，七上七下，杀敌如切韭菜，几刀一个，四次负伤不下火线，全身成了血人。法军看见一个血人飞快跑来跑去，挥刀乱砍。

讲阵法正规军校毕业的法兵哪里见过这样的打法，吓得双脚都迈不动步了。

勤军督带潘瀛看见大青山情况危急，请求带兵攻打敌人，并请求重赏。

(1) 画，法军军衔。以画分级别，画越多，军衔越高。

冯子材当即许诺重赏，夺得法军大炮一门者，赏白银一万两。

潘瀛便从长墙率 100 人赶来增援，他杀得性起，脱光衣服，双手各执一刀，首先冲入敌阵，连掷先锋煲，火烟冲天，青光刀与枪并举，夺回了敌人占领的第一峰和第二峰，一时士气大振，呐喊声在大山中久久回荡。

梁振基为报昨天之仇，也领着手下从第四峰杀下来，四路人马拼了命乱杀，敌人吓得屁滚尿流撤下山。

指挥攻打长墙的尼格里看见清兵从大青山如潮水般涌下山来，明非的人马狼狈潜逃，立即命令攻打长墙的大炮对准大青山狂轰滥炸，将山上往下冲的陈嘉、蒋宗汉、梁振基几路人马全部拦在半山腰，清军死伤惨重。

这时，王孝祈击退了沿西岭进攻之敌，由西岭包抄，指挥攻打大青山的尼格里，想分散尼格里的火力，减轻大青山的伤亡。

冯兆金看到大青山这样被动挨打，窝了一肚子气，冲到冯子材面前说："我请求带着手下 300 名奋勇杀出去，围魏救赵，支援大青山上的弟兄。"

冯兆金这 300 名敢死队，是冯子材战胜法军的秘密武器，专门等敌人进入长墙就冲出去和敌人肉搏。现在冯兆金却要抛头露面引诱敌人，万一都被敌人打死，那怎么办？

冯兆金看见冯子材犹豫，连忙说："昨天早上我们不是都安全回来了吗？我向您保证，我们都会平安回来！"

冯子材现在也很焦急，这尼格里确实有些军事才能，他就在长墙外放炮，利用自己的优势兵力想击溃清军的意志，如果王德榜不能有效截断敌人的运输线，炮弹源源不断运到阵地，长墙就危险了。必须速战速决，清军才有取胜希望。

想过后，冯子材伸出双手抱了抱冯兆金，郑重地说："好，想尽办法把敌人的注意力引到长墙来，大青山一旦失守，兵勇信心就会崩溃，后果不堪设想，多保重，战后我一定为你请功！"

冯兆金接令，带着 300 名敢死队，打开"后冈栅"，借着长墙掩护，再次摸到横坡岭。

此时的横坡岭已经和昨天的横坡岭完全换了个样，法军在横坡岭布满了密密麻麻的攻击网，一门门大炮对着大青山，不停地开炮，炮火连天，日月无光，整个横坡岭都笼罩在浓烟中。

冯兆金带着 300 名敢死队，侧迂到敌人右侧，出其不意地向敌人开枪，敌人发现背后受敌，持枪的法军便向着枪响的地方乱射，而炮兵依然毫不放松向着大青山半腰的清军开炮。

冯兆金跃出树林，冲到敌人前面，法军朝着冯兆金一阵“乒乒乓乓”开枪，没有打中冯兆金。

冯兆金回头开了两枪，又往前跑。

后面的敢死队见主将冲在前面，也就学着冯兆金的样子冲到敌人前面，边打边跑，被法军一阵乱打，倒下了几个。

冯兆金跑着打着，突然看见第四峰有人朝着山下不停地摇着旗，冯兆金明白，杨瑞山、麦凤标的人马到了。

于是，他向着敌人猛开了一阵枪，敢死队假装败退，敌人用田鸡炮轰冯兆金的人马。

冯兆金带着敢死队顽强地打打退退，王孝祈部又在西岭居高临下向横坡岭的敌人开枪开炮。尼格里只好命令炮兵又将炮口对准冯兆金和王孝祈的人马，于是，大青山的清军争取到宝贵的片刻时间，全部安全地撤回到山上。

尼格里打了一阵，看见援军和供给物资还没有到达，十分心急，他担心运送弹药的法军被清军埋伏，如果弹药和援兵不能及时赶来，持续时间一长，法军的优势就会变成劣势，他得以最快的时间攻下长墙。

想过后，他也不管大青山的部队是死是活，便重新组织火力对长墙进行新一轮的轰炸，于是在开花炮的掩护下，敌人像疯狗一样向着长墙进攻，长墙已经打开了一个缺口，冯相华指挥兵勇抢修，刚刚堵上，一发炮弹打来，又打开了另一个缺口，长墙内浓烟滚滚，咳嗽声此起彼伏，脚下是滚烫的土地，地堡像个烘炉，兵勇们把衣服全脱光了，身上只留着一条大裤衩。

敌人越来越近，气势汹汹。冯子材抓住战机，突然大喊一声：“弟兄们，为国立功的时候到了，跟我来，杀光法军！”林绳武主笔的《冯子材传》对这一场面有精准的描写：“子材乃帕首短衣草履，操倭刀一柄，亲率大刀队，大呼一跃出墙外，其子相荣、相华随之跃出，各军将士莫不感奋，齐开栅门涌出，肉搏冲敌，纵横决荡。关外游勇、客民数千见子材帅旗入阵，皆来助战，伺便随处阻击。”

冯子材喊完，打开“先锋栅”，手执倭刀，第一个冲出“先锋栅”，跃出长墙，飞舞着倭刀向法军砍去。冯相华、冯相荣看见冯子材冲出了“先锋栅”，两人怕冯子材有闪失，各拿了一把青光刀也杀入了敌阵。

正在指挥进攻的尼格里看见一个老人穿着短衫短裤跳出长墙，感觉很好笑，心想，清军真是无人了，让一个老家伙冲头阵。

可是眨眼之间，他吓得脸都白了，这老人一跳出，清军的“先锋栅”全部打开，喊杀声淹没了枪炮声，清军从长墙，从山上，从地下，从左右，前后全都冲向了法军，冲在前面的法军在青光刀的连番进攻下，已经成了刀下鬼。

一时间，山动地摇。第二梯队，第三梯队的人不停地赶来，人越来越多。

突然潘鼎新的帅字大旗在前，大队人马向着长墙涌来。清军看着帅字旗，欢声雷动，好像过什么盛宴一样狂欢，十几个人，几十个人围着一个法军，用刀劈，用矛戳，法军转眼成了肉酱。

侵入越南以来，尼格里经历战争无数，从来不知道什么叫恐惧，现在看着杀红眼的清兵，看着不断涌现出长墙的敌人，他开始两腿发抖，身边的法军已经没有几个，再不逃跑，自己命就保不住，他推开一个正想跨上战马逃跑的法军，恐惧地跨上战马，拼命抽了几鞭马屁股，望着文渊狂奔。

镇南关一战，“总计是役，杀毙法官法兵一千六七百名，生擒一百余名，伤者约三千余名。生供首级，均解赴潘帅大营委员验收。至我军阵亡、被伤各百余名而已。”[1]并夺获枪炮、物资数不胜数。

对此役，张之洞在《光禄大夫建威将军太子少保冯萃军门七秩寿序》叙述：“公靴刀自誓，芒履先登；冒如星如电之弹丸，鸣疑鬼疑神之鼓足鼓角。始则催其坚阵，巨炮开花；继乃发以短兵，杀人如果。”

冯子材知道战机稍纵即逝，必须乘胜追击。

晚上，他来不及吃饭，就在被打得坑坑洼洼的长墙主持了军事会议。

冯子材看看各军首领到齐，开口说：“兵书上都说，一鼓作气，再而衰，三而竭，这两天，为了对付法军，大家都很累，但是敌人比我们更累，现在敌人逃回文渊，如惊弓之鸟。我们要趁敌人站立未稳，打他个措手不及，如果歇下来，让敌人喘息过来，重新组织兵力，加强防守，我们要交手，难度就会增大很多，我的意见是乘胜追击，明天一早就攻打文渊。”

冯子材说完，王孝祈首先表态：“我听大帅的，大帅指向哪里就打向哪里！”

冯子材这一仗谋划得当，清军的窝囊气都出了，大家不得不折服冯子材的军事天才。

听了王孝祈表态，各路首领便纷纷表态由冯子材统一调度。

冯子材也不客气，便说：“既然大家同意进攻，那我就分配一下任务，如果感觉不恰当，大家再讨论。计划安排如下，我亲率萃、勤两军明天一早开始攻击文渊；苏提督率领毅新军、镇南军、广武军，潘抚亲兵进驻长墙和东西

（1）都启模所著《冯宫保事绩纪实》中的原文。

二岭，任务是阻击敌人偷袭，如果东西二岭无战事，除了留下小分队继续监视外，大部队赶赴文渊会师一起进攻；楚军王德榜部今晚从油隘出发，明天早上务必赶到驱驴埋伏起来，等待进攻谅山命令。”

大家听了冯子材的部署，没有人提出反对意见，当晚便分头做着明天攻打文渊的准备。

晚上，冯子材交代后勤说：“杀几头猪让大家吃好，养足精神，明天攻打文渊。”

兵勇们劳累了一天，十分的疲倦，战事暂停后，都抱着手中的刀枪坐在长墙后休息，现在听说明天又要开打，而且又有猪肉吃，便都振奋起来。

一晚无话，初十早上 6 点，“先锋栅”全部打开，整装待发的萃勤二军精神饱满地列队出发。先是杨瑞山的先锋营举着萃字旗雄赳赳地走出长墙，接着是勤军的旗兵，然后是各营兵勇有序地一队跟着一队走出了长墙，直扑文渊。

文渊是法军攻打中国门户的桥头堡，离广西镇南关只有十里，是法军进攻中国的军需供应站。现在残敌退回文渊，弹药充足，还有一定的战斗力。

冯子材不敢轻敌，由先锋营杨瑞山开路，保持着战斗队形向着文渊方向急行，刚穿过中国边境，迎面走来了一队巡逻兵。原来尼格里昨天逃回文渊后，便加紧了防御，除了连夜派部队抢修好二月初五晚被清军攻破的堡垒，就是加强了巡逻，这一队巡逻兵正是奉了尼格里的命令，在边界巡逻监视。看见中国的军队，一个穿红衣服的法军“叽叽喳喳”大喊几声，对着杨瑞山的先锋营就开枪，杨瑞山的部下一阵猛打，红衣法军倒在地上，其他法军便不顾命地往文渊州跑。

杨瑞山带领先锋营一路追赶，到达文渊州，法军已是人去屋空。

冯子材正在赶着路，路边突然杀出一人拦住了冯子材的去路，冯子材一惊，马嘶了一声，腾空而起，差点就把冯子材掀下马背，亲兵一拥而上，制服了来人。

冯子材低头一看，笑出了声，连忙说：“放开他，放开他，1000 人的兵马都比不上他。”

亲兵听了，这才放开了来人。

冯子材跳下战马，对来人说：“蒙大，是不是又有重要情报？”

蒙大连忙说：“要不是重要情报，我能拦你的马头？你的亲兵太不够义气，差点就杀了我。”

冯子材连忙道歉：“对不起，对不起，战争时期，他们也是尽职责。说吧，有什么重要情报！”

蒙大兴奋地说："刘将军得知大帅正面对抗敌人，二月初七日组织滇军和越南人民在临洮对法军进攻，杀真法和越南兵2000人，接着乘胜前进，接连收复广威府、不拔县等十州；初八日夜，又偷袭宣光敌人，虽然没有造成敌人大损失，但也让敌人神经紧张。现在文渊的敌人都往谅山撤了，就是刘将军攻打临洮让敌人害怕了。他叫我告诉你，抗法不分家，有什么事，一定支持！"

冯子材听了，开心地说："刘将军是条真汉子，这个忙，他帮得太好了，没有他在西线的支持，我这东线就麻烦了。请代我多谢刘将军！"

大家听到刘永福在西线大败敌人，又得知文渊的敌人已经撤退，便放心地向文渊前进。

留守的小股法军已经被先锋营收拾，冯子材不放一枪就收回了文渊。

大家安营扎寨下来，庆祝了一番，决定明天进攻谅山。

但到晚上，便开始下雨，先是不紧不慢地下着，到了下半晚，越下越大，街上都浸满了水。

听着雨声风声，冯子材心情很不好，不由得想：莫非老天爷故意为难我们，为什么偏偏在这时下雨，如果错过杀敌机会，敌人撤回到谅山，加强工事后，要攻下，又不知要死多少人。

天亮，雨还没停。

苏元春的大部队却来了，他知道敌人已经退回谅山，一时三刻之间，敌人不可能有能力组织进攻长墙，便放心地把大部队拉到文渊与冯子材的队伍会合，准备攻打谅山。

冯子材现在担心提前到达驱驴的王德榜部势单力薄，一旦被法军发现，后果不堪设想。

雨接着又下了一天。冯子材再也没法等了，便不管道路泥泞，决定部队开拔。

谅山，位于越南北部，北距中越边境18公里，南距越南首都河内130公里。谅山以北，是层峦起伏、丛林密布的越北山地，谅山北面有一条美丽的河流，叫作奇穷河。奇穷河蜿蜒穿过谅山中间，把谅山分隔成两半，向下流入广西龙州县的左江，因而越南中国山连山，江连江。

由于两国当时是宗藩关系，也没有明确的划分国界，住在谅山的又大都是中国移民，语言相通，习俗相近，文化相同，就像一家人一样。

在奇穷河的北面，有个小圩镇，叫驱驴圩，站在驱驴圩，谅山尽收眼底。这个地方，自从法军入侵越南后，就成了中法两国相争的要冲。现在冯子材率领的大队人马就奔着驱驴圩而来。

尼格里节节败退回谅山后，还想着东山再起，于是，便加紧了对驱驴圩的把守。

冯子材的大队人马走到离驱驴圩还差一截路，就听到炮火声声，喊杀声不断。

冯子材判断是先头到达的王德榜部可能遇到了敌人，因此，发出命令，催着大队人马向驱驴赶来。

原来王德榜部从油隘赶到驱驴外围待了两天，不见冯子材的大部队到来，便派出侦察兵摸入驱驴圩了解敌情，结果发现驱驴圩内敌人并不多，他心里想，要是能先扫清外围，冯子材统率的大军到达即发起总攻谅山，就可以节省了时间。

于是这天早上趁着大雾，开始攻打驱驴圩，一下子就给端了两个碉堡。大家正在庆祝胜利，突然大闸门一关，王德榜的人马成了瓮中之鳖，进，进不了，退，无路可退，此时法军组织火力疯狂扫射，他们压在城墙下束手无策，形势越来越危急。

也就是这个时候，冯子材大部队赶到。

冯子材对这一带地形非常熟，以前几次进越南“围剿”农民军，都是走这条路，他快速地想着如何渡江救人。

冯子材叫来杨瑞山，如此这般交代一番，又叫来冯兆金安排一番。

这一天，枪声一直不停，持续打了一晚，终于救出了王德榜部。

第二天，冯子材直取谅山，尼格里进行了顽强的抵抗，所有法军都出动了，冯子材采取分路包围再攻击的办法和法军开战，这一战，从早上 8 点一直打到下午 5 点，双方都有死伤。但驱驴一直没有攻下。

冯子材看到这样和法军正面对抗，我方很难取胜，于是，他即时做了调整，兵分两路，一路仍明攻驱驴，而由杨瑞山带先锋营通过蒙大发动当地渔民撑船把杨瑞山先锋营偷偷运过河。在奇穷河南岸，尼格里看到自己部队情况危急，亲自从谅山打开栅栏站到前线指挥，结果被廖南生一枪打中，被亲兵救了回去。

杨瑞山的人马过了河后，埋伏在谅山城外，五更天开始攻打谅山城，一直打到 13 日早上 7 时。此时的谅山法军，尼格里受伤危在旦夕，刚被任命为指挥官的明非经历了两场大战，没日没夜做噩梦，开眼闭眼都是潮水般的清军向自己袭来，又看见主帅被打伤，想着河对岸的几万名清兵，吓都吓死了，还抵什么抗！他在尼格里昏迷不醒时，切断了所有对外联络电话，把尼格里放到担架上，抬着尼格里就向着北宁方向逃跑，过了奇穷河，怕清兵追来，顾不了越南兵，就把奇穷河桥斩断了。带不走的器械物资全扔到奇穷河里。

中国军队三战三捷，获得了镇南关大捷，收复文渊，攻陷谅山的完胜。

中国军队在 14 日攀爬上了城墙，杨瑞山先锋营劈开城门，攻克谅山。得知法军已经逃跑，又分两路追杀，梁有才和冯兆珠一直追到长庆府，法军不敌又弃城而逃，陈嘉追敌一直到谷松，经过激战，又夺下一城。各路大军乘胜追打连下屯梅、观音桥、船头、朗甲。喜信传来，举国欢呼！

镇南关大捷与谅山大捷，终于以中国军队完胜写入世界战争史，成为近代中国百年痛史中的一抹亮色，成为冯子材人生最有风骨的完美篇章。

光绪十一年二月十四日，法军司令波里放弃谅山的消息传到法国本土，法国总理茹费理内阁以 306 对 149 的票否决了茹费理的“增拨军费案有先议权”提案。茹费理引咎辞职。

侵略成性的法国总理茹费理被钉上了历史的耻辱柱上，成为中国人民不可战胜的最好注脚。

第二十章　督办北部湾，抗日再奋起

镇南关大捷后，冯子材一路乘势穷追猛打，如入无人之境，已经攻破了文渊、驱驴、谅山、长庆、观音桥。电告张之洞在谋划攻打北宁，张之洞同意，正当两人正筹谋攻占北宁时，清廷决定与法国议和，下令停战撤兵。

张之洞、冯子材再三上疏，指出条约未定不可撤兵，却被朝廷驳回，中法战争就此戛然而止。清廷乘胜求和，光绪十一年二月十九日，与法国签订了《巴黎停战协定》，光绪十一年二月二十二日，命令前线军队于三月初一停战，十一日撤兵（后于四月二十七日，授权李鸿章在天津与法国驻华公使巴德诺签订了《中法会订越南条约十款》）。由于清政府的怯懦退让，使得中国不败而败，而法国却不胜而胜。

接到圣旨，全军痛哭流涕，杨瑞山等一批将领纷纷请求冯子材以“将在外，军令有所不受”直攻河内，扫清法军在越势力，一劳永逸地把法军赶出越南。

接到撤军命令，冯子材满腔愤慨无处发泄，召集自己几个儿子训诫：“家中有书不读，不向文途求进，偏喜请缨，投身军伍，欲作武官。今日言开战，言停战，全权操诸文臣掌握，为武将，舍命报国，九死一生，争回失地今反允敌言和，安南属国能否保全，尚在未知，窃或打仗失利，轻则革职，重则军前正法，当武员受人掣肘，毫无振作权，儿辈何必乐为武职？回家后，弃武学文，苦心读书锐向文途求进阶，庶免见制于文人。”

冯子材的恼怒可想而知。

在张之洞再三催促撤军的情况下，冯子材不得不于光绪十一年三月十二日起程回国，十九日回到龙州。

虽然龙州人民张灯结彩，摆下30里的欢迎阵势，但冯子材高兴不起来。一路上，没有露出过笑脸。

清廷接着开始裁军，冯子材原先招募的十八营萃军被裁了十营，只留下八营。由于在镇南关大捷中苏元春利用“专折奏事”特权，将头功归为己有，广东参战的两支部队萃军和勤军人人义愤填膺，其他各省的部队也不服，眼看就要发生兵变，为了平息事件，清廷采纳了张之洞的意见：“光绪十一年四月一日下旨：冯即著督办广东钦廉防务，所有广西善后事宜，著与李、苏妥筹具奏，钦此。”

将冯子材速速调回广东。

冯子材回到钦州后，没有因撤军之事影响工作，以防务为重，认真研究钦廉的布防计划。

冯子材认为，这次镇南关大捷，有力地说明战争重要的是人，而不是武器，法军在陆地战中虽然挟先进武器之威，一样被中国军队打败。

陆战虽然大胜，但海路就麻烦了，因为当时中国海军军舰刚刚在福建马尾、台湾、浙江等多处被法军击沉击败，船舰一时没法赶造，法军若要偷袭生事，肯定从海上方向进攻。而当时在海上和越南直接接壤的省份只有广东，尤其是东兴和北海两处，东兴与越南只隔着浅浅的北仑河，在对岸就可以直接攻击中国。

于是，他把萃军八营进行了科学的布防，除了派出少量兵勇驻防上思和龙州外（广西这两处也归冯子材管辖），集中兵力重点防守北海、东兴、龙门。在北海的地角修了三座炮台，北海冠头岭前后山顶修炮台八处，以一营萃军驻扎南迈渔村，和冠头岭炮台相互照应；派一营驻扎马鞍山，支援地角；以两营驻扎高德，驻防崩沙口，在防城修了白龙尾炮台。正当冯子材在各个港口严密布防时，突然接到侦探飞报：“光绪十一年四月初二日，法国兵轮两艘，驰入防城白龙尾停留一天，测绘白龙尾炮台位置，接着又开轮船到芒街，意欲先下手为强，占领东兴、竹山、江坪三港口。”

接报后，冯子材即于四月初三从龙州起程，于十四日抵东兴，法人得知冯子材到东兴，连忙将轮船开走，离开东兴。

冯子材回到钦州，正在撤裁各营官兵，突然又接报，法国勘界官乘轮船已经到了江坪，在江坪竖起了桩木自行划界，并宣布江坪属于安南土地。江坪人惊慌失措，纷纷请冯子材来为他们主持公道。

冯子材知道，所谓的谈判，还得看实力，他当即派手下得力将领林得福带兵驰扎江坪，并发电报到北海法国领事馆及北京执政当局，电文中写道："江坪属华人世居已经多年，不是安南之境，如强立界址，即属无端侵犯我国土，只有开战来解决。"

法国领事馆接到电文后，想起镇南关之战，慑于冯子材强硬压力，只好作罢。冯子材通过这起事件，得出了一个深刻的哲理："吾人与诸国际交涉，必有武力而复有公理。"

冯子材在布防北部湾时，同时协助清廷派出的勘界大臣邓承修工作，两人坚决捍卫国家领土完整，相互配合，一个在谈判桌上寸土不让，一个在战场上做坚强后盾，冯子材出兵九头山、亚婆湾剿匪，派兵勇驻扎在如今的京族三岛，为后来的划界谈判抢得了先机，争取了主动，最大限度地捍卫了国家利益。

在中国近代史上，中国到处丢失土地，面积近 600 万平方公里，只有在新疆方向和广东钦州方向，没有丢失过一寸土地，中国人民应该感谢清朝的两位杰出将领，左宗棠和冯子材，新疆由左宗棠及时出兵平定叛乱，保卫了国土完整，而广东钦州现在我们还可以在东兴竹山看到"大清国一号界碑"就是冯子材和诸多官员共同努力的结果。

从光绪十一年四月到中日战争爆发，冯子材驻防北部湾十多年，足迹踏遍北部湾的每个角落，他曾奉命前往海南岛实施"剿抚兼施，开路设讯"政策，平定了黎匪的叛乱，同时开设大路，设立州府，从此，海南岛黎汉族过上了安定的日子。

冯子材对家乡的教育事业十分关心，除了面见皇帝请求把钦州改为直隶州，在钦州开设考场，减轻钦州学子在路上奔波赶考，还呈奏折增加钦州生员名额，清廷采纳了他的意见，从原来的 18 名增加到 36 名。此外，他主持建设了镇龙楼，从光绪十一年开始建设，直到光绪十五年建成，前后花了五年时间。镇龙楼共三层，占地面积 2040 平方米；他还支持部下方凤元在小董重建铜鱼书院，冯子材亲任建院董事会名誉会长，在光绪十九年建成了铜鱼书院，总面积一万多平方米。冯子材亲自为铜鱼书院题词："尔为君子儒"。现在这两间学校历经一百多年风吹雨打，得以延续保存，成为培养钦州人才的重要基地，成为冯子材重视钦州教育的见证。

光绪二十年六月，中日爆发了甲午战争，这场战争以中国战败、北洋水师全军覆没告终。

中日开战，冯子材得知消息时，日本已经攻下大沽炮台，清廷主战派主和派莫衷一是，冯子材强烈要求抗击日本，曾主动写信给张之洞："查倭恃强，实由法助，前曾将西贡客所说电达尊鉴。续又闻法兵在海防抽民兵1000人助倭，日夜着海防妇女缝倭衣，法之助倭乃系实情。"

在众多清朝大员中，张之洞是主战派的核心人物，光绪十一年，由于广西边关战事频繁，已经调到山西任巡抚的张之洞被调任两广总督，朝廷就是想借助他主战的名声好好打一仗，为低迷的广西战局挽回败局。

在镇南关战役中，张之洞从最初的怀疑观望，到后来全力支持冯子材的决策，镇南关大捷后，对冯子材更加高看一眼，专门奏报朝廷冯子材在镇南关大捷中居于首功，还呈报朝廷任命冯子材为钦廉督办，张之洞对冯子材有知遇之恩。

收到来信，时任湖广总督的张之洞便想到要再复制一个镇南关大捷，连忙写信给冯子材："公如精力强健，愿以征倭自任，即将速示，弟当代为上陈，请公率数营来镇江督办江防。镇江乃长江门户，关系大局，恰是公当年立功之地，威望颂声，至今赫赫。近年象山，焦山均建炮台，设巨炮，防营亦不少，朝廷甚注意江防。公如到彼，军心士气自必益壮，长城之任，非公而谁？是否能来，望速电复。"

冯子材于七月初十日电复张之洞："此事不可行，请勿上陈。材前在镇江督师，系当危急，不得不勉办图报，现承平，唯楚人可任，他人督师必呼应不灵。"

冯子材为什么不肯出师？因为镇江隶属江苏省，而这个时候坐镇两江总督的是冯子材的死对头刘坤一，当年冯子材就因怕被此公陷害，性命不保，才开缺回家，多年以后，岂可自己撞上刘坤一的枪口找死。

正所谓"家贫思贤妻，国乱盼良将"。

在国家危难之时，清廷又想起远在天涯海角的冯子材。

7月22日，军机处电寄李瀚章（时任两广总督，李鸿章的哥哥）谕旨："现在倭人构衅，北路防务紧要，冯子材夙著战功，现在驻防钦州，能否带队北上，著李瀚章与该提督妥商复奏。"

李鸿章是彻头彻尾的主和派，和主战派的冯子材格格不入，他的哥哥岂可用冯子材？李瀚章当时就回复："冯著毋庸北上。"

《冯宫保事绩纪实》记述："倭人背约，占踞朝鲜，诸路官军失利。朝廷念公忠勇素著，久为外夷所惮服，追思十一年关前隘之战，欲大用公。"

冯子材此时还蒙在鼓里，看到圣旨，便感觉有了底气，连忙回电："倭人占我东藩，义愤填膺，自请北上，尽忠报国。"

据《冯宫保事绩纪实》记述："即日传集旧部，预备拔队登程。"

冯子材正在紧锣密鼓做着启程的准备，30日，收到张之洞密电，意思是李瀚章已经回复了拒绝北上的电询。叫他暂时不要北上。

8月15日，是皇太后慈禧的生日，给文武百官加官赏爵，16日，冯子材被加升一级，并同时享受一个儿子入监读书的福利。

冯子材感动得热泪盈眶，《冯宫保事绩纪实》记述："公以屡荷殊恩，未酬壮志，前已经传旨带队北上。公请以上四万人，恢复朝鲜，并平日本。"并且亲自执笔写了几千字的建议，分陆战、海战两大块，列出了十三条取胜的条件和战胜敌人的办法。这个建议非常有远见。

可投出去后，一直没有等来回复，冯子材猜测是李鸿章从中做了手脚，但他没有气馁，报国热情更加高涨。

张之洞对冯子材这次的遭遇充满同情，来信说："闻七月内有旨召公北上，公欲募大军，请部饷，为上峰以年老沮止，殊为怅然。"

在朝廷正在攻防用不用冯子材之时，清军一败涂地，在朝鲜16000人的队伍被日本鬼子打败，已经从朝鲜败退回国，海上北洋水师差不多全被歼灭。朝廷已经没有力量还击，只好采取固守办法，想到固守，便又想起曾固守镇江孤城十年的冯子材。

后来，清廷对李鸿章的淮军失去了信任，决定用湘军做主力，把冯子材的死对头刘坤一调到北京统率全局，改任张之洞为两江总督。

张之洞到了镇江，看到防御工事，心都凉了："江南防营虽多而杂，习气太深，缺额甚多，出色将领皆已北上，有事万不可恃，必须整饬。"

张之洞环顾当下武将，首先想到冯子材，于是便发电报给冯子材，冯子材于10月28日收到张之洞密电："拟奏请我兄来江南办理镇江防务，统率该处防营。惟恭邸系督办，似外省大员称会办。该处防营约有十六七营，加公亲军营，已足二十营，均当公督率节制，得此长城，足可为江南保障。"

这封密电有两层意思，第一层，叫他招募亲兵两三营，江南已经有十六七营，加上冯子材招募的人马可达20营，全交给冯子材统领；二是这次到江南，由冯子材当督办，外省人当会办，军队全由冯子材指挥，不像广西任帮办，受人掣肘。

冯子材接到密电，想到手上如只有三营人马，到时指挥不动其他的部队，就麻烦了，还是用自己人放心，又向张之洞提出要求，一定要在粤招满5000人，张之洞知道他的想法，便同意了他的请求，来电称："募旧部勇十营，迅赴江南办防等语。"

冯子材得到满意答复，立马把冯兆金、冯骅、龙胜、黄辅成、香锦安、陈明英、覃东义、陈之灿、方端书、蔡其铭、杨桂镇、梁善新、钟鼎铨等旧部全数招回来。

这些老部下听说老长官又要出征，有人担心他年事已高，长途跋涉身体吃不消，又怕他遭刘坤一陷害，便小心地劝说："冯大帅，现在朝廷人心不齐，主战主和整天争吵，我们奔跑到镇江，如果张大人还坐镇镇江还好办，万一刘坤一又回来，我们要走走不了，要留留不下，无所依靠怎么办？"

冯子材说："刚开始我也考虑到刘坤一的掣肘，张督大人问询时我也回绝了，但现在战事越来越糟，眼看着国破家亡，也不管什么陷害不陷害了，先上前线再说。岳飞当年被十二道金牌传旨，明知回去就是死路一条，还不是从容班师？现在不是讨论个人安危的时候。大家此去，要全力以赴，务必把入侵之敌全部消灭。"

部下看到他慷慨陈词，也就不敢再劝。

他的三位夫人得知冯子材又要出征，坐卧不安。

现在家里是王氏坐正。王氏在朱氏过世后就已经扶了正。

说起王氏和冯子材的姻缘和前面两个夫人的遭遇很相似，她原是扬州府江都县瓜洲人，当年太平天国起事后，她和很多村人一起被抓入大营强逼劳动，她装死躲在棺材里逃离太平军的营地。

进入冯子材驻地后，冯子材对一干人运个棺材过江的事发生了怀疑，派了三批人马去查都说棺材里躺着一个病死的老人。

冯子材还是决定自己亲自去检查。当家人哭哭啼啼揭开棺材盖，掀起盖着死人脸部的红布时，冯子材看见一个脸上黑得发亮的老男人躺在棺材里，他对这发亮的黑色起了疑心。

死人他见多了，一般人死后三四小时由于血液停止流动，脸上会出现尸斑，以后便慢慢出现晦暗色，不会出现发亮的色泽。

他伸出手往死人脸上轻轻一抹，手上粘上了一层黑色，他心里有了底，又检查了死人的身下，突然发现尸体旁有只耳环，便断定棺材里躺着的是个女人，而且是装死的女人，便贴近她的耳朵问道："躺了差不多一天了，肚子饿不饿？"

棺材里的人听到问话，忍不住笑出了声。

这个借棺材偷运的女子就是王氏。

冯子材知道家人为了拯救这女子的苦心后，安慰了家属，对他们给予放行。后来王氏到山上的尼姑庵栖身，冯子材在一次上山公干时又遇见王氏，王氏执意要嫁给冯子材。

王氏的弟弟王庆光也在绿营从军，时任广东补用游击，素知冯子材大名，从中说合。他们两成婚于同治二年（1863），婚礼由镇江当地的一个寺庙方丈主持。

王氏比冯子材小26岁，在冯子材的五房夫人中，她应该是冯子材最得力的贤内助。冯子材任广西提督其间，四次出越督战剿匪，她独自在柳州衙内主持家政，有一次，传言有土匪围攻官邸，卫兵很担心，想出城迎战，又担心土匪攻城，犹豫不决时，王氏对兵勇头领说："你们放心出城，安定人心，兵勇的伙食不够我来负责。"

她的举动让全柳州城很快安定下来。光绪元年，冯子材白水塘官邸建成，她便回到钦州主持整个大家庭的家政。

为了节省开支，王氏请人帮工把府第前的田都种上了稻谷和蔬菜，每年收入稻谷上千斗，四时蔬菜吃不完。她为冯子材生了四男三女，男儿分别是相华、相钊、相桀、相炎，女儿彩玉、翡玉、吉玉。

要操持一个提督的大家庭，每天送往迎来，管教诸多子女，操持子女的教育、婚嫁，如果不是有过人的本领，冯子材哪能放心把家政大事全交给她。

由于王氏品行端正，被朝廷命名为一品诰命夫人。

四夫人农氏，是冯子材在同治十一年（1872）娶的钦州妻子。农氏比冯子材小37岁，会炒一手好菜，会保健。两人的婚事就像传奇故事。

冯子材当年因旧伤发作，从广西提督任内请假一个月回钦州调养。

一次到钦州石岭望族章大人家赴宴，在席上被一桌的好菜吃得心情大好，忍不住说："好吃好吃，这菜出于何人之手？"

章大人思忖冯子材喜欢，便大胆说："这菜是我女儿做的。"

冯子材一听，啧啧称奇，发自内心地说："自从娶了江南妻子，正宗的广东菜就吃得少了。"

章大人察言观色，连忙说："如果提督大人喜欢吃广东菜，又有何难？我就让女儿到你家帮厨得了。"

说着说着，说成了一桩婚事。

于是，冯子材严格按钦州习俗请了媒人保媒，明媒正娶农氏进冯家。

但在洞房之夜，农氏就是不让冯子材揭盖头。

冯子材感觉奇怪，问道："我们酒也摆了，天地也拜了，为什么不让我揭盖头？"

农氏说："大人有所不知，我其实不是章老爷的女儿，我也不姓章，姓农。是在他家帮工的丫头。”

冯子材说：“丫头就丫头吧，抬了你回来，没有再抬你回去的道理。”

说完又想揭盖头。

农氏死死抓着盖头说：“还有一事得说清楚，我长得很丑，小时得天花，一脸都是麻子。”

冯子材一听，瘫在了地上。

这一脸的麻子，做了提督夫人，以后如何出来见人？

后来，这盖头还是揭了，农氏的确长了一脸的麻子，但冯子材没有嫌她。

冯子材因为娶了个麻子夫人，起居饮食得到最好的照料，身体一直十分健壮。传说农氏会煮 50 多种美食，现在冯家传下来的就有清蒸石斑鱼、炭烧大蚝、酸竽蒙、瓜皮醋、月婆甜酒。

冯子材由于有农氏的细心照顾，身体一直很健壮。这位农氏为冯子材生了两个儿子相锴、相标，一个女儿璧玉。

最小的第五夫人黄庭辉。她嫁给冯子材后，经常乔装打扮跟随冯子材行军打仗，传递情报，成为冯子材最信任的左膀右臂。

黄庭辉为冯子材生了一个儿子相焜，三个女儿白玉、鸿玉、喜玉。

为了加强对家中女人的管理，冯子材订了非常严格的家规，其中突出的有《妒忌妇女规条》《防闲妇女规条》，这些规条作为训示公布，所有妇女都要遵守。

家规如此之严，三个夫人想妒忌也不敢，想闲着也是无门，只好勤勤勉勉地相互支持维持整个大家族。

平时三个夫人相敬如宾。现在相公又要出征，三人当然都操心，但作为封建社会，妾的地位自然很低，所有行动都得正房夫人批准。因此，黄庭辉求王氏说：“大姐，你就让我陪老爷出发吧，我会武功，又懂医病，关键时刻可以帮老爷。”

农氏听了老五的话也抢着说：“大姐，我也要陪老爷出发，我会炒菜，又会解除老爷的疲劳，我去最合适。”

王氏知道两个姐妹说的都有理，她本来打算自己亲陪老爷到镇江，自从跟冯子材来到广西后，她一直都没有回过江南，她很想回去看看自己的家人。

看见两个小的求自己，为难地说：“我对老爷说一下吧，谁去，由他定。”

王氏便找了个空隙，对冯子材说：“此去江南，我们三个得有一个陪在你身边，你看谁去合适？”

冯子材回答："我这次去是和日本鬼打仗，非常危险，你们谁都不用去，在家管好家就好，这样我就可以放心了！"

农氏比较听话，黄庭辉是练武之人，受不了很多的管束。在冯子材出发前已经提前出发，想着到时生米煮成饭，冯子材就不会赶她回来。谁知走到半路，却被王氏派出的亲兵追了回来。冯子材不让干的事，王氏绝不敢违背。

这边，冯子材已经定于光绪二十年十二月十二日由钦州陆续分道启程。

几天前，在桂林和浙江任职的相荣和相华也赶了回来，六子冯相钊请缨随父和两位家兄一起出征。

冯家一门四人，为了抗日共赴国难。

其中五公子相华统领浙江威勇五营，先由海道附轮到浙江，其部下管带为留粤补用总兵冯兆金，副将为衔补用参将冯骅，游击龙胜，都司黄辅成。三子相荣统领广东常胜萃字左军各营，手下有州同香锦安，把总陈明英；副将覃东义统领右军各营，手下有都司陈之灿，把总方端书；钦州直隶州知州蔡其铭统领中军各营，兼办军务，他的手下大员有江苏侯府杨佳振、把总梁善新、外委钟鼎立。六公子冯相钊带着中营跟在冯子材身边调度。

八营取道廉州、高州、阳春，肇庆至三水，冯子材亲率二营亲兵小队由广西横州、浔州、梧州顺流而下，至三水会合。光绪二十一年三月初十日，全军抵金陵。

张之洞得知冯子材抵达金陵，亲自接见冯子材，见了冯子材双手抱拳说："看到萃亭兄如此精神抖擞，我就放心了。"

冯子材草草吃了点饭，就急着要赶到镇江。此时，军情又发生了变化，日本鬼子曾经派军舰到海州海面侦察，清廷得知惊恐万状，通知张之洞："倭船在海州探水，海州至青江不远，运道所经，饷皆萃于此，必当加意严防。"

冯子材刚到镇江安顿下来，领导着亲军小分队视察周围防守设施，《冯宫保事绩纪实》称："二十二日至镇江防扎，所有自运河以北，淮海诸州；长江以南，吴淞一带，四十余营均归节制。"显然，张之洞对冯子材十分倚重，原来电报上说冯子材来镇江可统二十营，现在一下子加到四十营。

冯子材也不负张之洞所望，得知日本船到海州侦察，不顾旅途劳顿，二十三日立即带着小分队到海州布置驻扎。还不放心，于四月初四再次亲临前敌察看敌情。

冯子材精神饱满地奔赴各处加强防患，只要日本鬼子敢来，就让他有来无回，手下全体将士群情激昂，个个都想为国尽忠，建功立业。

当冯子材天天忙于防务时，朝廷当局却是被日本鬼子的举动吓破了胆，于四月十四日不战而投降，和日本签订了卖国条约《马关条约》。消息传来，冯子材悲愤填胸，立马起草奏折，愿北上力战，挽回全局。请当权者呈递，居然没有一人敢代为转交，冯子材痛心得大声吼叫：“今吾之痛心，视乙酉三月初一尤十倍也。”这一年冯子材已经七十八岁，但报国之心如同热血青年。

喊叫过后，立即请撤回钦州督办钦廉边防。

朝廷迟迟不批，直到光绪二十二年二月初二日，刘坤一又回到两江，张之洞调回湖广，这才准许冯子材回粤。

这一次出征，是冯子材人生最痛苦的记忆，沿途劳累，报国无门，一事无成。

第二十一章　丹心照汗青，浩气炳千秋

冯子材在光绪二十二年二月从镇江启程回钦州，到家已经是五月下旬。清廷的丧权辱国行为让他悲愤过度，加之旅途劳累，内外夹攻，冯子材病倒了。

相荣立即到南宁请来广西最有名的西医给冯子材看病，又是吃药又是输液一番折腾，但病情却不见好转。

王氏对相荣说："还是找中医来把把脉，老爷这病得中医治。"

冯相荣听了王氏的话，只好说："既然母亲认为中医能治，那就请中医吧！"

王氏虽然是继母，但一直把冯相荣视同己出，冯相荣不忍反对王氏的提议。

王氏亲自上门，请来钦州本地的中医世家赖医生，这赖医生进得门来，看见躺在床上的冯子材面色憔悴，脸上无光，脉象浮，洪大，舌苔厚，黄色，知道是肝气郁积所致，开了柴胡疏肝散。开好处方，叮嘱王氏说："冯大帅这病是七情所伤！肝气郁结所致，注意饮食和睡眠，有心事一定要转移或排解出去，这是最关键的，心态调整好了再加上服上两剂逍遥散应该很快就能恢复了。"

家人听了都高兴起来。

冯子材服了两天的逍遥散，病情不但没有好转，到了第三天，连饭都吃不下了，几位夫人在背后都偷偷哭泣，全家开始惊慌失措。

光绪二十二年六月初四日，有圣旨到："冯子材病全销假，着即赴云南提督本任，毋庸留办钦州防务。”

原来，中日战争爆发后，英国以为有机可乘，利用殖民缅甸之机，对我国与缅甸接壤的国土片马窥伺已久，不断借口挑衅。清廷便想到派主战派的冯子材前去解决纠纷，英法都是欧洲老牌帝国主义，臭味相投，冯子材大败法军于镇南关、谅山之事在欧洲各国应该尽人皆知。一场局部战争导致一届政府下台，这样的大事英国能不知道？清廷起用冯子材任云南提督，就像钟馗做门神，起到驱魔辟邪、令妖魔鬼怪胆寒心惊的作用。

冯子材得知英国在我云南滋事，从病床猛地坐了起来，咚咚敲着床板说：“不扫平这些丑类，誓不为人！”

冯子材任云南提督之事，清廷早就下了旨，冯子材担心自己前脚离开钦廉，法军后脚就跟进来。一直拖着不愿到云南上任，催得急了，就请病假。

前几个月报国心切，自称病好了，可以打仗了。被张之洞调派到镇江镇守，被清廷抓到了鸡脚，要自己快点上任。

大家看到整天病怏怏的冯子材突然坐起来，都吓了一跳，冯子材对王氏说：“给我摆饭，我要吃饱喝饱，有力打番鬼！”

全家人看见冯子材突然像换了一个人，更加担心。农氏跟在匆匆向厨房走去准备为冯子材摆饭的王氏后面，掩面哭泣说：“大姐，我看这次大事不好，像是回光返照。”

王氏喝令农氏说：“不要说晦气话，好好服侍老爷吃饭！”

冯子材看见饭菜摆了上来，居然自己下床吃饭，而且一口气吃了满满的三碗，当他还要第四碗时，王氏小心地说：“老爷，胃口刚刚好一点，不要吃太多，怕伤着胃呢！”

冯子材拍着肚皮说：“好吧，晚上再吃。”

说完，对环侍在周围的儿子们说：“我没事了，你们都去练刀练枪吧！”

第十三子相棨这一年已经 15 岁，长得和王氏一模一样，皮肤白嫩，眼睛顾盼有神，鼻子直而高，身高已经超过一米六。冯子材每次看见这个儿子，恍如看见年轻时的王氏，一股柔情便从心底慢慢升腾。

冯相棨这几天一直守在冯子材身边，看见他吃不下饭，想到人吃不下东西肯定要饿死，急得不知如何是好，想到上有母亲和两位姨娘做主，中间有众多兄长，轮不到自己说话，只有干着急。

现在看见父亲好像换了一个人，很是开心。

他对冯子材说：“父亲，以后我要跟在您身边，好好照顾您，不让您生病。”

冯子材听了，摸着冯相桀的头疼爱地说："相桀长大了，懂事了，好，阿爸给你个机会，这次到云南任职，带你去！"

冯相桀一听，高兴得跳起来。站在一旁的王氏只是含笑看着，也不出声。

冯相桀跑到后院的练武场，对正在练刀的兄长冯相锴招手。冯相锴会意，深呼一口气，把刀收在右手，走到相桀身边："有事？"

冯相桀兴奋地说："父亲说带我到云南任职，我一个人去，读书，练武都没个伴，你对母亲说一下，求父亲也带你一起去。"

冯相锴得知父亲要带弟弟赴云南上任，心里很急，但又不想让冯相桀看穿自己的心事，于是，装成严肃的样子教训相桀："我的事不用你管，再多说，我就向父亲告你。"

冯相桀才不怕这个同父异母的哥哥呢，他一直对自己挺好的，就是平时喜欢整天装大人教训自己。

冯相桀自言自语："好心无好报，好柴烧烂灶。懒理你！"

冯相锴待冯相桀走到前院，已经看不见了，这才飞跑着去找自己的母亲农氏。

这一年，冯相锴已经 23 岁，边跑边想：前面几个大哥，个个有机会在父亲跟前历练，相荣、相华兄都是十三四岁就随着父亲出生入死打仗，相钊兄十岁就跟随父亲到越南围剿土匪，前次北上抗日之行，自己也很想随几位兄长同行，无奈父亲不同意，这次到云南，无论如何要争取跟随父亲左右。

他跑到亲妈农氏的房间，看见农氏和丫鬟正在为门口的花淋水，杜鹃花已经盛开，花红叶绿，让人越看越喜欢。

冯相锴说："妈，父亲这次到云南，带相桀去，你得帮我说说，我也要去！"

农氏是个淡泊之人，对什么功名之事看得很淡，平时除了在饮食上细心照顾冯子材一日三餐，闲时就帮着王氏操劳大大小小的家事。

但儿子前面的几个兄长个个争着建功立业，天天受这样的家庭熏陶，也急着要建立功勋。

她对求着自己的儿子说："这事你得问你大妈，你大妈同意，我就没有意见。"

冯相锴便到处找王氏，王氏此时正在吉玉房间教吉玉认字。

冯相锴甜甜地叫了声："大妈好！"

王氏笑着问："我家相锴有事求我？"

冯相锴便老实说："父亲让十三弟跟着去云南，他想我和他一起去，有伴读书练武。请大妈帮我对父亲说说，我也要去云南。”

王氏听了，问冯相锴：“云南离钦州六千里，你母亲舍得你离开她？”

“我已经问过母亲了，她说大妈同意她就同意。”

“好吧，我和老爷说一下，你就等消息吧！”

结果启程时，不但冯相棨、冯相锴同行，王氏也跟着同行。

他们是光绪二十二年九月初启程的，到云南大理提督衙门时，已经是十二月。在路上，两个儿子帮了很多忙，《冯相棨传》记载：“光绪二十二年，英人觊觎云南片马，借缅甸国壤为名，强欲竖立界石，势几启衅。廷旨调勇毅公赴云南提督本任，以资镇慑。彼时，勇毅公正登耋年，虽矍铄健饭，然至大理六千余里，而王太夫人又望七之年，深虑两老人跋涉崇山峻岭，长途或欠安宁，自请随侍赴滇。滇地崎岖，行者素畏，凡经悬崖绝壁，必先下骑趋前细察，扳舆缓步而行，两月以来如一日，乐而忘疲。”

当时云南提督府设在大理。两个儿子到云南后，冯子材严格督促两人学文学武，每天亲教两个儿子射小口径手枪，两人进步很快。

冯子材到任后，调阅了中国与缅甸交界的地理分布情况，详细了解片马发生纠纷始末。经过查阅大量资料，冯子材知道，所谓片马问题，其实是英国想通过中缅边界纠纷一事，侵入云南，为英国在中国大西南开一个后门经商。

历史上片马地区，实际上就是中缅北段未定界地区，南起北纬 25° 35′，与缅甸及我国的腾冲县相接；北至北纬 28° 15′ 左右，与我国的西藏相接；西到东经 90° 左右，与印度拿戛部落以及阿萨姆相接；东到东经 98° 30′ 左右，与我国贡山、福贡、泸水等县相接。总面积略等于我国浙江省。

自古以来片马地区就是中国领土一个不可分割的组成部分，英国为了达到侵略中国云南的目的，捏造了一个所谓的“卡马”地区，称这里属于缅甸国土。冯子材通过大量查找资料，证实英国人所说的“卡马”就是中国地图上的“片马”，是英政府借口强占中国领土的弥天大谎。据《冯子材传》记述：“丙申，首测片马地图，证明英人所谓的‘卡马’，实即滇疆之‘片马’。”

找到了证据。冯子材又亲自到片马地区布防，曾在调处云南边民与英国人因蒙自洋关被烧毁纠纷中，找到英国人偷藏在片马地区的枪械，证明他们包藏野心，一举将这些英国商人赶出了国界，守住了片马国土。

冯子材在云南提督任上三年，整饬地方武装，严格训练。据《冯子材传》称，“一日演习马队，冲锋队长鲁谋，马忽低头啮草，立予摘其顶戴，滇兵废弛之风顿变，壁垒一新。子材曰：‘吾国人乙酉既误于法，甲午复辱于日，亡羊补牢今未晚也。’”

训练时马吃点小草都被撤职，看谁还敢没组织没纪律。因为冯子材铁腕治军，在云南三年，地方晏然，老百姓都称冯子材为卧虎。英国人也收敛不少，冯子材离开云南后，英国多次侵入片马地区，遭到云南边民殊死斗争，英国人眼看啃不下这块硬骨头，只得承认片马属于中国领土。

光绪二十七年二月二十四日，冯子材得知朝廷和八国联军签订了人神共愤的《辛丑条约》，气愤难平，给清廷写了万言书陈情，并请缨拉队伍上北京赶跑八国联军，其中有一段“再恳皇上特简知兵大员，负中外重望，而又有守有为者，予以重权，话其便宜行事，经略全局。更选有胆有识之亲王为监军，急于选将，练兵，筹饷三事，实力讲求，饮血枕戈，力图恢复。各省岂无一将才，各将岂无一敢死士，伏请乾纲独断，以十八行省自有之财鼓励士卒，必有人才奋袂而起。”

这份奏折，冯子材回顾自己人生经历的几件大事，即独力守镇江孤城，太平军 100 万人马连续十八天攻城，镇江岿然不动；他的部下李扬才被奸人陷害走投无路反入越南，号称十万人，大家都说要剿灭最少也要一年，他三个月扫清了；法国侵入越南，所有支援广西的军队都战败，他带领钦州 9000 名萃军在友军的支持下，取得了镇南关、谅山大捷。说了这么多，就是一句话，如派我上战场，一定会战胜敌人。

清廷既签了卖国条约，自然不想再惹事，冯子材的一腔热血白白浪费在晨风中。

这一年，冯子材已经 84 岁。贵州苗民又起义，清廷想到冯子材在云南保疆安民政策得当，云南得到有效治理，便想着再派他到贵州任提督。这次，冯子材对清廷的卖国条约生气了，没有赴任，请病假回到钦州，后来又续假，一直拖了一年，清廷拿他没办法，只好同意他开缺回家。

回到钦州不久，被广西桂中土匪搞得坐卧不安的两广总督岑春煊又看中他的治乱能力，奏请朝廷任命冯子材会办广西军务兼顾钦廉边防。

《冯子材传》称：“明年壬寅，桂中匪乱陡炽，两广总督岑春煊迳奏起子材会办广西军务兼顾钦廉边防，子材力辞不可。乃委五子相华坐办钦廉边防，率部西赴南宁。桂中商民如孩得乳，额手相庆，炮竹郊迎四十余里。”

岑春煊重用冯子材，也算顺民意，因为此时的广西桂林、柳州等地到处都有匪乱，民商不堪忍受，于光绪二十九年五月二十九日，南宁、百色、龙州等地乡绅商人纷纷致电岑春煊起用冯子材帮助广西平匪。

岑春煊便奏报朝廷，朝廷在闰五月（第二个五月）初一下旨：“前贵州提督冯子材，着会同岑春煊办理广西军务。”

冯子材接到这个圣旨，内心不能平静，光绪二十一年，他以78岁高龄率部浩浩荡荡开到镇江抗日，决心把侵略者赶出中国，把自己的生与死都置之度外；光绪二十二年到云南整治边境，有理有节地处理片马国土纠纷，粉碎了英国人以片马为借口，企图吞并中国领土的野心，他尽了职责，守住了国土。他从33岁投入绿营，心中只有国家民族，从来没有自己，虽然清廷的无能让他十分生气，但他对广西人民有着一份深厚的感情，当年抗击法军侵略，在长墙战斗最激烈的时候，是广西边民自发组织了一千多人帮打番鬼，民众的这份情，他一直记着。广西的匪徒一日不扫清，广西的民众就一日不得安宁，民众现需要自己，迫切渴望自己北上广西，自己还考虑什么呢，这把老骨头，就是死在广西他也无怨无悔。

光绪二十九年，冯子材又在钦州招募了八营新兵，这八营新兵当时什么武器都没有，但冯子材知道，有了人，就一切都慢慢改善。

冯子材一行于光绪二十九年六月初八从钦州启程，赴广西剿办土匪。这次出行，冯相钊管带中军左营陪侍左右，冯相焜随行，五夫人黄庭辉负责照料冯子材起居饮食。

在三个夫人中，举止端庄，治家有方，自然是王氏；若说饮食调理，起居照料，冯子材又离不开农氏；行军打仗，调皮掏蛋，黄庭辉自然独占鳌头。

冯子材平时也一碗水端平，一大家子多年来一直相安无事。

但从内心里，他还是比较喜欢黄庭辉，由于冯子材比黄庭辉大了40岁，打从结婚开始，就一直有种保护她的强烈愿望。因而，黄庭辉平时就算任性，调皮一些，他也睁只眼闭只眼。

这一年，黄庭辉已经46岁，由于平时练武，肌肉结实，腰板挺拔，一头秀发束在脑后，显得英姿飒爽，冯子材看着马背上的黄庭辉，内心涌起了温情，对黄庭辉说：“这剿匪多则一年半年，少也要三几个月，你跟着我，两个女儿没有母亲照料可怜了。”

黄庭辉调皮地说：“师哥请放心，大姐答应帮我照料孩子，冯家的孩子哪有这么金贵？相荣、相华、相钊都是十多岁就跟随师哥上战场。现在相焜已经长大，这次能跟着师哥出行，给他一个增长见识的机会，我很高兴，师哥可不能溺爱相焜啊！”

冯子材说：“在这么多儿子中，我最不放心的就是相焜，他身子骨弱一点，你要让他多锻炼。”

黄庭辉说：“相焜就是瘦一点，其实身体很好，请师哥放心，我会监督他练功。”

走着走着，突然看见前面路面上摆着一堆西瓜，冯子材对冯相钊说："让大家歇一下，买几个西瓜让大家解渴。"

冯子材说完，跳下马来，大家看见冯子材下了马，便都停下来。

冯相钊宣布就地休息，叫了三个亲兵到西瓜摊买了五六个西瓜，从裤脚上拔出防身小刀，切了西瓜，递给冯子材说："父亲，你也吃一点，解解渴。"

冯子材此时已经满头大汗，黄庭辉正在给他擦汗。在部下和儿子面前，冯子材有些不好意思，低声对黄庭辉说："我自己来，大家都在看着呢！"

黄庭辉故意大声说："大姐叫我跟你来，就是为了照顾你的，有什么不好意思的！"

冯子材知道再说也没用，只好说："你也吃块西瓜吧！"

黄庭辉却打开了放在马背上的雨伞给冯子材挡太阳。

冯子材吃了一块西瓜，感觉特别解渴，接着又吃多了一块。吃完，还想吃第三块，黄庭辉制止说："师哥，西瓜性寒，一下子不能吃太多。不能吃了。"

冯子材听话地放下西瓜说："听你的，太阳太猛了，渴得难受，我们抓紧时间上路，今晚赶到南宁过夜。"

他们这次上南宁，已经在路上走了六天，一行人再上路，走不多远，冯子材又叫停下来，他对黄庭辉说："肚子有点不舒服，得找个地方大解一下。"

黄庭辉调转马头，对跟在后面的冯相焜说："你爸想大解，你到前面找个地方。"

冯相焜跳下马来，正要往前走。

这时冯相钊已经跟了上来，问清了原因说："我去吧。"说完已经往前走。

黄庭辉对愣着的相焜说："快扶你爸下来歇一下。"

冯相焜连忙上前，小心地扶着冯子材下马。

冯子材摸了他的头一下，动情地说："跟着你六哥多学习，你六哥办事我十分的放心。"

冯相焜听了，心里想：六哥十岁就跟着你打仗，要是我能有机会锻炼，也不会比六哥差。

但口中还是说："好的，我知道了，以后一定好好向六哥学习！"

冯相焜拉着冯子材坐骑的缰绳，缓缓前行，不放心地问："要不要吃点药，四妈给了一大包药，伤风感冒的，拉肚子的都有。"

冯子材说："没事，就是肚子有点不舒服，有点里急后重的感觉。"

此时，冯相钊已经返回，对冯子材说："前面有一丛竹子，长得很茂盛，可以进去。"接着又对冯相焜说："你去安排几个人守在路上，我陪父亲进去。"

亲兵在路上警戒，冯子材在冯相钊的扶持下，进入竹林蹲了半天，但什么也没有拉出来。只好重新回到马背上又继续前行。

由于冯子材肚子不舒服，走走停停，一行人到达南宁时，已经是 6 月 23 日晚上，在南宁住下。冯子材又拉了一次肚子。

黄庭辉给冯子材点了穴，里急后重有所减轻。

黄庭辉用小瓦煲给冯子材煮清涧粥，又取出从钦州带来的咸瓜皮切碎，放文火蒸熟，端到冯子材面前说："吃点清涧粥，败败火。"

此时，房间里只有他们两人。

冯子材捏着黄庭辉的手说："嫁给我，真是拖累你了，整天陪着我东奔西跑，难为你了。"

黄庭辉听了，眼一热，流下了感动的泪水。她擦眼泪，动情地说："嫁给你我非常开心，从小，师母和师父就一直对我们说你的事，我最大的心愿，就是陪着你慢慢老去。今年你 86 年，我 46 岁，到你 100 岁，我就成 60 岁的老太婆了。"

冯子材伸出右手给她拭眼泪，开心地说："你傻啊，我要是活到 100 岁，那就成妖精了。不过，说老实话，我也想自己多活几年，陪在你身边。"

"有你这话，我就满足了，来，我们发个誓。"

黄庭辉捉起冯子材右手，举在头顶念念有词："我们不求同生，但求同死！"

冯子材听了，很不高兴，抽回手说："尽乱说！"

黄庭辉挑衅似的说："我没有胡说，这就是我内心真实的想法。"

"好好，我服你了，还是让我吃点粥吧！"

黄庭辉听了，开心地说："师哥，同意啦？"

"这生死的事，老天自有安排，岂可由自己乱说！"

冯子材说完，端起清涧粥，大口地吃起来。

黄庭辉开心地说："师哥，这就叫清胃，让胃安静地休息一下，限你三天内不得吃肉。"

冯子材开心地说："好好，都听你的。"冯子材吃了咸瓜皮加清涧粥，果然感觉肚子舒服多了。

晚上黄庭辉不放心，一直陪在冯子材左右。

冯相钊安排好兵勇的住宿，过来看望冯子材。

得知冯子材已经感觉好多了，对冯子材说："父亲，你明天好好休息，我带部分兵勇先到百色了解情况，再商议剿匪之事。"

冯子材说："明天我和你们一起去！"

黄庭辉听了，劝说道："相钊十岁就跟着你打仗，有什么不放心的，要不，你在家休息，我和相钊、相焜去了解情况。"

冯子材感觉有些累，便说："都休息吧，明天再说。"

冯相钊前脚刚走，相焜后脚也跟着来了。冯相焜看见冯子材已经睡下，对母亲说："那我明天再来看望父亲，您也早点休息吧！"

黄庭辉有很多的话想对儿子说，但现在不是说的时候，只好说："明天早点过来请安。"

冯相焜说："好的。"

冯子材睡得很踏实，肚子也不痛了，黄庭辉这才放心入睡。

早上一起来，冯子材精神好了很多，两个儿子精神抖擞地过来请安和请示工作，他很是开心。对两个儿子说："我们今天先到龙州一带了解敌情。"

于是，冯相钊带着亲兵，冯相焜、黄庭辉跟随冯子材身后，一行人深入到村屯了解土匪活动情况。

有些醒水的土匪，闻知冯子材到南宁剿匪，早已望风而逃。走到龙州，冯子材到蒙家村看望当年镇南关打法军时帮过忙的几户乡亲。临离开时，有个老乡对冯子材说："冯大人，这些所谓的土匪，其实有些还是你的兵勇，打仗需要他们为国效劳，结束战争就把他们一脚踢开，他们生活没有着落，这才走上谋财害命的不归路。朝廷太绝情，让人心寒。还有就是些穷困潦倒无路可投的农民，为谋一餐饭，走上了抢劫杀人的勾当，这些都是国家的错，不是这些人天生反骨，你抓着他们，只要肯悔过，就给他们一条生路吧！"

冯子材握着老乡的手回答："子材也是穷苦人出身，我记住你的话了。"

一行人往回走的时候，突然下起了大雨，冯子材被淋湿了身。

晚上回到南宁，开始咳嗽起来，接着又是拉肚子，天一亮，人立马瘦了一圈。

冯相钊急了，同时找了中西医的医生来给冯子材诊病，中西药吃了一大堆，但就是止不了泻。

黄庭辉用尽了自己的土办法，又是拔火罐，又是刮痧，就是没有一点起色，没人的时候，她就躲在一边偷偷哭。

冯相钊看看南宁的医生实在治不好父亲的病，心一急，就拍了电报给远在广州的相荣兄，务请他速速从广州请来名医来邕为父亲诊病。《冯氏族谱·冯相钊传》记载："因见邕南医生庸愚，用药未见功效，即拍电羊城，促仁卿兄访请良医"。

冯相荣收到电报，大吃一惊，急忙请了专家日夜赶往南宁。

在南宁驻地，跟随冯子材多年的贴身秘书郭炳光心里想着："常听老人有冲喜一说，不如让家里人把大帅的寿衣送来，如果真能冲喜，让大帅躲过这一劫皆大欢喜，如果冲不了喜，也让大帅穿上寿衣返回家乡。"

想过后，便把冯相钊、冯相焜、黄庭辉请到门外，对三人说了自己的意思。

黄庭辉一听说要给师哥送寿衣，两眼一翻，就直挺挺地跌了下来。冯相焜吓得大叫医生。这时，有五六个医生一直守在冯子材身边，听到叫喊，几个人都跑了出来，经过一番掐人中，灌人参水，黄庭辉哇的一声大哭起来。

这一变故把冯相焜吓傻了，出门时一家还好好的，怎么一下子父亲就病成这样，母亲也晕倒了。他手足无措地对相钊说："六哥，你赶快想办法，无论如何要将父亲治好。"

冯相钊看见弟弟吓成这样，安慰他说："父亲会没事的，不用太担心，照顾好五妈，不要让我分心。"

冯相焜听了，一下子有了主心骨。

郭炳光劝黄庭辉说："夫人你要管住自己啊，你这一哭，大帅听到会很难过的。我只是提议，要不要送来，你们定吧！"

冯相钊这一年已经 28 岁，经过多年跟随冯子材出生入死，已经能做到遇到突发事件能镇静处理。听了郭炳光的话，对郭炳光说："郭叔，就按你说的办，我这就拍电报回家，叫我妈派人送寿衣来。"

黄庭辉听了，又掩面痛哭，因怕冯子材听到，紧紧捂着嘴，不敢哭出声音。

冯相钊对她说："五妈，你这几天也累坏了，父亲有我守着，你就好好休息一下吧，回房间睡个好觉。相焜，送妈回房休息！"

黄庭辉说："这个时候，我怎么能睡得着，我要守着师哥。"

冯相钊便说："要守在父亲身边也行，但你得忍住，不能让父亲难过。"

黄庭辉点了点头，和冯相焜进房间陪冯子材。

冯相钊连忙拍了电报给母亲："母亲大人台鉴：父亲在行辕中偶患风寒，请速派家人将父亲的寿衣送邕冲喜，并以备不时之需。"

远在钦州的冯府收到电报，全家便哭得天都要塌下来了，王氏想着现在家里男人都不在，不是哭的时候。擦干眼泪，对农氏吩咐说：“你赶快收拾一下，速速送寿衣上南宁。我要在家准备后事，不能同时前往。你到南宁后，如老爷身体还行，要好生侍候，如果人走了，要妥善地处理好有关事项，让老爷平安回到钦州。”

农氏忍着伤痛，在亲兵的护送下，连夜乘了一顶轿子，速速往南宁赶。

农氏到南宁，已经是 7 月 23 日。

农氏看见冯子材双眼深陷，全身形同枯木，抱着冯子材的身体悔恨地说：“都是我不好，如果老爷出行时我身体不发病，陪在老爷身边，小心侍候，老爷就不会发病。”

这些话听在黄庭辉耳里，让黄庭辉更是痛不欲生，面色全变了。从冯子材拉肚子开始，她就一直怀疑是因为吃西瓜引起的，后悔自己当时为什么不制止不让师哥吃西瓜。

冯相钊细心，看见黄庭辉脸色的变化，连忙拉农氏到门外说：“四妈，五妈已经很伤心了，你说话小心一些，你刚才如此一说，五妈会自责自己没有照料好父亲的生活。”

农氏抽泣着说：“看见你父亲这个样子，我心里难受，也没有考虑得这么远，我这就向你五妈道歉！”

“这倒不用，五妈平时就是大大咧咧的人，不会放在心上。”

农氏细心地给冯子材煮了参汤，又加了一些开胃的药材一起炖，扶起冯子材喂他服下。

冯子材拉着农氏的手，似有话要说，但一时又说不出。

农氏眼泪又流了出来，抽泣着说：“老爷，你的心事我都知道，这么多年来，你待我已经很好了，不用对我说什么。”

冯子材听了，重重地点了点头，似是同意农氏的话。

他突然睁开眼来，眼神在四周游走，冯相钊回意，对黄庭辉说：“五妈，父亲好像要找你。”

哭成泪人的黄庭辉低着头，走到床边，在众目睽睽之下，伏下头贴着冯子材耳朵悄悄说：“师哥，我知道，你一直最爱我，我会守在你身边，不论你到哪里，我都会跟着你！”

冯子材突然开口说：“扶我起来坐一下，我有话对大家说。”

大家听了，都高兴起来。

冯相钊、冯相焜连忙走到床前，两人伸出双手到冯子材腰部，向上一抬，冯子材已经坐了起来。

冯子材痛惜地看了几个亲人一眼，开口说："人生自古谁无死，大家都不要伤心，相钊，你是我家读书最多的人，以后要继续读书，我一辈子唯一的后悔事，就是早年没有机会读书，读书就能明理，两位夫人要诚心协助相钊妈管理好冯家，尊老爱幼，相互支持。相钊对你妈传我的话，这辈子跟了我，她辛苦了。相焜，男子汉要自强不息，以后多向三哥、五哥、六哥学习，好好孝敬你妈。"

说着说着，一口气接不上，脸色都发青了。

冯相钊给他按抚着胸口，劝他说："父亲，你休息吧，不要多说了，我们大家都会谨记你的教诲。"

农氏拿了两床被子，做成半坐卧位，对冯子材说："老爷，这样舒服一些，你好好躺着休息吧！"

冯子材闭着眼，安静地躺在被子上。

郭炳光又悄悄把冯相钊拉到外面说："趁着大帅现在能说话，得给朝廷写个奏折。"

冯相钊会意，进来轻声说："父亲，你有什么话要对朝廷说吗？"

冯子材再次睁开眼说："我在想说些什么话，这朝廷，现在病得不轻，直言的人也没有几个。你叫郭先生来，将我说的话记下来。"

冯相钊便出门把郭炳光叫进来。

这郭炳光早已经备了笔墨，跟着冯相钊进来后站立在冯子材身边说："大帅，你说吧，我会一字不差地记下来。"

说完，就找房子中的凳子摆下墨盘，静听冯子材说话。

冯子材深深呼出一口气，把自己心中想说的话断断续续说完："会办广西军务，原任云南提督、调补贵州提督臣冯子材跪奏：为微臣马革余生，病势危笃，恋阙情殷，伏枕哀鸣，仰祈圣鉴事：窃臣海澨凡夫，出身勇目，初随前广东高廉总兵臣福兴，前广西提督向荣，转战粤、桂、湘、鄂、江南等省。以微荐擢甘肃总兵，渥荷先朝知遇之隆，畀以镇江专征之任。枕戈待旦，罔顾风霜，拔剑登陴，弗恤劳瘁。继而提督西粤，剿捕黔苗，四次出关，驰驱越国；钦廉防堵，琼崖戡黎；办理苏皖江防，陈提滇南边徼。祈寒暑雨，露宿风餐，跋涉岩疆，出没炎海，感受瘴疠，触发旧伤。洎乎量移贵州，奏蒙准予开缺，放归田里，医治渐痊。每念时事之多艰，不知金革之可避。

光绪二十九年五月初一日奉钦上谕：著会同岑春煊办理广西军务。当即专折叩谢天恩，并准督臣咨称，奏派兼顾广东钦廉防务，遵将钦廉营伍赶紧部署。六月八日，由钦州督队起程，沿途察看匪情，拊循士卒，兼程前进，十五日行抵南宁，就此扎营。居中调度。

不意病躯载道，溽暑熏蒸，瘴雨山岚，侵入腠里，两足浮肿，痰喘不休，五内焦思，继以咯血。初犹勉支病体，力疾治戎。七月初八日，病益加剧，业经电请督臣代凑，恳请赏假一月，在营调理。原冀日渐痊愈，削平小丑，下安边民，上慰宸衷。无如心长数短，福过灾生，药乃不灵，丝息仅属。犬马之报，待以来生；君国之仇，殁而犹视。

伏愿我皇上择贤辅政，武备有强；勿忘前日之阽危，恢宏中兴之大业。勤政以吏治为根本，变法视民意为从违；决胜在于朝廷，谠言不嫌逆耳，则微臣虽死之日，犹生之年。至广西军务，督臣才智过人，必能戡定。所有微臣恋主下忱，口授遗折，专弁赍督臣代递，伏乞对鉴，谨奏。”

光绪二十九年二十六日。

说完，喘着气说：“我太累了，你们都出去，让我好好睡一觉吧！”

这一觉，冯子材一直睡了整整一天，光绪二十九年七月二十七日辰时，冯子材走完了他光辉的一生。

“桂民哀痛如丧慈母，海内外正人闻之莫不悼伤，曰，国家不幸，丧此柱石也。”(1)

冯子材病逝后，皇帝发下诏令：“太常谥曰勇毅，原籍及立功省份准立专祠，并将生平战功事迹，宣付国史馆立传。”

颁斋御祭诗文，吏部发给葬费墓碑银两。

五夫人黄庭辉在冯子材患病期间，整天以泪洗面，回到钦州后抚棺哭泣伤心过度，哭死在棺材旁。实现了自己“不求同生，但求同死”诺言，成为流传至今的爱情传奇。

“万里干城一方砥柱，寸心金石百世馨香”，这是冯子材墓碑的对联。

冯子材光辉的一生，彪炳青史，青山不老，浩气永存，江河长流。

（原载《中国报告文学》2016年第5期，原刊责任编辑/卢旭）

（1）林绳武撰《冯子材传》原文。

附件

冯宫保事绩纪实

都启模

卷 上

钦差（注：应是“钦赐”）尚书衔，太子少保，督办广东钦防务，前粤西提督军门，现任云南提督军门，冯公名子材，字楠干，号萃亭，行四，岭南钦州直隶州人也。

钦州即古云安州，隋间（注：应是“隋唐闻”）为宁氏故地，有宁猛力、宁长真诸贤，而唐代之谏议大夫宁原悌，相国姜公辅，尚（注“久”之意）矣。

本朝则太史冯鱼山，军门许廷进，代有伟人，表表特出，所谓地灵人杰，不分海澨山陬，询非虚语也。

公先世自乾隆末，由南海贸迁，始家钦州，历世均以长者称，非礼不作，拯难济贫，厚泽所贻，达人斯出。

公以嘉庆戊寅年六月二十七日未时，诞於钦州东门外之沙尾村。

公气体凝重，眉高逾寸，日角丰准，声音清越，愈远愈洪。

童年，曾有同邑李某，具知人鉴，常手按公头顾诸子曰：“此子将来远大，汝辈下流，可善事之，庶几籍疵免饥寒耳。”

诸子腹诽不悦，以为妄谈。

其时，家道业已中落。生四岁，母黄太夫人弃世，即随先将军质庵公，泛舟为鹾贾。

常埠中贩夫，私窃先公盐，适众人以故他往，公见之，阴念力难敌，不言则空耗多资，声张又虑遭毒手，非计之善，于是尾贼后，遇有同伴始大呼贼，贩夫骇，弃盐而逃。

众诘其情况，无不惊异。

十岁，而质庵公又卒，生计益窘。

公同胞兄澄甫公，虽长公数岁，然为人拘谨，不善谋生，无可倚赖，幸祖母黎太夫人护养。

公正以奉膳无资，遂习水性，日捕鱼虾蚝蚬，以供甘旨为乐，稍可度日，相依为命。

公一日，诣外大舅黎某家中，彼无孙，见公英毅，久怀螟蛉心，因与妗谋，以甘言试公志，公不应，妗怒责公子曰："汝家无宿粮，势将饿莩，若嗣我，不独深居夏屋，且一生吃著不尽，何高自位置乃尔，岂以黄氏鲜人过继耶？"

公见妗怒，从容对曰："妗所恃者，财耳，区区之数，何足为奇，男子患无大志耳。甥他日成立，岂仅有此乎？且甥若过继黎门，冯氏又将奚赖？"云云。

外大舅知不得，乃止。十五岁，黎太夫人又复弃养，公与兄澄甫公竭力营葬，曲尽典礼。

自是零丁孤苦，依兄澄甫以居，往来钦廉两地。

身虽贫乏，然一介不轻取，如有财囊橐稍裕，则资助贫乏，在所不惜。

不独慷慨好义，而且性益强项，疾恶如仇，不畏强御，痛惩土棍，难以枚举，同乡远近，无不服公之威，佩公之直，而名亦从兹起矣。

时郡城有优伶多人，恃众横行，每以微末细故，必百倍报复，乡人患而恶之，谋之於公，公曰："此易与耳。汝辈肯出力否？若肯出力，须各备器械从我，相逢即打。纵打死多人，均惟我是问，不与汝辈涉。"众道命唯唯。

诸伶闻之，莫不震慑而避，其祸遂平，众於是益服公之伟度。

公自幼因贫不能读，仅从师数月而止。公虽资品高迈，然索性谦抑，不论老幼，每遇一事一物，亦必咨询，积久而世故人情闻见既多，识力弥大，而于阴阳地理尤为嗜好，所遇某山某水，必究其峦头理气，并无师授，无不妙契於心。

年三十岁，改葬质庵公於匾柑尖岭。

开穴时，遇一老人频频回顾。

因问公："此乃谁氏之墓？何人点穴？"公答以馊曰："先父之茔，本日方葬，系延吴师某点穴。"

老人因语公曰："此地实乃吉垠，汝既得之，福分不浅。但三四年后，汝宜速往外省，另图事业，不可在此耽搁，误汝前程。"言毕而去。公回，细思老人言，不解所谓，亦姑置之。

逾年，有友人邀公外出贸易，慨然相从。中途，突遇匪首刘八夥党，公及友人均被劫去。抵巢后，朝夕勒赎，苦不堪言。

兄澄甫公闻之，走告诸亲，莫肯为计，袖手痛泣而已。公在贼巢廿余日，被拷，不得资，稍疏防，公每谓友人曰："如果死於贼手，不待言矣。倘得再见天日，誓必从军，灭尽诸丑，以泄此恨。"

於是乘贼不备，遂与诸友夜半潜逃，径投团总黄汝谐部下，充当勇目，剿办附近各贼，斩馘殆尽。

讵黄团总嫉功吞赏，且以粮缺为词。公与诸友谋，另思投效之处，即具禀廉州府太守，当蒙府尊沈公批准，遂带二百余人，到府应点。是时，公年已三十四岁（误，应是33岁），乃道光三十年事也。

郡守见公英武，命招灵邑同志阮尚秀一百余人，合成一队。时刘八匪夥万余众，公率勇击贼，所向披靡，立将刘八全股悉数扑灭。咸丰元年，奉高廉道宗，派赴高州剿办凌十八股匪。是年，公与贼战，擒斩三十余名，追至武利圩南岸，被贼矛伤左手腕，蒙赏银牌一面。八月初二日，在分界地方，蒙两广督部堂徐，赏给军功八品顶戴。嗣奉调往怀乡，剿捕何名科股匪。时官军仅南韶及提标清远、增城并练军一千余人，而贼众实有三千余人，相持不决。公部勇至，初战未得手。翌展复战，镇兵潮勇张左右两翼而出，公部居中，贼大股前来扑击，各勇殊苦战，贼不能支，纷纷败退，遂大获全胜。公知贼已无多，机有可乘，独率所部，不候官军，不分昼夜，尽力追赶，直至广西之蒲塘地方，从贼兽散，立将首逆擒获，蒙赏洋银五百两，祇领分给。随奉俊，回三屯军营，协剿凌逆，斩馘净尽。事竣，奉广东高州总镇福，委募长胜勇五百名，檄公管带，随赴广西，剿办洪秀全发匪，所向克捷，转战湖南、湖北，直抵江南。

是年十二月初五日，蒙谚部堂徐，拔补高州镇标右营左哨三司，外委把总，祇领委营具报任事。

二年正月内，蒙两广督部堂徐，录剿办何名科全股出力功，奏奉上谕："著以把总即补，并赏戴蓝翎，钦此。"

是年十二月内，蒙两广督部堂叶，录剿办罗镜股匪在事尤蔓功，奏奉上谕："著俟补把总缺后，以千总补用，先换顶戴！钦此。"

三年三月内，蒙御赐牙刀一把。四月内，蒙钦差大臣提督军门向，拔补广东肇庆协右营左哨头司把总何振标拔任遗缺，祗领委牌，就营具报任事。是年十二月内，蒙钦差大臣向，以军营著绩，奏奉上谕："著免补干总，以守备补用，钦此。"

四年，始娶韩氏大夫人。九月内蒙钦差大臣向，奏补广东南韶连镇标左营守备。是年奉到朱批，准其升补，钦此。

先是，是年七月内，剿办金陵上方桥等贼获胜，蒙钦差大臣向奏保，月初九日奉旨赏换花翎，钦此。五年，继娶朱氏夫人。九月内，蒙钦差大臣向，奏补广西梧州协中军都司。是月初四日奉旨准其升补，钦此。

公思胜贼之策，无过枪炮，然所部常胜一营，多用火包，每苦枪炮不足，而当事又多疑忌，不肯多发，公於所积薪资，制造长枪，分给各勇操习，多能命中致远，是以一营，最为出色。

钦差总统诸军张，常因战不得手，用八百递，檄公赴援，众皆吃惊，及常胜军至，果获全胜，江左各营实无比。六年二月内，首先攻克下蜀街，随踏平东扬、石埠桥贼营。旋渡江，在六合、龙池地方击贼，大胜，又攻克浦口、江城县城。奉檄南渡，进攻秣陵、关谷、里村、小丹阳等处逆垒，全行踏平，屡有擒斩，蒙赏金牌一面。

三月，大公子相猷生。

六月，贼窜丹阳，迭次遏剿获胜，蒙钦差大臣向，奏补广东陆路提标前营游击。七月十八日，奉旨允准，祗领委札，钦道具报，就营任事在案。

复於攻克江浦县城案内，蒙钦差大臣德奏保，是年八月初四日，奉旨赏给色尔固楞巴图鲁名号，钦此。

七月内，奉钦差帮办军务张，调援金坛县城，击贼解围，蒙钦差大臣怡，保以参将尽先补用。奉到朱批允准，钦道在案。七年五月内，攻克溧水县城，闰五月内，克复句容县城，蒙赏金牌二面，并蒙钦差大臣和、帮办军务张奏保，免补参将，以副将尽先补用。奉到朱批允准，钦道在案。六月内，进攻镇江府城，蒙钦差帮办军务总统诸军张，札委总理营务处，迭於高资、炭诸、仓头、下蜀街一带剿败援贼，斩擒甚众。十一月内，克复镇江府城，蒙钦差大臣和、帮办军务张奏保，免补副将，交军机处记名，遇有总兵缺出，请旨简放。奉到朱批允准，钦道在案。

复奉檄进攻金陵，迭克石埠桥、仙鹤、姚坊等门，并红土、北固等山，暨迈高桥老巢。八年八月内，奉钦差大臣和，檄饬带兵赴援江北浦口、江浦、只合等处，扫除江皖援逆。

十月内，攻克红蓝埠及溧水县城，随扫平博望、小丹阳、萃镇、朱门、六郎桥、铜井、慈湖一带逆垒，西路一律肃清。蒙钦差大臣和、帮办军务张奏准，交部从优议叙，奉议给与军功加一等。

九年三月内，奉钦差大臣和，檄饬前往浦口，扼札中路头敌，克贼垒下二十余座。蒙钦差大臣和，查以久历戎行，勇敢素著，专摺奏奉上谕："甘肃西宁镇总兵员缺，著冯补授，钦此。"恭录转行钦道，就於军营任事在案。十月内，奉派带兵赴瓜扬、江浦、漂水等处，南北应援，速获胜仗。十一月内，奉钦差大臣和，调回南岸雨花台，围剿金陵城逆。公与总统张谋，上年钦差大臣向所铸七万余斤大炮，若改铸数千斤开花砖口等炮，可得十余位，以之击城，可期立破，不听；又请自往上海、香港仿制西洋人炮位，亦不许。公无奈，只得听之而已。十年正月内，奉派渡江攻克三步洲贼垒，连克九伏洲老巢，统兵力堵江皖援逆。是年闰三月内，奉檄防守镇江，迭保危城。

十年七月内，於镇江初次解围案内，奉旨赏加提督衔。十月内，奉旨督镇江军务。公既奉命，因镇城旗绿各营卒伍不整，户口萧条，城郭残缺，四郊多垒，军无固志，民有惧心，兼以粮饷军装无一可恃。不得已，立派所部分投扼扎，晓谕兵民协力固守。距城四十里外，城卡林立，几无完土。公相度布置，修缮城隍，整备军械。贼至，即出奇兵以胜之；贼退，则出偏师以挠之。

镇为江左名城，古称铁瓮，一旦不守，则下游数省，贼不难长驱直进。公竭力经营，俭於自奉，与士卒共甘苦，或往来监视，或临阵指挥，屡破大敌，城赖以安。是年十二月，报捐京饷，蒙部议给随带加二级寻常加级，奏奉谕允，钦道在案。

十一年八月，二公子相贤生。是年自正、二、四及十、十一等月，江浙逆匪迭攻镇城，均经出击。惟各省派饷多不解缴，屡催罔应。如广东一省，积欠已至六十余万两，委员守催五次，仅解回银二千两。公知缓不足恃，而军情吃紧，一旦哗溃，谁与守土？於是奏设厘卡，指项抽收，又催上海帮项、直隶王藩司罚款，稍接济。十二月，各饷未到，而厘金所得无几，又值岁暮，点金乏术，情势最为岌岌。公筹思一策，镇江府署后有一土山，密令心腹人，埋巨金一锭於山上，又授计金山寺老僧，佯告上年发匪踞镇城时，所掳各处金银，均藏此山，惟我一人知之。贼退，我与世外人不屑有此，今大军饷缺，何不挖取，较之候响便捷之至。公闻之，遂迎此僧供养幕府，即刻出令：每营准挖一日，周而复始。众军得令，大喜，踊跃往挖，果获巨金一绽，众以为金穴无疑，群情益奋，转忘索饷。嗣后，虽无得，而希冀之心不哀。积十余日，土山已空，而各饷亦到，方免滋事之虞，然后送僧回寺。此公运筹奇策，出人意表，方知坛道济之唱筹量沙，似不足专美於前矣。迄今部下将士，称道如绘。

公虑日后饷或不继，遂将所部兵勇裁汰三千有奇，仅留一万，分为二十营，派委将弁统领管带，朝夕训练，又捐廉制造六尺余长手枪多枝，给弁勇随时演习，中靶多者酌给奖赏。以是军心奋勉，争自用心，未及三月，每靶五枪全中者，一营约二分之一，具有百步能中茶盅。底此，又选身长之勇，每日限定里数，朝往暮回，使探贼情。每一日，除歇息不计外，可走二百六十里。所以，每遇战阵，枪炮既多命中，各军均无畏心。战胜追逐，镇军在前，备军无不落后。是以部虽少，实能以少胜众，镇城以安，皆由於此。

同治元年正月十七日内，阁奉上谕："广西提督著冯补授，钦此。"道於奉旨云曰，就营任事，具奏在案。是年十一月二十六日，蒙御赐福字一张，及大小荷包、银钱、银锞、食物等件。同治二年，继娶王氏夫人。十二月十五日，又蒙御赐福字克食等件如初。三年，因镇城外一带逆垒扫荡净尽，惟丹阳县城距镇不远，贼尚麇聚大股在内，且又时出贼党，分援金陵。公思此贼不灭，金陵何由得拔？遂奏明由镇城派勇六千，并请敕江北扬州出兵相助。于是派总兵张文德等率军前往，而江北都将军直夫，亦派总兵詹启纶率兵会剿。月余，城外及赴援诸贼均经击退，惟坚未下。公亲带小队驰赴前敌，体察情形，密授诸将方略，仍回镇城防守，南北两军随将丹阳攻克。钦奉谕旨：赏穿黄马褂，钦此。

是年六月二十九日，奉上谕，以江左军务大定，录各路将帅功，加恩赏公骑都尉世职。七月内，因伤疾举发，奏奉谕旨，赏假一月，在营调治。七月内，奏请销假。旋因江左军务大定，必须凯撤，惟各省积欠之饷共计一百二十余万两，而部库十分支绌，公思若待部催饷到，未免过延时日，且朝廷亦难筹此钜款。遂聚部下将弁，告以时事艰难，不忍以镇防欠饷，上廑宵旰，不如全数报效，酌量各营兵勇籍隶某省，分别多寡，恳加举额，於诸君既无大碍，同乡与有荣施，兼得起程迅速。众将闻之，无不欣悦，遂即以事上闻，并声明分起凯旋，各回营籍，随蒙特旨嘉奖，敕部给予额数。於是饬营务处，核计每省兵勇若干，每兵勇一名应得饷项外，另给川资。又每省备派差官一员，备具公文、路票，分道护送，交各该管地方官点收归业，取据回文。旋营销并各兵勇等举手加额，感公之恩，欢然就道，途中无一逃遁、滋事者。即嗣后每次撤勇，皆照此行，并无他故。

时江左有一星士，张姓玉麟，名众号半仙，推测年庚，其应如响，素与公善，公亦企重之。惟时劝公北上，可得封爵，倘若南旋，不独无大好处，且而是非甚多。公念外出多年，且太夫人先茔尚未营葬，倘不测，纵受公侯之赏，人子问心何安？遂即决计回籍。八月二十七日，奏奉谕旨："赏假三月，回籍修墓，假满即赴新任，钦此。"

九月初六日，经手事竣，奏报起程，航海回籍。抵家后，选择吉期，将黄太夫人窀穸，卜地迁葬。

及启视金埕，而埕下生异草，由埕底孔内穿入，将及埕顶。公泣然流涕，谓所亲曰："倘吾再迟数年不归，吾亲金骸必将为草塞满，则不孝之罪通於于天矣！"所亲皆为恻然。

於是易以新埕，极尽典礼，合邑称之。

同治四年正月二十日，在籍蒙御赐福字克食等件。

二月，三公子相荣生。

旋准两广总督部堂毛，奏请留粤督办东江军务，二月初九日赴防。

三月内，准咨奏改督办罗定、信宜军务。时贼首王狂七等占踞信宜，众号十余万，原派官军不敢进攻。

公所部又仅二千余众，未至以前，茂名绅庶私相议曰：此贼如此之多，区区数千羸卒，岂敢直接其锋，纵系江南健将，谅无能为役，况能悉数殄灭乎？闻其言者，亦以为是，相与故为笑柄。

有将其言告公者，公不与争辩，挥军进取，倍道疾趋，直抵贼巢。时外匪未集，内夥无几，公命将士急击无失，弁勇抛掷药包，刀枪并举，烟焰蔽天，诸贼苍黄无计，往后奔走。我军乘势杀入贼巢，斩擒无算，立将逆首王狂七生擒。遂分兵剿办各股逆党，一月之内踏平加益、排埠，又生擒贼首独角牛、李如娘等正法，信罗一律肃清，捷音至郡，高人莫不骇服。

四月十九日，准署两广总督部堂瑞、广东巡抚部院郭咨请，驰赴提督本任。是月由籍起程，行抵广西柳州，六月二十日接印视事。

其时柳郡克复未久，户口鲜少，所属各邑，盗贼充斥，标兵九百，皆三成饷，有兵之名无兵之实，大半虚应故事，而城内痞棍曾三妹，党羽颇众，恣意横行，众皆畏之。公以此贼不除，地方营伍何由整顿？计欲擒之，而文武各员佥称不可，且云若治此贼，变动立见。公摈众议，派擒之，立斩以徇。

诸贼闻风，分股四散。内患既戢，又分兵四出，缉捕各邑盗匪，大江上下，千有余里，未及数月，人民安稳，行李清平。又命六营将官，督饬员弁，认真训练，柳郡后为重镇至今赖之。

同治五年正月初二日，准署两广部堂瑞，咨以殄除信罗巨匪，调度有方，奏请交部，从优议叙，给与军功加一级。是月十三日，在提督任内，蒙御赐福字克食等件。八月，五公子相华生。六年正月十七日，蒙御赐福字克食等件。

二月十八日，准广西巡抚部院张，咨会黔苗不靖，虑有窜越，咨请亲往调度。三月初三日，随带镇柳左右两营，参将刘玉成、黄兴仁等，驰赴庆远。公思所部仅只六营，而元字四营远扎各处，一时佳得其力，倘使贼知虚实，得以预备，反为不美。于是虚张告录，督率两营星驰进剿，攻拔十二岗贼卡，力解翁昂、肯巴之围。苗首姚大等，故以献粮为名，迳赴营中，公立命斩之。各苗无主，奔逃四散。黔、粤交界，以黎明关为最险。兵至，一鼓拔之，进克板寨、拉竹、水坑、瑶埃、毛难等处苗巢。

四月十四日，克复贵州之荔波县城，并收复时来，方村等一十五里。即拟进兵扫荡各属，而元字四营分统副将何元风，以兵饷未到，夫亦未齐，不遵札调。公怒，立将该将咨参斥革。旋因庆属土匪窃发，回军剿捕肃清。

后于九月初一日，在思恩县行营准护广西抚部院苏，咨会以南太军情吃紧，商请督办左江军务。

维时两江地面，贼盗如毛，而吴逆亚终实为匪首，其龙州之陈七，新宁州之葛二、葛三等次之，其余零腥剩秽不计其数。公驰抵南宁后，密檄副将刘玉成、吴天兴、参将黄兴仁等，分带六营弁勇，由间道直趋龙州，两面夹击，刻定时日，期于必捷，以收扼吭之效。公自带标兵弁勇文案人等不及百名，登舟上驶，并先发示谕，沿河张贴，鼓橙而南。左江镇道皆为公危，劝以坐镇宁城，在后调度，不许；又劝以多派兵勇师船，小心护送，亦不纳，但微笑以谢之。及旌旗由江南下，各处贼夥夹岸聚观，见公如此作为，不知虚实，屹不敢动。公不费一枪一炮，在贼窟中穿过十日。十一月内，径抵太平府城，如行坦途，并无一事。该处文武出城迎迓，未敢动问，俟公进入行台，始询部下，此次来太带兵多少？对以不及百人。众皆大惊，且惧贼知，公至来寇郡城，何以抵御？公闻之大笑，使告文武高坐，郡守不必过虑，三日内逆首陈七首级必到，郡城诸公何虑之有？众疑信不定，亦不敢再诘其故。是日申初，公闻城北隅隐隐有鸣声，初微渐大，继且有呼杀之声，不下数千。问之幕府以及随辕将弁，皆日不闻。公呼巡捕从登馆后高楼，纵目远眺，但见远山合抱，江水长流，夕阳在山，舟依静渚，四无声息，而其声乃出于附城高阜地中，与到馆时所闻相同。公使人外出问故，父老对日："此处为刑人之所。上年逆匪吴凌云父子攻陷郡城，纵贼下乡分投四掠，所得男女皆杀于此，极其惨毒，计以千数，而贼党陈七尤为凶悍。贼退后，此处极晴极雨时，往往有哭泣之声，众以积闻，恬不为怪。今大帅到此，复闻其声，且贼首陈七，现居龙州，意者冤魂不泯，欲公为彼报仇泄恨乎？不然，何其魂之久聚而不散也！”使人回报，公曰我知之矣，所不与尔曹报复者，有如皎日。并令幕府即备祝文，又命行厨备办祭品，次日亲赴该处致祭，是夜其声遂息。

及三日之期，文武皆集行辕外堂，共候捷音。起更后，报犹未至，皆以为谬。公日：未过今日，尚不可定。及二更后，外闻人声鼎沸，莫不吃惊，使人往查，始知龙州捷音已至，并解陈七首级前来，众始叹服进贺。公方告以在邕起程时，已经派兵疾由间道袭龙州，所以随行不带多人，而诸贼既见告示，恐有大兵即到，虑难拒敌，又见我从人无几，必有深谋，是以不敢擅动，而陈七远在龙州，以为前敌尚有大股，未必遽能飞渡，是以不作准备。倘不如此作用，我军仅止六营，岂能探虎穴取虎子耶？今龙州既复，我来日即当进发矣，文武备官莫不俯首。

次日，公复登舟上驶，进抵双溪，派拨弁兵，分投进取，殄除下冻、左州、恩城备属土匪，规克全茗、感墟等处贼巢。

七年二月初一日，蒙御赐福字克食等件，遂由龙州起程，前赴归顺接统诸军。公至镇安，即将覃道远琏所部四十六营并为二十营，廉得该道所克之归顺州城，乃系贿贼而得，并非力取，立即移咨奏参革职。时军中各营，除已归并外，尚有游勇甚多。此辈非勇非贼，然到处劫掠，更有甚于贼者。其为首数人，素称桀骜不驯，其党倚为狼狈。覃道不敢捕治，反纵其扰害乡民。公知之，立将为首者军前正法，其党大惧奔散。又覃道原部各营，多不得力，以故日久无功。

公与之更始，且谓汝辈以前所行备事，不必计较，今既归我部下，务宜洗心涤虑，约束士卒，共建奇功，倘再阳奉阴违，我非覃道比，决不汝宥，各宜自爱。于是将士知公必不可犯，有哀求给假而去者，有愿在麾下效力者，公亦任之听其去留。

自经公整顿一番，旌旗士气遽然改观。三月内，督军越境，力解交夷芄封、洛阳之围。时吴逆亚终，已率其党类由木马省一带窜入越南。四月十一日，准广西抚部院苏咨会，奏奉上谕，饬令督师越境剿办。当即派拨将领，分道齐趋。同治八年正月三十日，蒙御赐福字克食等件。四月二十一日，攻克芄封、洛阳屯。五月十二日，克复木马夷省，并扫荡谅山等处，所向克捷。

七月二十一日，自龙州起程，进扎北宁、太原等处，督剿太原、山西、宣光各省贼匪。九月二十八日，在那宥地方，将吴逆全股悉数斩擒扑灭净尽。另股贼党或剿或抚，越地一律肃清。正拟班师凯撤间，讵匪党，梁添锡不愿随入内地，阴放降众反戈背叛，窜入宣光夷省之安边、河阳地方，以为巢穴，并勾结夷匪为其援助。公怒，即留幕府人等住扎谅曲，令提督谢继贵、总兵关松志、刘玉成、副将唐元芳、吴大兴等，共部雄师二十营，亲自带往，疾驰剿办。查越南地面，本号炎邦。时值夏令伏天，尤为炎热，兼以蛮烟瘴雨，回异寻常，鸟道喜肠，更称险峻，较之马伏波、诸葛亮所征交趾，其艰苦似为倍之。将士劝公驻扎北宁，以候捷音，毋庸亲往。公曰：此虏受吾之恩，待以不死，又令管带所部，自为一营，应如何感奋先驱，竭力报效。乃受抚未几，不图狼子野心，既不驯伏，敢挈党类牟我而逃，人之无良莫甚于此。今彼远窜边境，勾结犬羊，以为季无奈彼何，得以逍遥法外。且彼处水土恶劣，将士前往用命，而我一入逸居宁省，心何以安？我计已决，尔等不必苦劝。即日整队直进，务将丑类悉数歼除，毋贻后患。将士闻公之言，莫不感泣奋迅，愿效驰驱。于是整队而前，所过夷地，秋毫不犯。夷官夷民，欢声载地，各派夫役，挑运粮米，士马腾饱，并无匮乏。

九年二月初一日，蒙御赐福字克食等件。四月二十四日，攻克委边、河阳，擒斩梁逆及其余党，夷地始再肃清。捷报到省，无不欣悦。七月初七日，遵奉谕旨，凯撤入关。旅抵龙州，遂将各营兵勇，分别撤留，办理各府善后。又念各营将士从征异域，历尽辛劳，其生入玉关者，自当酌量功勋，奏请奖叙；至于阵亡病故备弁勇，虽有恤典可及，惟是殁于异乡，魂兮谁归，情殊堪悯。随于龙州，建立昭忠一祠，以妥忠魂。诸事既定，始回柳州提督本任。

十月十六日，准广西抚部院苏来咨，以荡平吴逆巨股，出关千里，历著辛劳，奏奉上谕：交部从优议叙。嗣经部议，给与军功加一级。

十一月二十八日，准广西抚部院苏咨，官军由起凯撤入关一摺，于本年闰十月十六日内，阁奉上谕：“冯前已赏给骑都尉世职，著加恩再赏一云骑尉世职，以示优奖。钦此。”公以一切劳绩，皆赖将士用命，已受天恩，业经高厚，即欲具招奏辞，各将弁苦劝乃止。

十年正月初四日，蒙御赐福字克食等件，钦此。同治十年正月内，公在柳州提署，督饬将官整顿武备，军民乐业，渐复太平景象。讵旋任未几，复据探报，越南自我军凯撤后，夷官办理不善，驱逐降人，夷匪窃发，陷踞谅山、木马等省。贡道梗阻，枕近粤边。

正月二十八日，复准广西抚部院李咨请，驰赴太郡，仍督备军，筹办越南踞匪，分别剿抚，并清理边郡各属善后事宜，会奏奉旨钦遵。公以阃外各事头绪繁多，若不商酌尽善，未免诸多掣肘。随亲赴省城，面与李中丞商议妥协，仍回柳州。

二月二十二日，由柳起程，取道南宁接统军勇。适值隆安、宣化、迁隆土匪周平瑞、李卜瑷、罗金盛、覃必坦等滋扰各属，综计贼众不下万余。

公思内患不除，必梗饷遭，非计之善。遂立即分兵，先由镇郡出境，攻克木马省城，以分贼势；一面亲督征防水陆官军，搜除内莽。时贼首周平瑞，所踞岩陇，最称严固。署左江兵备道王达材，密相谓曰："周逆已踞险要，我公往剿，非六阅月不能成功。有此一阻，恐越贼大势已成，必难得手，奈何？"公曰："此不足虑，以吾屈指，速则三日，迟不过六日，其巢必破，何用六月？"

为王观察笑而不信。三月初十日，登舟上驶，直抵龙安，及破周逆山岩，实仅三日。是月内，并捣平宣化之覃王、剥榄及隆安之峒造备贼巢，擒斩首逆覃必坦、罗金盛等，后路一律肃清。

四月十七日，驶抵龙州住扎，居中调度，各路大兵，旬日俱到。时谅山一带匪首赵雄才、劳二、梁进秀、玉成宋等，盘踞三台、五台并屯美即长庆府各处。

公知把总杨瑞山素有辩才，密令该弁往说诸贼，令其来降。劳二等俱备允从，并愿从中内应。惟赵雄才恃其党众，倔强不服。四月二十六日，分派总兵刘玉成为前锋，参将陈朝纲继之，副将陈得贵统领后军，密密进发，由镇南关谅山一带进剿。贼悉众来迎，我军大呼陷阵，枪炮并发，贼势不支，纷纷败走，而劳二等从中响应，贼大惊骇，如鸟兽散。生获逆首赵雄才，擒斩各贼以数千计，克复长庆府域。五月初三日，疏通谅山饷道。于是杨把总瑞山带引降贼劳二及其党羽一千余人，赴辕叩谒。公命将其部曲挑设两营，又檄杨瑞山自募一营，蔡游击简宸自募一营，分为建、立、功、勋四营。将劳二改名劳树勋，管带勋字营；玉成宋改名玉秀章，管带功字营；梁进秀改为梁有才，帮办功字营事务。而札杨瑞山为统领，兼统功勋两营。蔡简宸建字一营，则归陈副将得贵兼统。拨派既定，分道进攻，捣平坑黄、和乐、香洧、怜彬等，大小贼巢数十处，阵擒贼象一匹。进围青篓、上林时，贼首王大、曾亚日等悉力固守，以待外援。我军侦知，贼必添党。遂筑长墙，并挖深壕。各路隘口，加兵防范。及援贼至，分兵迎敌，立大破之。巢贼计穷，诈为出降，意欲乘机脱走。我军知其诡计，一面允其所请，一面埋伏兵勇。贼果倾巢而出，将至营边，号炮齐响，四路杀出，贼苍黄奔窜，擒斩一千余名，漏网无几，军威大震。又克复从化、大慈、文朗、买市各府州县城巢，阵斩贼目马二、邓世昌等，收复银山、波赖等处。派军东剿，攻破旧街贼巢。报到龙州，公料贼首苏帼汉等必走东兴，图窜海上。飞檄杨统领，率带所部立字及功勋两营，勒限三日，不分雨夜，驰抵芒街，截贼去路。倘误时刻，贼得逸走，即将该统领首级斩献辕门。

杨统领奉札，即与功勋两营连夜拔队。讵行数十里，忽遇大雨倾盆，各将士衣履尽湿，且腹中多有饥饿，众欲觅村暂歇，以烘衣服，而便炊饭，俟天稍晴霁，挺后起程。杨统领不允，且曰："既奉严札，而汝辈逗留，倘有差包，汝辈固属无恙，安能保我首领乎？须速趱行，勿误乃事。"

众谓"如此大雨，已不易行，况衣湿腹饥，亦难用力，今数百里外，纵大帅神算，谅贼此时断未即到，如有干犯罪令之处，佥愿刁罪。"

正议间，雨较前更盛，杨统领无奈，只得同赴村中，催令各营赶紧造饭、烘衣，不得藉延。是夜竟至四更，雨犹未止，众亦惧于军令，于是冒雨宵征，及抵硭街，询问市人，始知贼过已经一日，被钦州文武诱之过河，就缚丽去。

杨统领等十分追悔，怒怨众人。转回龙州，赴辕领罪。公愤逆首兔脱，欲将该统领等立正典刑，以昭炯戒。各将弁苦求，遂各予以重杖。

时越之东路，虽以肃清，然尚有贼目陈九、大范三、大小张三，各拥众数百，分投潜匿，欲俟官军退后，死灰复燃。公命购线擒之，悉就诛戮。

遂饬各军转战西北，夺取楼上、新知关障，击破琼山、武崖巢穴，杀贼数百名，生擒贼目钟三满、罗十八，攻克通州、通化府两城，进取清韵、诸香、福贞、郎云、潆沥各庸社，并生擒伪军师谢素廷正法，跟追败匪。贼窜入三星贼岩，官军围之。

公复派办理营务处同知陈以谟，执持大令，飞骑前往，督饬诸将，务将此股丑类悉数歼除，不留余孽。陈丞驰抵军前，会商统领营官等，立将该岩捣破，生擒匪首何三，贼目宁福兴、黄裕胜等就营正法，斩首三百余级，削平全股，并规复苏街、东园、斯立、风熏、义佐、白马、左良等处匪巢，捣破左鸾贼薮，歼杀悍党七八百人，追抵白苗地方，海阳、太原各省一律肃清。

同治十一年正月十四日，蒙御赐福字克食等件。是年，复纳农氏四夫人。

先是署理太平府知府徐延旭所部，安定龙光六营勇多缺额，且又私设厘卡，抽取备税。年前，公至龙州，犹令该守统带两营驻扎驱驴，办理招抚事务。至是年，公每遇因公外出，商人纷纷扣马拦递呈词、票根，不可计数。公以太郡地方被贼最久，人民涂炭，元气大伤。守土之官，宜如何激发天良，培养黎庶，何得不惜民隐，剥削民膏。遂移咨西省中丞，奏参革职。是年，因与执政往返缄商，或战或守，迄无定议。

十二年正月二十四日，蒙御赐福字克食等件。是年，又纳黄氏五夫人。

六月内，准广西巡抚部院刘咨商，挑留十营分扎关外，并请回省面商近边军务。闰六月，将备营兵勇移交总兵刘玉成接统，扼要分防，遇有夷匪窜近沿边，仍即相机援剿，不可稍涉疏懈。布置既定，遂回省城。

七月内抵省，当与广西巡抚部院刘会商清楚。九月内驰回柳州，料理营伍事宜。时庆远府属之南丹土州，有红白二旗互相争战。白旗乃该州土官亲族，红旗虽亦官族，甚属疏远。自土官病后，各欲争袭，均有党羽，然红旗人数较众，旗头莫云羲恣抚土属十有余年，杀人如麻，难以计数。本府以地方未靖，亦姑置之。至是内难已平，外患已弭，该土属民不聊生，望治孔亟，於是上禀执政派兵剿办。九月十七日，公在柳州提署，准广西巡抚部院刘奏请，就近督饬记名总兵黄仲庆，统领各营相机进剿。公指授该总兵方略，立将莫云羲生擒，解省讯办。

十三年正月初八日，蒙御赐福字克食等件。光绪元年正月初八蒙御赐福字克食等件。是月，六公子相钊生。五月，七公子相锴生，旋因黄太夫人坟茔倾圮，日久未修，咨执政代奏请假回籍修理。

六月内准广西巡抚部院刘、两广总督部堂英会奏，九月内奉旨："冯著赏假一个月，钦此遵照。"即由柳起程回籍，修墓事竣，于十一月内回任接印视事。

三年五月内，八公子相海生。十一月二十一日，蒙御赐剿平粤匪、捻匪方略各一部，祗领奏谢。三年正月内，具折奏请陛见。三月初五日，奉上谕："冯著来京陛见，钦此。"旋因黔省永从县一带，游勇勾结苗匪，滋扰四脚牛地面，余党窜出粤边，而西省斋匪伍开先、李化工等，亦由怀远起贼相应。接准督抚来咨，已经具奏暂缓北上，并请就近督饬提督黄仲庆，剿办黔粤边匪。并奉上谕："冯准其暂缓交卸，俟马平善后事竣，余匪肃清。再行奏请，钦此。"随督黄仲庆，立将苗匪击退同巢，并将首匪伍开先、李化工等，先后弋获解省惩办。

卷　下

光绪四年，十一公子相焜生。是年有叛将李扬才，借招匪复业为名，纠党数万窜出南关，滋扰越地。十月二十八日奉旨："冯前经剿办越南土匪，于该国情形较熟，著即带兵出关，相机督剿。一切调度机宜，仍著与杨会商办理，等因钦此。"随即赴省，与广西巡抚部院杨会商妥协，允给兵勇二十六营，先带出关，遂回柳州。十一月内，由柳起程，随带文武员弁，疾驰上道，水陆兼行。沿途先发探丁，径赴越南，往来查报。十二月内驰抵龙州，接统各军，认真整顿。是月二十八日，率众起程出关。所有各军，分由木马、谅山两路征进。五年正月初一日，驰抵谅山省城，因大雨苦寒，休息数日，再行征进。先是统领军勇道员赵沃，手握兵稿，亲统重兵，李逆到关，不能堵截，任其逸出。又饬令督带副将党敏宣等，遥遥尾追。贼之去地，即称克复。贼遗残弱，即称擒拿。种种冒功。实难枚举。且前此捏禀贼众三万，沿途裹胁尚不在内。及核其各禀，并未获匪，虚报擒斩。即该道移交接统册文，内称贼众尚有万余。讵该遭私察执政，即称贼已仅存二三千人，且多系老弱带病之徒，精壮无几。至于贼首，除李杨才、钟万新，其余均经彼之部下，擒斩净尽等语。然其时，贼众实尚有万余之多。公抵谅后，查得其情，立将该道及该副将等咨参革职。

驻谅数日，苦雨霏霏，凄风阵阵，随征将士衣履单薄，中夜不寐，哀歌四起。南交炎地，尚尔苦寒，西北早寒，其苦倍甚。伊古以来，行军之难，歌咏所及，今始见之。轫七日，天色稍霁，然后拔队。是月，长孙公子祥麟生。十四日驰抵北宁，部署数日。二十二日进扎太原，督饬各军分道进剿。二十六日，蒙御赐福孚克食等件。李逆杨才，因闻官军大举出关，节节退窜。于是年正、二两月内，经我各路兵勇。攻克东园、左鸾、左丁、左大等处逆巢，并收复河渭，总乘势攻克冷市等处，又在板怀地方连夺贼卡三座，擒斩招抚数百余人，夺获旗帜枪械不少。该逆被创，投入者岩老巢，与首匪陆之平合为巨股，分党扼守安马、邱锦及大小陇章等处。周围数百里，丛山峭壁，箐密林深，巢之前重湖三道，该逆又于湖旁上下，设立哨楼栅闸数十百处，守御极严。三月内，我军层层进逼，步步包抄，复将板旺、板落、左舍次第攻拔，又分部勇会同南军，克复安隆县城，擒斩不少。公因各路军勇进攻逆巢，尚未得手。闰三月二十七日，亲带文武兵勇，自太原大营起程，四月初三日驰抵那浣，初四日亲临前敌，相度地势，指示将士机宜。并扎排筏，水陆并进，四面围攻。而振武一军，已登后山高顶。各将士等，因公亲临督战，异常用命，莫不勇气百倍，争欲建功。是日，立将者岩、邱锦、陇登、陇章、那阳、那殿、安马、叫霄及湖旁水卡、碉楼、石闸、木栅大小贼巢百余处，横亘二百余里，一日之内全行扫荡，并将伪丞相、军师、总统、元帅、先锋、营务处并贼首钟万新等，以及李逆全家眷属，悉数生擒，解省讯办。擒斩匪党数千余名，投营乞抚者十余辈，其落岩坠湖而死者不在其内。惟首匪李扬才、陆之平在逃未获。初，公在省起程时，省中文武逾千，均谓此次军务，非十年八年，恐难成功。及公将克复贼巢详细情形咨报到省，莫不大惊失色。自攻克者岩老巢后，即拟分军搜捕，查是年自正月以迄闰三月底，均皆晴霁。四月初六日，公见四山起云，知大雨将至，倘退军稍迟，不惟军粮不继，且恐余贼因而乘之，反致失算。于是分派各营扼扎各处要隘，昼夜提防，不准该匪逸出。余营四散分扎，以待天晴，然后进捕。公遂带文武亲兵人等，暂回太原大营。嗣因夏汛盛涨，疫疠大作，各军触染，因而患病者十之三四，分别调理。查公正月咨参之道员赵沃，乃两广总督部堂刘得意旧属，知被公及西抚部院杨会参，大怒。即折参杨中丞与公。乃中丞被参，奉上谕回京候用，而于公名下，并未提及一语。制府以中丞被参业经离任，而武职一提督，转觉稳如泰山，不动分毫。于是以顿兵不进等大题，单摺参公。此摺再出，又复奉旨留中。公知其事，亦于七月内具摺声叙前情，并言此乃制府护庇属员，故纵笔墨害人。

摺上，奉旨温谕，公乃止。计自四月以迄七月，各军搜山，所有逸匪，又复擒斩数百名，惟李、陆二贼尚无踪迹。七月二十日以后，天色晴朗分济各营解省讯办关外各军饬令各军尽力搜寻，不准疏懈。并饬南官多解粮米，李逆扬才进退无路，始于是九月初三日，将其擒获嗣奉上谕："所有越南余匪，由该国自己剿办，即将陆续凯撤，以节糜费，等因钦此。又准广西巡抚部院张奉请，回柳坐镇，除撤各营，余存交黄桂兰接统布置，等因。当于十一月三十日，由越南太原大营拔队起程，十二月十一日，回抵龙州交代清楚。六年正月十九日，蒙御赐福字克食等件。是月二十日，由龙起程。二月初一日，在南宁行馆。因地方业已安静，专摺奏恳陛见。是月十三日，回抵柳州。接准广西巡抚部院张咨开，钦奉上谕："所有边防事宜，著与广西巡抚会商妥办，等因钦此。"是月十六日，由柳赴省会商妥协。三月初一日，仍复回抵柳州。旋准广西巡抚部院张咨开，转准兵部咨职方司，案呈内阁抄出。

光绪五年十月二十日内，阁奉渝："张奏关外官军搜擒首逆，请将出力员弁奖励一摺。提督冯前因首逆未获，自请议处，著加恩宽免，并交部从优议叙，等因钦此。"钦遵到部，应请将广西提督冯，照一等军功从优议叙，例给与军功加三级。光绪五年十二月二十二日具奏，本日奉旨依议，钦此。恭录移咨前来，当于是月十五日恭摺叩谢天恩，并请陛见。

四月三十日，差弁赉回原摺后开，奉旨著俟明春，再行奏请，钦此。

七年正月初八日，蒙御赐福字克食等件。是年五月，十三公子相榮生。十二月，十四公子相标生。正月十九日，恭摺叩请福字克食恩，并请陛见。四月内，准广西巡抚部院张咨请，将标兵挑出一千名，分为两营，委员训练，以备调遣，当即查照办理。五月初四日，差弁赉回原摺后开，军机大臣奉旨，著来见，钦此。旋准两广总督部堂张奏委，前署广西右江镇记名提督黄仲庆接署前来，当于七月初六日交卸，十一日自柳起程，由桂林两湖一带取道北上，八月初十日到京，十二日具摺请安，十三日荷蒙召见一次，二十日陛辞请训。钦奉谕旨："仍回广西提督本任，钦此。"是月二十三日由京起程，十一月十二日到柳，是月十六日，准署提督黄仲庆，将钦颁乾字三百四号广西提督银印一颗，及日行文案事件移交前来，就日接任视事。

八年二月内，因积年风湿举发，触动痰症，呕吐过多，以致头昏目眩，随咨请两广总督部堂张代奏，请假一月，在任调治。

三月，又咨请续假一个月。嗣困日久，病仍未痊，四月二十三日咨请两广总督部堂曾代奏，恳请开缺，回籍调治。六月二十一日，接准署两广总督部堂裕，会同广西巡抚部院倪恭摺具奏，七月初十日，军机大臣奉旨："冯著赏假两个月，安心调理，毋庸开缺，等因钦此。"

九年正月及是年五月，因病仍未愈，两次咨请执政代奏开缺，是年八月初三日奉旨："冯著准其开缺，回籍治病，广西提督著黄桂兰补授，钦此。"

随派员赍印出关，交新任黄提督祗领。

十一月十七日，由柳起程回籍。

十年正月内，因法匪滋扰越南，官军屡战不利，而广东之廉琼等府，多与越境毗连，宜防窜逸。接准两广总督部堂张，广东巡抚部堂倪具奏，派公督办高廉雷琼四府团练，备文会印，咨请前来。

公即就本籍钦州开府督办。

三月内，因桂军在越失利，北宁夷省不守，准督两院咨请，出关接统黄桂兰一军，协力剿办。时公患病尚未全愈，当即辞之。分檄备府州县，迅速起团，并饬挑选壮丁，赶紧训练。总计四府二十五州县，共得锐勇数万，雄镇海疆。十月十六日，准两广总督张、钦差大臣兵部尚书彭、广东巡抚部院倪会衔、会印，咨请招募萃字十营，统领出关，广东巡抚部院倪协剿东路，并随解军饷五万到钦。定以二十日内，起程前往。公以法夷小丑，敢于横行，且屡次欺我天朝，贪得无厌，若不予以惩创，其何以警异类而振国威？！当其即招回旧部文武，并挑得同乡劲勇五千人，分为萃军中左右十营。以三公子相荣管带中军左营，五公子相华管带中军右营，其余各营分派将弁督率管带，于是年十一月初一日，自钦州本籍起程。及抵广西之上思州，探闻丑党颇多，西省官军不能前进，仅固守谅山一带，而越南北圻备省，已为法人所得，且有客教等匪为之引导、出力，区区数千之士，恐难即望成功，与其相持不决，坐糜饷项，何如大加勇力，迅扫逆氛。至于未练之兵，不惟不知军法，且各项洋枪并未用过，亦难期其得力，必须稍练，庶几略识准绳，拟暂扎上思州，将勇操演，并俟能否加勇，再行核办。遂将此意电达执政，旋蒙加勇八营，分为前后两军，共计五军。虽有一十八营，但后八营之勇，必须另自招募。随派员弁分投往招，并派左右八营往扎思陵土州之爱簟隘，以阻法人东窜之路；公自率中军左右两营，驰往龙州，以便各营募勇齐全，带龙点验，给发军装器械。

十二月初五日，驰抵龙州。

是月内，讵桂军与法接战，迄未得手，先后共七日，左右两军八营经广西巡抚部院潘咨调十一次，该弁勇等每每行至中途，非另饬赴他处，即系飞令往阻，以致八营疲于奔命，未能一战。

公素顾大局，准咨即调，从未稍有踌躇。岂知桂军自谷松为法所败，遂由山庄、威坡节节退避，以致弃谅山，失南关，奔入内地，不怪自己之无能，反捏奏萃朗两军赴援不力。所幸朝廷明见万里，仅申饬朗军数语，而于萃军并无一言及之。是月内，公在龙州接据探报，谅山不守，倘贼长驱直入，则龙州以下不可问矣！其时后募八营尚未成军，无从调遣。十一年正月初一日，公立带中军左营及差弁人等，驰赴南关截贼来路，沿途拦回溃勇不下数千，均饬速回原营住扎，毋庸畏惧，我大队随后即到。溃勇闻之，心意略定，始行归伍。及公抵关，面晤潘帅，妥筹战守。潘帅云：此间不须客队，且有杨爵镇一军，尽可固守。萃勇原系东军，请速回顾东路。

公遂驰赴派站，正拟调度各营由派站走洞朴，出那阳、牛墟，以分贼势。

俾桂军仍旧出关，互相援应，尚可以雪桂军溃败之耻。

是月十一日，派站军次接准督部堂张电开，遵奉上谕，冯著帮办广西关外军务，钦此。

同日，接准潘帅飞文，催请速赴南关应援。

十二日，公复由派站旋师，十四日，驰抵凭祥土州，始知杨爵镇玉科已于初九日阵亡，法人追入关内，焚毁南关，退扎文渊一带，距关仅六七里。

公不得已，分派部下九营扼扎板山大路，以当贼冲。一面飞檄后八营将弁，赶紧成军，速领军械，以备调遣。惟板山地势散漫，并非用武之所，且我军虽有十营，除留一营弹压龙州，以固后路军饷要地外，其余不过九营。

其时桂军虽多，然大败之余，军心畏葸，军械不齐，难资得力。

惟东军内，尚有王镇孝祺所部勤字八营，亦系新军，尚堪策应。

是月十七日，在凭祥土州军次，蒙御赐福字一张，大小荷包、银钱、银锞、食物等件，祗领讫。

十八日，公亲自短衣草履，率领亲军小队，踏勘地势，得距关内十里之关前坳，可以布置。查此坳，左右两旁均系高岭，惟中间一道稍为平坦，坳之外树木丛杂，中有两路，一出南关走谅山，一由摩沙出艽葑。

遂调部下：营进扎坳口，筑立长墙，中开大栅门，以便军士出入。

萃军九营分扎长墙一带，勤军八营分扎萃军之后，各营相距不过半里形势极为联络。

大营即驻墙内半山，距墙不及二十丈。

是月二十三日，公拜谢帮办军务恩摺，并开用关防后，即率员弁驻扎坳上。查公自带兵出关，虽经多次，然号令极严，约束弁勇，未累及民间，中外早已称颂盛德。

及至此次移扎坳口，连日外，官民纷纷到营投诉，咸称法人恶毒，乞速进兵，或愿采办粮，或愿充当向道，或愿邀约同志从中内应，不一而足。

公见心踊跃，甚为欣悦，均以善言慰之，示待后命。

二十五日，据官飞报，越南长定知府丁冠贞已入法教，现遣其子前到法牵邀请法人驰赴扣波，该法人现派马队数千骑前往该处等情。公思扣波地方，为我军将来规复谅山必由要道，倘被法人侵占，则凭祥西路未免空虚。

于是一面飞调杨游击瑞山所部萃宇军四营，麦都司凤标所部萃字后军四营，速由龙州拔队驰赴扣波，认真剿办。

又知会贵军帮办苏子熙军门，赶紧派队扼截芃葑，王德榜所部楚军分扎油隘，以牵贼势，又派差弁赍持大。前往扣波督军进剿。

二月初一日，接据麦督带禀报，所部三千军驰抵扣波不远，正月二十七日分队攻进，讵法人已回文渊，仅留教匪数百防守扣波。我军到时，该匪尚敢开枪迎敌，军奋勇并进，左右荡决，毙贼不少。教匪势不能敌，向后奔退，我军追逐十余里，因贼已去远，天晚收队，生擒雄象一匹，守丁一名，缴解来辕。

公见我军初阵即获胜捷，心中大喜，当即名分别咨报。公日则赴墙指示守御，夜则仍回大营办理军牍，无一刻之稍闲。

二月初五日早膳后，公步登对面高岭，远闻炮声不绝，知我扣波官军与贼开仗，当即飞弁往探，准备策应。午后，闻炮声退向文渊而去，知系我军得胜，然后放心回营。旋据前后两军禀报，法骑数百至扣波，经我萃军各营冲击，该贼解衣脱帽，飞马穿林遁去，我军追赶数十里，获其衣帽而还。

公随派梁参将振基、黄把总万程，各率所部弁勇出扎坳前八里许之马鞍山。又思法人久踞文渊，我军固守长墙，终非长策。

是夜二鼓，密派萃军各营及王镇勤军各出五六成队伍，往袭文渊，破其二卡，惟石山高顶一卡未下。天色大明，法匪蜂拥而来，彼此混战，直至天晚，然后收队，彼此杀掠数亦相当。

初七早，我军前队方行数里，法匪三骑前来探路，当被我军击毙其二，夺获最大白洋马一匹。

适该匪大队冲来，我军中后队及西省各军陆续赶到，彼此鏖战，互有伤亡。时梁参将等先锋两营所筑营垒尚未及半，难以拒守，法匪枪炮雨密，几为所乘，该营各勇奋力急战，夺回原垒，直战至起更后，彼此宿山宿墙，均不回营。

是夜，公在长墙上督军防守。三更后，苏子熙军门到来相议，从容谓公曰："我军子药将尽，倘使再战一日，势必不支，有败无胜。不如乘此黑夜，敌人不来，两军不妨暂退。公守凭祥之西，我守凭祥之东，再图恢复。"公曰："贼与我相距不过二里，我退彼必追来，有此长墙尚不固守，凭祥东西岂能拒贼？再有败退不独左江一带均为贼有，即粤西全省恐亦不免震动，既无以对朝廷，更何颜立于人世？若谓子药欠缺，我已飞差赶解，不久可到。今我誓守此墙，决不舍之而去，倘有不讳，此地即我之终身矣！君既畏贼，请即自去，无乱军心。"

左右闻公此言，莫不感动，且有泣而下者。

苏军门见公如此，不觉大悟，亦愿相从杀贼，不敢另生他念，遂相与坐待天明。

初八早，法贼大股前来扑击，我萃军督带冯副将兆金、梁参将振基、勤军督带潘总兵及苏军督带总兵陈嘉等，各率各营将弁，同时均奉将令，分开栅门，踊跃接战。公在长墙往来指挥，相机策应。是日，法匪施放开花大炮，何止千数，山谷震动，风云变色，其炮子落于公前者，均不开炸，至于枪子飞过公身两旁上下者，不计其数，并无稍损。其时，萃军营官如同知冯相荣，守备冯骅、黄秀玲、陈之瑞，千把陶烈武、陈江志，并随队文官及勤、苏备军将士，无不争先出力。一场恶战，较之昆阳之役，有过之无不及也。查初七夜，公檄调游击杨瑞山、都司麦凤标等营，由扣波前来截战。并知会王藩司一军，自油隘绕出镇南关，以截法人归路。是日午间，各军以退为进，诱敌来追。该法匪距墙里许，各弁勇即出击，公令候至百步内方可施为。该弁勇等，各皆技痒，俟贼近，跳出墙外。我军差弁千总黄辅成，首斩一画法弁一名。众齐呼，弁勇各轮斩马大刀，纵横冲杀。该匪势不能支，横尸野，纷纷败溃，均向八角深林遁去。适杨游击等奉调，亦自摩横截而来；王藩司所部楚军，亦由关外邀击而入。三面夹击匪，死伤枕籍，觅路狂奔。备起官军直追出镇南关外，然后收队。

总计是役，杀毙法官法兵一千六七百名，生擒一百余名，伤者约三千余名。生供首级，均解赴潘帅大营委员验收。至我军阵亡、被伤备百余名而已。

既据公命，各军暂息一日。初十巳刻，复带萃军及苏勤各营出关追剿。军抵文渊，法匪二千余名出栅抗拒，随击毙红衣法首一名，余众奔走，立将该克复。时有随从楚勇，擅折民间房屋，公曰："此间百姓方惧法之害，无可控告，今汝辈又如此胡行，是踵贼人技俩。效贼人，岂容姑息，立斩以徇。"十一日，会合诸军往攻驱驴贼巢无胜负。

十二日，督兵复战，王藩司所部楚勇先与法兵接锋胜后退。公及苏勤各军到后，贼亦分队来迎，三公子相荣督饬所部，攻取法人炮台，猛战时许，相持未下。公体察贼势，戒饬各军，不必力敌，当以智取。

于是密派前后八营，绕道渡河暗袭谅山省城，大队仍明攻驱驴，使贼不疑。是夜，杨游击瑞山率所部中营，及刘汝奇所部右营，舍命渡河，其余六营因见水大且紧，不能飞渡，仍回驱驴协同攻击。杨游击等过河后，伏于谅山城之西南角葫芦顶下，候至五更，乘法人睡熟，伏兵齐起，大呼攻城，贼亦惊醒，不知我军多少，开炮互击。各弁勇等，攀堞而登，斫开城门，大队齐进，法势不敌，跳城逃去。十三日辰刻，立将谅山省城克复，杀毙五画法酋一名，其余擒斩无数，夺获枪炮子药山积。

遂专差过河报捷，并请公到城住扎。

查十三夜，萃苏各军亦将驱驴收复，法人夜遁，公遂邀苏军门一同策马渡河，比至城下，杨督带及刘管带所部各勇散布城上，如临大敌，极其严整。

因见苏军门同至，不肯开城。公谕以邀之同来，阅视一切，并无他意。该督带等始整队迎公及苏军门一同入城。

讵苏军到城后，即捏报会同克复，旋又将赏银三万两分赏各军。

公虽不言，而萃军弁勇纷纷不服。嗣后执政侦知，克谅实系萃军之功，遂加给赏号银一万两，此系后来之事。

又萃苏各军攻克城巢后，备有所获，惟王藩司所部楚勇，既未同克驱驴，亦未同克凉省，该军两分统因纵备勇下乡抢掠，越民赴辕哭诉。日数十起。公怒目："我来救民，汝辈敢来害民，深堪痛恨。"遂派弁勇分往捕治，数日方静。

克城后，公拟十五日亲往追剿，讵报潘帅到来，公遂分军驰往袭击，余军留守谅城。

十四日，都司冯绍珠及梁把总有才所部分队进攻，立克长庆府城，生擒五画法酋一名，杀毙三画法酋一名，并斩法教各匪不少。十五日，又收复观音桥坚巢。飞报大营，潘帅乘此机会，若亲往前敌调度，北宁、东京一鼓可得。

潘帅以备军连日鏖战，极形劳顿，劝公暂息，再作后议。公回城后，以法匪如此大败，不即扑灭，倘彼再加兵力，缮固城台器械，此时方往剿办，用力多而成功不速，未免铸一大错。

遂决计定于二十一日亲自前往。届期，缘军火粮米未备，不果。

又改二十五日，适公感冒风寒，亦不果，又改二十八日，及二十六夜，接准两广总督部堂张电开，法人因此次大败，遣人赴京求和，情愿不索上年赔款，已蒙谕旨允准，所有关外备军，均领恭候谕旨，然后定夺，不可擅便开仗等因。

先是公至谅城，即有越南官绅黄廷经、武克宽等赴辕详令，由北宁以至海阳，愿立忠义五大团，每团万人，均用萃字旗号，将来各省义民自然响应，似不止数十万人。法虽炮利船坚然一切情形不悉，又虐待越民，人人不服，恨入骨髓。请公急速进兵，均愿探办军粮，听候调度，以救一国民命。

公怜其情而壮其志，允之。

又西贡客民遣人赴辕致意曰："该处多系岭南闽名人在彼贸易，因被法人诸般苛政，群情怨愤，闻公义旅出关，牛通款曲。但法人禁治，民间不准制造枪炮，倘公赏给二万人火器，俟公大兵到彼，可有四十万人相助。"云云。公亦许之。

是月二十九日，复准张制府来电，接奉上谕："和议已定，两粤官军，定于三月初一日停战，二十一日拔队入关，等因钦此。"

时萃军备营已攻进抵郎甲，距北宁仅止百里，各项布置业已齐备，垂手可得。及接此信，将士环跪恳求，愿出死力灭此法蕉以泄中外之愤，且引将在外之言为请。公曰："此君命也，不有违，我本志枭逆虏，欲与汝曹尽心竭力殄兹丑类，必使彼只轮不返，然后快心，今上谕如此，惟有钦遵照办而已。"

遂檄敌各军撤回谅山。

三月十二日，由谅起程入关，越国官民携扶幼遮道泣请，愿公稍留活我民命。

公马上谕之曰："我系奉撤兵，岂敢留此。我去后，汝等各安生业，毋庸畏惧，法人到此，或不荼毒亦未可知。"

越民不忍，于是随同入关者不可胜计。

十四日回至凭祥，分派各营扼扎要隘。

十九日回抵龙州，该厅绅庶商民人等，各画万家生佛牌位，夹道建栅迎迓，又每家均画万家生佛四字，或作牌位，或作灯笼，供奉三日三夜，欢声雷动。

是日在龙州军次，蒙御赐白玉翎管一枝，白玉扳指一个，白玉柄小刀一把，火镰一把，大荷包一对，小荷包二个等件，祗领讫。

四月初一日，准两广总督部堂张电开，奉到上谕："冯即著督办广东钦廉防务，所有广西善后事宜，著与李、苏妥筹具奏，等因钦此。"

初二日，公即与护理广西巡抚部院李，将边防应办四大端条分缕析，并将此议缄致督办广西边防事务苏，请其核明会奏。

初二日，据报法欲分犯东兴等处。

初三日，遂由龙州起程，是月十四日回抵钦州，法闻之竟不敢逞。

公因各军跋涉日久，甚形困顿，且有患疾病者，饬令分扎暂息，以资调养。五月二十六日，具摺叩谢天恩，并报开用督办关防日期。

是月二十九日，准两广总督部堂张电开，萃军请裁十营，留八营，分扎廉钦思龙等因。

六月初十日，即将各营分别撤留。二十一日，公自带亲兵小队前往龙门踏看营地，以便派勇前往驻防。七月十四日，准两广总督部堂张咨开，内阁奉上谕："冯此次调度有方，深堪嘉尚，着赏给太子少保衔，并由骑都尉世职给与三等轻车都尉世职，钦此。"

七月初二日由钦起程，前往廉州、北海布置防守。

八月初四日，仍回钦州大营。十月内，亲赴防城、东兴一带，体察形势，整顿防范，以固边圉。

十二年正月内，准督部堂张咨开，狗头山洋匪不靖，滋扰海道，现派阳江镇总兵黄廷彪带领师船驶往剿办，请派萃军同往剿办，并请就近督办，指授诸军方略。当委广西补用知府冯相荣等统领各营，并授机宜，驰往会剿。当将狗头山匪巢捣破，擒斩首匪李广兴等及匪伙数百名，洋面悉平，咨奏在案。

正月十五日，钦州防次，蒙御赐福字及大小荷包银钱银锞食物等件，祗领讫。

六月内，琼州客黎各匪滋扰地方，准两广督部堂张、广东抚部院倪咨请，酌带数营驰往查办。是月二十九日由钦起程，七月初三日，驶抵琼州海口所，适该黎匪首陈忠明等，带党数千出山焚掠，逼近定安、澄迈两县，距城不远，势颇岌岌。体察情形，非添募重兵，深入剿洗，难期永逸。当即派营分驻定安、澄迈两县城，认真防守。一面电咨督抚两院，加募重兵。旋准咨覆。准募营勇新旧共二十底营，并节制方道长华所部八底营，大举深进，琼州镇道以下均听节制。当派员弁驰回内地，招募营勇。八月内进驻定安，黎匪闻风退回贼巢，是月，复由定安进扎岭门，居中调度。九月初，大军云集，当派知府冯相华统领萃字中军各营，由牛栏圩进。总兵林长福统领右军各营，由乌坡进；知府相荣统领前军各营，直隶州刘保林统领左军各营，由万州进；节节扫荡，所向皆德。是月内，捣破什密老巢，擒斩匪首陈忠明等及匪党三千余众。十月内，转旆而东，进驻陵水，分派诸军捣破马岭、瘳二弓、十八村等处逆巢，擒斩匪首王清、黄清等二千余贼。十三年正月二十五日，陵水行营，蒙御赐福字及大小荷包银钱银锞食物笔件，祇领讫。二月内，进捣崖州之南林匪巢。四月内，擒斩匪崖谭亚吉、吉文香等，扫平贼薮。并派勇队开通入山大小各路十余条，搭桥开井百余处，琼地肃清。正与督抚商立郡县，为一劳永逸之计。缘烟瘴甚盛，文武兵勇染患甚多，病故不少。闰四月十一日，陵水军次，蒙御赐白玉搬指一个、白玉柄小刀一把大荷包一对、小荷包一对。并奉皇太后懿旨，发下御制平安丹十匣，祇领讫。

五月初四日。凯撤回钦。

五月初九日。回抵钦防。

六月内，将各营撤散，留五底营，分防东兴及清匪之用。

七月内，亲赴省城，面与督抚会商地方一切事宜。

旋准督部堂张咨开，光绪十三年五月十八日内，阁奉旨："云南提督著冯补授，钦此。"

当以前在琼州剿匪深入黎峒，积受瘴湿。牵动旧时痰症，难以赴任，若就近督防，兼办积案，尚可支持等情，专摺奏请收回成命，另简贤能补授云南提督。

旋奉朱批："冯仍著暂留广东，督办钦廉防务，毋庸开缺，钦此。"

祇遵在案。

十四年正月十二日，钦州防次，蒙御赐福字及大小荷包银钱银锞食物等件，祇领讫。仍督饬各营，认真防范，并督各地方官，办理廉属积案。

十五年正月十三日，钦州防次，蒙御赐福字及大小荷包银钱银锞食物等件，祇领讫。

十六年正月初十日，钦州防次，蒙御赐福字一张及大小荷包银钱银锞食物等件，祇领讫。

正月二十六日内，阁奉上谕："本年朕二旬庆辰，恩施迭沛，因念各省文武大臣有卓著勋劳，久膺重寄者，允宜优加奖叙。云南提督冯均著交部从优议叙，用示朕庆赏酬庸，优眷勋勤至意，钦此。"

五月内，因合浦劫抢重案层出，逼近城根，异常猖獗，民不聊生。该县绅士赴省具禀，旋准两广总督部堂李咨请，赴廉查办。当饬东兴各处防营，认真堵守，并留营驻扎州城，以资镇慑。部署既定。六月初一日，随带文武员弁亲兵小队，由钦移节抵郡后，札饬地方官，并谕各团派出兵差勇练，陆续拿获案匪多名，均经讯明正法。十七年正月初八日，廉州营次，蒙御赐福字一张及大小荷包银钱银锞食物等件，祇领讫。

旋因地方肃清，各匪远扬，刻难悉获，兼以边防紧要，难以久离，当将情形电商督部堂李，将积案一百余起，交府县督团严缉，讯明禀岁俾得移师回顾钦防，接准督部堂电覆允准。

二月初八日，仍员弁亲兵由郡起程，初十日回抵钦州大营，照常稳扎并督营严守边地。

十八年正月十五日，钦州防次，蒙御赐福字一大小荷包银钱银锞食物等件，祇领讫。

公以钦州积匪缉办年，获案甚多，其余零星小匪，札归地方官办理，庶得专意防，仍驻防钦州。

十二月，十五公子相炎生。光绪十九年正十五日，钦州防次，蒙御赐福字一张大小荷包银钱银锞食物件，祇领讫。三月内，钦廉水灾，平地水深数丈，各属村圩民崩倒漂没者无数。公派弁雇船救活千余人，贫者命回北府雇住，给米膳养，月余始散。水退后，灾民到处团聚势将为乱，公派营哨带勇分布备圩弹压安集，一面捐廉倡率由外埠贩泮钦账济，并示谕商民平粜，以安民心。一面电商督抚两院，狮运米赈救饥民，地方赖安。光绪二十年正月初一日内，阁奉上谕：“朕钦奉皇太后懿旨，予六旬庆辰，因念各省文武大臣久膺重寄，卓著勤劳者，允宜同膺懋赏。云南提督冯著赏加尚书衔，钦此。”

是月十一日，钦州防次，蒙御赐福字一张大小荷包银钱银锞食物等件，祇领讫。

是年，倭人背约，占踞朝鲜路官军失利，朝廷念公忠勇素著，久为外夷所惮服，追思十一年关前坳之战，欲大用公。七月二十七日，接两广督部堂驾电，顷接总署漾电，本日奉旨：“现在倭人构衅，北路防务紧冯夙著战功，现在驻防钦州，能否带队北上，著李瀚章与谤督妥商复奏，钦此。”公能否北行？钦州防务应派何人接办？乞酌复，以便代奏，等因。

公以倭人占我东藩，义愤填胸，复电自请请北上，尽忠报国。

即日传集旧部，预备拔队登程。至三十忽接两广督部堂李密电，顷接总署卅日电，本日奉旨：“李瀚章电已悉，冯著毋庸北上，钦此。”特电闻，因而中止。

八月十五日，恭逢加上皇太后徽号。十六日，恩诏武官，在京、在外二品以上照现任品级加一级，各荫一子入监读书，钦此。

公以屡荷殊恩，未酬壮志，前已传旨带队北上。

公请以四万人，恢复朝鲜，并平日本。

自任划策至数千言，讲求陆战水战之法，无不精透，非常见所及。未数目，忽又电止，知必有人中阻，然公报国之忠诚未尝稍释。

十月二十八日，接署两江总督部堂张急电开，顷接总署二十六日电，本日奉旨："张之洞电奏，请饬冯募旧部粤勇十营，速来江南办防等语。即著该督电知冯。照数招募，迅赴江南办理防务。钦州一带防营，并著知照李瀚章，另行派员统带，钦此。"

公闻关外诸军失利，料北洋亦终难得力，此次来江南办防，尚可力壮南洋声势，为异日北上地步。

即于十一月十八日，在钦州防次具折，恭报旧疾痊愈，号召旧部招集乡里健儿，刻日成军。

维时公五子相华补用道浙江候补知府适奉浙抚廖中丞谷似命，航海回钦招募五营，于是月抵家。而江督张香帅亦奏调公三子相荣广西候补道来江调遣，亦由桂林遄回，先后到家。

于是公命五子相华统领浙江威勇五营，先由海道附轮至浙。其部下管带为留粤补用总兵冯兆金、副将衔补用参将冯骅、游击龙胜、都司黄辅成等。命三子相荣统领广东常胜萃字左军各营，以州同香锦安、把总陈明英属之。命副将覃东义统领右军各营，以都司陈之灿、把总方端书属之。命升用知府直隶州知州蔡其铭统领中军各营，兼办营务。以江苏候补府经历杨桂振、把总梁善新、外委钟鼎铨属之。公六子选用同知冯钧，精明英勇，坚请随征，公乃命带中营随侍左右。

一时从征文武员弁百数十名，于十二月十二日由钦州陆续分道起程。以八营取道廉州、高州、阳春、肇庆至三水，亲率二营并亲兵小队由广西横州、浔、梧顺流而下，至三水会合。

迳由北江韶州度梅关，经江西、安徽赴江南，并予十三日具摺奏报起程。势二十一年二月初六日，行抵广东始兴县，蒙御赐福字大小荷色银钱银锞食物等件，祇领讫。

三月初十日，全军抵金陵，会商孙香帅，暂驻十余日。二十二日至镇江防扎，所有自运河以北，相海诸州；长江以南，吴淞一带；四十余营均归节制。

公闻海州有倭船游弋，二十三日亲率小队赴清淮海州各口布置驻扎。

四月初四日，与江督张香帅会衔具奏到防，并赴前敌察看形势。

是月十四夜，闻和约已成，赔款失地，公怒发冲冠，电请诸当道代奏，愿北上力战，挽回全局，不报。

是时，公年已七十八矣，亓忠义奋发，精力强固，常策马驰骋，事必躬亲，见者莫不惊异此次重来镇江，父老犹能记忆，谈公当日扼守镇城，保护备至为之称道弗衰。

公生平阔达大度，不露圭角，见理明决，不待予求，肆应往来，随机旋转，医卜星相，无一不知，今古情形，无微不烛。至于行军用武，虽未诵习韬钤，然布置指挥，动合机宜出人意表，即古之名将，亦不多让，其聪明特达，实由天授，本非凡庸所能窥其底蕴。而于地理一道，尤心藏而心写，并无师授，妙契独深，每遇事务稍暇，时与宾朋谈论他事，亦必及之是以自逞佳城，多得吉壤。且素性爽慨，周贫济困，不惜资刚部下穷员，同乡故旧，鲜不资其余润，得以不致饿殍者，皆公：厚德慈心所致也。

现在长公子相猷，由候选通守应袭三等轻车都尉，并加一云骑尉世职。次公子相贤，为人浑厚，惜不禄，早世。三公子相荣，已官至二品衔，广西补用道。五公子相华，亦官至三品衔，补用道浙江补用知府。六公子冯钧即相钊，亦官至同知，功名尚未有艾。至七公子相锴，业经游泮。十一、十三、十四、十五公子均尚年幼，在籍读书，莫不英英露爽，卓尔群，后福良非浅鲜。

今公以钦命太子少保，尚书衔，云南提督军门，办理江南全省防务，地方安固，军民悦服，勋德威福之隆，中外钦仰，虽古名将，亦罕能相及，惟唐之郭汾阳，可与相提并论矣。

大公子配氏蔡，乃已故两广督标、左营参府、尽先补用副将蔡曙东公之女，分省补用直隶州知州蔡简权、同知衔广东补用知县蔡简梁之胞妹。二公子配氏何，乃同邑何瑞鳌之女。未娶而二公子以病卒，氏痛不欲生，即禀父母过门成服守孝，不许。氏竟麻衣带同使婢，驰抵大府诣灵拜哭，合府大惊力劝，遂住大府守制。旋因哀毁过度，未及一年而卒。同邑为之开列衔名，公禀督抚奏恳，朝廷立予建坊旌表。三公子相荣配氏余，乃同邑余作舟之女。五公子相华配氏杨，乃钦州营把总杨喜缘胞侄女。六公子相钊配氏李，乃钦州李庚之女。七公子相锴配氏黄，亦钦州黄 ×× 之女。十一公子相焜配氏刘，乃同邑刘渊亭军门之女。十三四以下，现皆年幼，尚未婚配。

至公部下文武，则有前任贵州提督军门张文德，号正亭。原任云南提督军门黄武贤，号候光。原任甘肃凉州总镇汪柱元，号石勋。记名提督军门、前广东潮州总镇杨青山，号子云。提督衔记名总镇、前四川懋功协镇关松志，号鹤山。前记名提督军门田宗扬。记名提督军门统领直隶马队周云伯。现署浙江处州镇实缺、杭州协镇林耀光，号鉴泉。记名总镇原任贵州抚标中军参府刁士枢，号省齐。记名总镇、原任广西平乐协镇吴天兴，号作舟。原任湖南岳州协镇文汉章。原任广西郁林营参府文振高。记名提督军门、前署福建汀州总镇陶茂森。前署广东罗定协镇王大伦，号五卿。广西提标补用参府黄兴仁，号寿山。刘敬，号直臣。前提督衔记名总镇、广西庆远协镇杨安龙，号海山。记名提督军门、前贵州下江协镇熊兆周。前记名提督军门谢继贵，号子和。两广补用提督军门、云南开化镇刘玉成，号美卿。前署广西宾州营参府朱风才。前署广西新太协镇黄有桂，号玉堂。前记名提督军门陈朝纲，号爵堂。前记名总镇陈得贵，号槐阶。记名总镇陈得朝，号雨田。尽先补用协镇周炳林，号耀山。尽先补用协镇现调广东雷州营参府国梁，号辅臣。记名总镇前署广东龙门协镇冯兆金，号丽生。记名总镇前署琼州总镇杨瑞山，号锦屏。广西提标补用参府林凤鸣，号德声。尽先补用协镇前贵州长寨营参府、罗云升，号星桥。广西提标补用参府麦凤标，号雅林。广西补用总镇梁振基，号肇西。其余副参游击以下尚有数百员，难以枚举。至幕府委员内，则有江苏候补道方德骥，号兰槎。前广西学政翰林院编修郭怀仁，乐山。尽先补用知府胡有志，号凌云。尽先选用知县都定模，号鼎年。五品衔选用知县廖景林，号云轩。广西补用道陈以模，号显西。张桐熙，号琴樵。广东补用知县朱钧韶，号凤仪。江西补用知县萧均，号文墀。广西补用知州任庚先，号云涛。升用知府广西补用同知陈右铭，号 x 楼。广西梧州府同知梁国光，号觐臣。广西补用知府朱鹤年，号琴叔。现任广西西隆州知：州补用知县罗擢先，号晋墀。四品衔广西补用知县后补用直隶州知州沈宝光，号炳堂。蔡其铭，号丽勋。其余现在保举及佐贰杂职亦百余员，难以悉数，姑俟后来增注，兹不赘述。

余于同治辛未十年季春，始参公幕，光绪啜年十一月内，因剿办李逆扬才股匪，蒙公札委总理关外全军营务处。月内，因剿办越南法匪及光绪十二年剿办琼州黎匪，均蒙公札委充当前敌督战委员。总计随公左右，迄今二十余载，承公推心置腹，遇事指示，开余茅塞不少。惟余素性鲁钝，且又直率，未尝学问。幕府文字，仅能依之所闻者略为表出，实未能颂扬万一。至后半幅，余虽在事闻较确，然笔墨不足以副之。知难免挂漏，诮矣。所冀文人士、硕彦、鸿儒，将余此编酌加润色，俾公之盛德武略，与刍而同寿矣，余能无厚望焉。时光绪二十一年岁次乙未季夏卢上浣，三品衔花翎广西补用道从事都启模，谨汇编于江苏旬府北固山甘露寺之南窗。

冯子材年谱简编

冯子材，字楠干，号萃亭，行四。清嘉庆二十三年六月二十七日（1818年8月17日）未时，出生于广东钦州城东门外沙尾村（今沙尾街门牌133号）。先世居南海县（今广州市）沙头圩。祖父名广运，业红单船，与人运货往于钦、廉、越南之间。乾隆晚期，沙头圩住宅被洪水冲毁，广运奉曾祖母潘氏及家人迁来钦州沙尾村定居。

清道光元年（1821）　四岁

六月，母黄氏弃世，子材随父泛州为盐贾。

道光七年（1827）　十岁

七月，父文贵弃世。家道中落，子材随祖母黎氏与兄子清每日沿江捉小鱼虾帮补度日。

道光十二年（1832）　十五岁

正月，祖母黎氏弃世，子材依兄子清。初与街坊青年结十友社，习武练拳；后替人放木排，做保镖来往于钦、廉、灵、防等地。

道光三十年（1850）　三十三岁

是年，与友外出贸易，于白州路遇天地会刘八所部，皆被劫持上山。嗣后逃脱。投廉州沈知府，为民团勇目。在战斗中力解天地会和张六围困廉州之围。

清咸丰元年（1851）　三十四岁

春，奉高廉道宗元醇调遣，赴高州剿凌十八。

八月，两广总督赏给军功八品顶戴。旋调信宜剿何名科，后回军罗镜剿凌十八余党。事竣，奉广东高州总兵福兴派委募兵五百，号常胜勇，率赴广西与太平军作战。

十二月，奉两广总督授补高州镇标右营左哨三司外委把总。

咸丰二年（1852）　三十五岁

正月，以信宜剿何名科功名，升任把总，赏戴蓝翎。

十二月，以在罗镜剿何名科余党功，上谕俟补把总缺后，以千总补用。

咸丰三年（1853）　三十六岁

三月，御赐牙刀一把。

十二月，以军营著绩，上谕免补千总，以守备补用。

咸丰四年（1854）　三十七岁

七月，于金陵上方桥与太平军作战获胜。

九月，奉旨升补广东南韶镇标左营守备。

十一月，换戴花翎。这年始娶第一夫人韩氏。

咸丰五年（1855）　三十八岁

九月，守御上方桥，积功升补广西梧州协办中军都司。续娶二夫人朱氏。

咸丰六年（1856）　三十九岁

二月，攻克下蜀街等处，蒙赏金牌一面。

三月二十四日，大公子相猷生。

六月，战于丹阳获胜。

七月，升补广东陆路提标前营游击。嗣后攻克江浦县城及援解金坛县之围，奏旨准以参将尽先补用。

八月，授予“色尔固楞巴图鲁”名号。

咸丰七年（1857）　四十岁

五月，先后攻克溧水、句容县城，蒙赏金牌两面，并奉旨免补参将，以副将尽先补用。

咸丰八年（1858）　四十一岁

八月，战胜太平军之江皖援兵。

十月，攻克红蓝埠及溧水县城等处。兵部授予军功加一等。

咸丰九年（1859）　四十二岁

三月赴浦口，克垒二十余座。奉旨升补甘肃西宁镇总兵。

十月，赴溧水等处应援。

十一月，参与围攻金陵。

咸丰十年（1860）　四十三岁

正月，奉派渡江攻克三步洲等处。

闰三月，奉旨守镇江。

七月，于镇江初次解围，奉旨赏加提督衔。

十月，奉旨督办镇江防务。

咸丰十一年（1861）　四十四岁

是年，仍守镇江，力解缺饷困难。

八月初八日，二公子相贤生。

同治元年（1862）　四十五岁

正月，授补广西提督。仍督镇江军务了。

十一月，首次御赐福字一张，及大小荷包，银钱，银锞食物等件。

同治二年（1863 年）　四十六岁

继娶王氏三夫人。

同治三年（1864）　四十七岁

四月，以攻克丹东阳功，奉旨赏穿黄马褂。

六月，加赏骑都尉世职。

七月，江左军务大定，准备撤兵，兵部积欠军饷一百二十万两未发。子材集所部，示以国库困穷，此款捐献我部官兵所籍三省，以增加三省乡试举士名额，聊表“偃武兴文”之意。众皆欢跃赞同，嗣蒙朝廷特旨嘉奖。

同治四年（1865）　四十八岁

二月，两广总督奏请留粤督办东江军务，同月二十三日，三公子相荣生。

三月，改督办罗定，信宜军务，歼擒王狂七、独角牛等股匪。

四月，赴广西提督本任，开府柳州。

同治五年（1866）　四十九岁

是年，在柳州任所。

正月，兵部以信、罗功绩，授予军功加一级。

二月十二日，四女金玉生。

八月二十六日，五公子相华生。

是年，韩氏夫人病逝，朱氏夫人扶正。

同治六年（1867）　五十岁

三月，率师赴黔、桂边境，平定苗酋姚大之乱。

九月，督办太平、镇安军务，分兵两路进攻桂西南农民军。

十一月，攻克龙州。

同治七年（1868）　五十一岁

四月至六月，先前派出之道员覃远进所部楚军，先后攻克归顺、安德、三台山等地，吴亚终率领农民军退入越南之牧马。

八月，子材由龙州起程，赴归顺接统覃远进所部，同月，吴亚终复入关攻入凭祥等地。

十月，子材由归顺移师龙州，败吴亚终于凭祥、彬桥。

同治八年（1869）　五十二岁

四月，首次奉命出关入越，追剿吴亚终。攻克越之芃蒋、阳屯。

五月，攻克牧马，谅山等处。

九月，攻克那宥。吴亚终战死，所部瓦解。

十月，拒绝越王“一并剿除黄崇英等农民起义军”之请，押俘班师回国。

十一月，军抵谅山，亚终部将梁天锡降而复反，率众逃回越之河阳与黄崇英会合，子材奉命回师追剿，率师回越之宣光。

同治九年（1870）　五十三岁

二月，进兵河阳，闻知刘永福在保胜（刘于同治六年正月脱离吴亚终入越），即遣人往请出兵配合。

六月，冯、刘两军围攻河阳，梁天赐中炮坠水身亡，黄崇英逃遁无踪。子材赏刘永福蓝翎四品官牌及木质关防一颗。

七月，冯班师回国，刘军回驻保胜。

十一月，兵部授予军功加一级，上谕再赏一云骑尉世职。

同治十年（1871）　五十四岁

二月，越边复乱，贡道梗阻，奉命再次率军入越。适值周瑞平、覃必坦等人，于桂边隆安、迁安等地起事，遂分兵两路。

三月，一路克复越之牧马，一路战胜桂边周覃等股。

四月，克复越之长庆。

五月，越之东路肃清。谅山贡道疏通，乃移师越之西北。

年底，越之海阳，太原各省肃清。班师回国。

同治十一年（1872）　五十五岁

是年，内外晏然，于广西考察军民疾苦。首先参劾吞饷私税之太平知府徐延旭，继之参劾居心壅蔽、纵寇民之桂抚张凯嵩。复纳农氏四夫人。

同治十二年（1873）　五十六岁

六月，挑留十营分扎关外，交总兵刘玉成接统。

七月，抵省与桂抚刘长佑会商。

九月，督饬总兵黄仲庆领兵往南丹土州，处理因争袭土官械斗。

是年，又纳黄氏五夫人。

同治十三年（1874）　五十七岁

一月二十二日，六公子相钊生。

五月二十七日，七公子相锴生。

光绪元年（1875）　五十八岁

九月，请假回钦扫母墓。

十一月，返柳州任所。

是年，钦州白水塘之府第落成。

光绪三年（1877）　六十岁

正月，具摺奏请陛见。

三月，奉旨上京陛见。旋因黔、桂边境游勇勾结苗滋扰地方，留桂督饬记名提督黄仲庆前往剿办，暂缓北上。

五月，八公子相海生。

是年，朱氏夫人病逝，王氏夫人扶正。

光绪四年（1878）　六十一岁

八月，前记名总兵，浔州副将李扬才（原子材旧部）因愤督抚摈辱，回籍（今钦南区久隆）招募官兵万人，以恢复越南李氏祖业为名，入越攻取阮氏王朝。八月十五日，十一公子相焜生。

十月，子材奉旨入越讨李。

十一月在柳州起程，入越后向牧马，谅山两路征进。

光绪五年（1879）　六十二岁

正月，军抵谅山，得知先前派去之赵沃种种冒功实情，即以桂抚杨重雅会参革职。月底，率军进扎太原。

四月，李扬才退回者岩老巢，凭险固守。子材亲临督战。立破者岩，惟李扬才逃脱无踪，是时疫疠大作，官军染病者十之三四，暂停搜捕。然后于正月参革之道员赵沃，乃两广总督刘坤一之旧属，故刘曾参曾桂抚杨重雅及子材，杨抚因以去职，今又以“顿兵不进，悲怀狐兔”等语参劾子材。

七月，子材具折陈述前情，并言此乃制府护庇属员，故纵笔墨害人之所为。廷旨调刘坤一改督两江，乃止。

九月，获李扬才于陇登，旋奉旨撤军归国。

十二月，军抵龙州，桂抚示谕：除裁撤外，余留各营交黄桂兰接统，子材回柳坐镇。

光绪六年（1880） 六十三岁

二月，专摺奏请陛见，及赴省与桂抚商边防事宜。

三月，兵部以剿李扬才功，授予一等军功加三级。

四月，奉著明年春再行奏请陛见。

十二月二十日十二女鸿玉生。

光绪七年（1881） 六十四岁

正月，专折奏请陛见。

五月初一日，十三公子相棨生。旨准上京。

七月十一日自柳起程。

八月初十到京，十二日具折请安，十三日召见一次，二十日陛辞请训，奉旨仍回广西提督任。

十二月，十四公子相标生。

光绪八年（1882） 六十五岁

二月，十年前经子材参劾之太平府徐延旭，被任命为西抚。子材恶与之共事，遂与"风湿并发"名咨请两广总督张树声代奏请假调治。

四月，咨请开缺。

七月，奉旨准假两个月，在任调理。

光绪九年（1883） 六十六岁

正、五两月，两次坚请督院代奏开缺。

六月十九日，十五女白玉生。

八月，旨准开缺，广西提督黄桂兰接任。

十一月，由柳州起程回籍。

子材驻柳十八年，遗爱在民。离柳之日，柳民沿途欢送，并于柳州黄竹巷建"冯公生祠"，柳志采载《冯提督遗爱记》数种，至今流传。

光绪十年（1884） 六十七岁

正月，法寇入侵越北。两广总督及巡抚具奏。

四月派子材督办高、廉、雷、琼四府团练。

七月，清政府对法宣战。

十月，兵部督抚会衔会印，咨请招募萃军十营，统领出关策应东路，随解军饷五万到钦，限二十天内起程。子材立即召集旧部，募新兵组成萃军十营五千人，于十一月初一日在钦祭纛起程。抵上思州，获准加招八营。总共十八营，九千人。

十二月初五日抵龙州。

光绪十一年（1885） 六十八岁

正月初一日，亲率中军右营赴镇南关面晤桂抚兼关外督办潘鼎新。初九日，镇南关陷落，法寇焚关退守文渊。

二月初一日十六女璧玉生。

七月初一日十七女彩玉生。

十日，奉旨帮办广西关外军务，并接潘抚飞文，请速赴镇南关应援。

十四日，率军抵凭祥，始知主帅潘鼎新落荒逃跑，前线群龙无首。

十八日，子材会同各军将领踏勘地形，择关内十里之关前隘为决战地点。

二十五日，探报法骑数十由谅山窜扰扣波，子材即飞调在龙州刚成军之萃字前后两军领八营往扣波截堵，及知会帮办苏元春派队扼截艽葑。

二十七日，扣波萃军首战告捷，生擒雄象一匹，守兵一名。

二月初五日，法骑数兵再犯扣波，又被萃军击败。

夜二鼓，萃、勤两军主动出击文渊，王德榜部配合攻打。

初七早，法寇大队出动，进攻长墙之东西二岭。我方失东岭三垒。三更后，苏元春来晤子材，商量第二天战事。

初八日，法寇扑击长墙，各军踊跃接战，当敌兵仅距长墙百步时，子材命令打开栅门，手持倭刀，亲率大刀队，跃出长墙外，儿子相荣、相华亦随父跃出，与敌短兵相搏。各军见主帅身先士卒，皆勇气百倍，纷纷跃出长墙，纵横冲杀。其时，杨瑞山，麦凤标所部，自西岭横截杀入，王德榜所部楚军，自油隘绕出镇南关截击。法寇惨败，长墙前陈尸千具。我军随即进攻东岭，夺回三垒，敌人越岭逃出关外。是役毙敌千余，擒斩数百，内有军官数十，夺获炮枪、弹药、饼干无数。史称“镇南关大捷”。

初十日，率领萃、勤、楚各营出关追击，即日克复文渊。十一日，会合诸军往驱驴，十二日，攻克驱驴。十三日，攻克谅山。十四日，陷长庆府。十五日，克观音桥。

二十六日夜，接张之洞电，言法人赴京求和，已蒙允准，不可擅自开仗。二十九日又电，和议已成，三月初一停战，二十一日拔队入关。和议旨下，众将士环跪辕门恳求，引“将在外”之言请战。子材电请彭、张上奏力阻，彭、张复电：不可抗旨。

三月十二日，率军起程回国。十九日，军抵龙州。地方绅商庶民，张灯结彩，郊迎三十里。子材曰：“喜则喜矣，安南属国从此恐非我有。吾乞假回籍，未蒙允准。唯有秣马厉兵，以观其后而已！”

四月初一日，奉旨督办广东钦廉防务。初二日，与护理桂抚李秉衡会商边防事宜。初三日，由龙州起程回钦。

五月二十九日，奉旨裁去萃军十营，留八营分扎廉、钦、上思、龙州等处。

六月二十一日，亲往钦之龙门布防。

七月初二日，往廉之北海布防。十四日，内阁授予子材太子少保衔，并由骑都尉世职授予三等轻车都尉世职。

十月，赴钦之防城、东兴布防。

是年，倡捐兴建“镇龙楼”。

光绪十二年（1886）　六十九岁

正月，派三子相荣率军剿东兴九头山之海盗李广兴。

六月，琼岛汉人与黎民起事，两广总督暨广东巡抚咨请前往查办。

七月，率萃军八营抵海口。嗣因地广兵少，不敷调遣，电咨督抚两院，加募兵勇十二营。

八月，进驻岭门，居中调度。

九月，破什密老巢。

十月，移师东进。破马岭等处。

十一月二十七日，十八女翡玉生。

光绪十三年（1887）　七十岁

二月，进军崖州南林。是年春，书“手辟南荒”四字，刻于五指山麓之巨石上。

四月，擒斩首领谭亚吉等，琼州胥平。旋即以兵代工，开通入五指山大小道路三十余条，搭桥开井百余处，又与督抚商立郡县，联村请师设塾教育黎童等。

五月，因烟瘴甚盛，官兵病亡不少，遂将余事付之有司，撤军回钦。旋将此次将弁劳绩列举请奖，吏部书办函索被保诸员函酬金，并曰：“吏部非兵部比也。”

子材抗疏，直劾吏部书办，朝廷处部办以徒刑。吏部尚侍均受处分。然清廷有规定：边将参堂部，例降三级。适是年叙功，应升三级，因而抵销。

六月，遣散所部，仅留五营，开府于钦州城东一里之比部庙。嗣奉旨补授云南提督。子材以病推辞，奏请收回成命。旋奉旨仍留广东督办钦廉防务，毋庸开缺。

光绪十四年（1888） 七十一岁

四月初六日十九女喜玉生。

十一月十四日二十女吉玉生。

光绪十六年（1890） 七十三岁

五月，因合浦劫案层出，两广总督李瀚章咨请赴廉查办。

六月，移节合浦，督饬地方文武，严清积案，数月乃清。

光绪十七年（1891） 七十四岁

二月，自廉返钦，督饬各营严守边地。

是年，方凤元组建铜鱼书院，子材任名誉董事长。是年，刘永福回钦州营建府第“三宣堂”，二人面晤，甚为相得。

光绪十八年（1892） 七十五岁

正月十五日，蒙御赐福字一张大小荷包银钱银锞食物待件，祗领讫。

十二月，十五公子相炎生。

光绪十九年（1893） 七十六岁

三月下旬，连日倾盆大雨，山洪暴发，民房倒塌湮没无数，子材派弁雇船救人，又电商督抚运米赈济，民赖以安。是年，铜鱼书院落成，子材手书：“尔为君子儒”匾，挂书院中门屏风上。

光绪二十年（1894） 七十七岁

正月，奉旨赏加尚书衔。

六月，中日战争爆发。

七月，接两广总督李瀚章密电，咨请北上江南防倭。子材复电请缨，并即集旧部，准备登程。月底，忽接李瀚章密电，毋庸北上。

十月，接两江总督张之洞急电，速募旧部粤勇十营赴江南办防，适五子相华亦奉浙军威勇五营赴浙。三子相荣率中军各营，六子相钊率中营随侍左右，于十二月由钦州陆续分道起程。

光绪二十一年（1895）　七十八岁

三月初十日，全军抵金陵，二十二日，至镇江扎防。自运河以北淮海诸州，长江以南吴淞一带，所有四十余营均归子材节制。二十三日，赴淮海各口布置驻扎。四月初四日，赴前敌察看形势。十四日夜，闻和约已成（即《马关条约》），赔款失地。乃电请北上力战，然当道不报。五月，奉命撤防还粤，仍督办钦谦边防。

光绪二十二年（1896）　七十九岁

至钦未久，中英在云南片马争界交涉事起，朝命即赴云南提督任。是年冬，驰抵云南住所。

抵滇后，子材派员测绘片马地图，证明英人所谓的"马卡"实即滇之"片马"。英人辞穷，纷争立解。随后积极整顿边防营垒，加强哨望巡逻，认真操练士兵，几乎无日闲竭。

光绪二十三年至二十六年（1897—1900）　八十岁至八十三岁

在云南任职，每晨必亲领兵操于大理之近效。一月，演习邓队，冲锋队长鲁某，马忽低头啮草，立予摘其顶戴。滇兵废弛之风顿变，壁垒一新。子材曰："吾国人乙酉既误法，甲午复辱于日，亡羊补牢，今未晚也。"滇民争界，焚毁蒙自洋关，英人初提交凶赔款之议。子材衔命，驰往查办，于烬中发见洋关窖藏军械，据以指摘英人。英人词屈，仅参革失职都司一员，缉拿暴动首要一名，三日结案，及巡视滕越镇境，英人因争矿界被仇杀，仅劾去滕越镇总兵一员，交涉便息。

某日巡经省坦，提督例以黄华馆为行辕，适法之路矿委员先擅入寓，滇抚丁振铎屡令迁出不应，闻子材至，夤夜迁徙，不敢留省城。

子材旋乘舆分配督署，途遇法教士，撞道不让步，与卫队纠缠，子材立命鞭挞之，伤甚，走诉法领事，法领诫勿与冯氏较，寻且死。

子材守滇数年，地方晏然，边人比之卧虎。后因开化镇总兵蔡标，边滇督崧蕃契子，子材严参蔡之溺职，崧竟袒之，子材乃专折劾。崧阴谋调子材，指子材性刚，在滇恐怖与英人启衅。朝廷昏暗。遂有次年调补贵州提督之命。

光绪二十七年（1901） 八十四岁

正月，圣旨调贵州提督，称病开缺。

光绪二十九年（1903） 八十六岁

是年春，钦廉一带之“三点会”活动频繁，两广总督岑春煊奏请子材协办，子材力辞，乃委五子相华坐办广东钦廉边防。

闰五月，奉旨会办广西军务兼顾广东钦廉防务。

六月，由钦督队起程，六子相钊随侍。不期部署初定，途中冒暑，牵动旧伤，喘骤剧。

七月二十七日（公历9月18日）辰时，逝于邕之行辕。

子材口授遗疏千言。唯谆谆于振弱御强，针砭媚外。训子遗嘱，则曰：读书不求官，服官不要钱，违者不孝。太常谥曰：“勇毅”，立功省份准立专祠，宣付国史馆立传，御赐祭文及遣官御祭。嗣于钦州城内东南隅建：“冯毅勇公专祠，”内有子材塑像、《冯少保南关大捷图》及序文，诗联等，为后人瞻仰纪念。

（根据黄石、黄学成、章慈芳《冯子材年谱简编》、都启模《冯宫保事绩纪实》重新整理编辑而成。）

参考文献

1.《中国近代民族英雄杰出代表冯子材》，作者廖宗麟，线装书局 2012 年 3 月出版。

2.《冯子材史事撷奇》，作者廖宗麟，光明日报出版社 2010 年 1 月出版。

3.《钦州文史（五）》1998 年 5 月出版。

4.《钦州文史（十）》2003 年 11 月出版。

5.《冯子材的故事》，作者冯绣娟，1996 年 7 月出版。

6.《片马问题研究》，云南社科院历史研究所《研究集刊》1985 年第 2 期。

7.《冯宫保事绩纪实》，作者都启模，光绪二十一年成书。

8.《冯子材传》作者林绳武，手抄本，现存。

9.《清史稿·冯子材》。

10. 中法战争前后张之洞和冯子材关系的曲折演变。作者朱华，发表于 2009 年 10 月。

11. 冯氏族谱。

12.《中法战争史》天津古籍出版社，作者廖宗麟。

后 记

到钦州工作后，我不下20次专程到钦州老街行走。

老街是个有故事的地方。这里的历史瑰宝俯拾皆是，随便捡起一颗碎石，说不定它就是当年钦州推官徐的穿着短衫短裤和平民一起筑钦州古城时遗留下的碎片；听着街坊嘴里吱吱呵呵念着“刘义打番鬼，越打越好睇”，大可不必惊讶，生活在这片土地上的百姓又有谁不知道刘义抗击法国佬的典故。

钦州，不愧是皇帝钦点的古郡，这里的民众强悍与阴柔合而为一，风流人才辈辈相出，文治武功，造就了钦州多彩的历史。

某一天，在冯子材故居，我第一次聆听李世川老馆长慷慨激昂解说镇南关大捷的悲壮经历，听到冯子材父子三人冲入敌阵肉搏的时候，我就想，我应该为这个房子的主人写点什么。

琢磨了一段时间，便有了这个《国柱冯子材》。

为保持真实性，在汗牛充栋的资料中，我以冯子材的高级秘书都启模撰写的《冯宫保事绩纪实》为主要线索，每件事，发生的时间，基本以这个为史料，努力还原真实的冯子材。

笔者只是个文学爱好者，现在却改行研究历史。

文学和历史又怎么能分得开？如果说文学让你看见水里月亮的倒影，哲学使你在思想的迷宫里认识星星，那么历史就是扎根在地下的那棵大树，它让人感觉踏实，可靠。

在创作过程中，得到刘冯研究专家廖宗麟教授、李世川老馆长、马昌辉副调研员帮助审稿，邀请了钦州市20多名作家评论家召开了座谈会，与会专家提出了很多宝贵的意见。冯子材曾孙冯保疆先生专程核过原稿，同时，参考了廖宗麟、冯绣娟等人出版的著作，引用了他们的一些研究成果以及《钦州文史（五）》等资料，在此一一表示崇高的敬意和诚挚的感谢。

——作者